MINGUOWUXIAXIAOSHUO
DIANCANGWENKU

民国武侠小说典藏文库

朱贞木卷

庶人剑

朱贞木 著

中国文史出版社

朱贞木和他的武侠小说(代序)

上世纪三十年代至五十年代初是大陆武侠小说创作的一个黄金时期，名家辈出，佳作潮涌，领军人物就是学术界称为“北派五大家”的还珠楼主、白羽、王度庐、郑证因和朱贞木。朱贞木虽然敬陪末座，但他拥有一个响亮的头衔——“新派武侠小说之祖”!

朱贞木（1895—1955），中国现代武侠小说家、画家、篆刻家。本名朱桢元，字式颛，浙江绍兴人，出身官宦人家。自幼在家读私塾，喜爱诗赋和绘画，更喜爱文学。在绍兴读完中学后，考入浙江大学文学系，毕业后曾在上海求职并从事创作。1928 年经友人介绍，进入天津电话南局（位于今天津市和平区烟台道）做文书工作，后升任文书主任。1934 年将妻女接来天津，并定居于此。

1937 年“卢沟桥事变”爆发，华北沦陷，日本侵略军占领天津，朱贞木因家庭原因继续留在电话局。天津报界名宿吴云心先生曾回忆说，朱贞木因此在抗战胜利后被解职，曾在天津小白楼开过餐馆。此事属于误传。其实，朱贞木为人清高而自尊，不愿在日控电话局中长期做忍气吞声的工作，遂于 1940 年自动离职，在家闲居，以绘画、篆刻自娱，偶尔也写点散文和诗。此时有出版社登门邀请他写武侠小说，于是他将 1934 年起在《天津平报》上连载的处女作《铁板铜琵录》续成长篇，易名《虎啸龙吟》出版，结果销路很好，于是他又陆续写下了《龙冈豹隐记》《蛮窟风云》《罗刹夫人》《飞天神龙》等十余部作品。

1949 年后，朱贞木尝试按照新的文艺观念进行创作，写了一些独幕话剧，而正在创作的武侠小说由于政策原因半途中辍。1955 年冬，朱贞木因哮喘病与心脏病并发，在天津市总医院去世，享年六十岁。

朱贞木在天津电话局供职期间，与还珠楼主李寿民同事。还珠楼主哲嗣李观鼎先生对笔者说，幼时在北京家中见到过来访的朱贞木，身材瘦削，双目有神。他记得父亲和朱贞木一聊就是一整天，说到激动处，互用手指比画，显见两人关系相当好。

朱贞木的武侠小说创作大约始于 1934 年 8 月，他在《天津平报》上开始连载处女作《铁板铜琵录》。张赣生先生认为是因见还珠楼主在《天风报》发表《蜀山剑侠传》一举成名，朱氏见猎心喜而作，以两人密切关系而论，确有此种可能。《铁板铜琵录》究竟连载多久、是否连载完毕暂时无法得知，或许有两年之久。大约在 1936 年 9 月，《天津平报》上又开始连载朱贞木的另一部武侠小说《马鷂子传》。“卢沟桥事变”爆发后，《天津平报》不肯附逆，自动停刊，该书也就停止连载。

1940 年 10 月天津大昌书局结集出版《铁板铜琵录》第一集，并自第二集起改名《虎啸龙吟》，并一直沿用至今。1942 年 11 月，天津合作出版社出版了《龙冈豹隐记》，该书的前面部分就是只连载年余的《马鷂子传》，可谓是在续写该书。不过《龙冈豹隐记》也并未写完，据作者自叙写到第五集就搁笔了，也没有提到原因，不过笔者所见现存最后一部是第六集。后来在书商和读者的要求下，朱贞木以该书未完结的后半部分加上手头已有资料，写成一部故事完整的《蛮窟风云》并出版。另外，1943 年 9 月的《369 画报》中提到他还有一部小说《碧血青林》，却一直未见出版，但是1949年前后出版的《闯王外传》序言中提及本书原名《碧血青磷》，或许就是此书。

抗战胜利后至五十年代初这段时间，武侠小说的出版迎来一个短暂的新高潮，朱贞木的小说出版了不少，如流传极广的《罗刹夫人》、《飞天神龙》《艳魔岛》《炼魂谷》三部曲、《龙冈女侠》、《七杀碑》、《塔儿冈》、《闯王外传》、《郁金香》等，是日据沦陷期间的几倍，其中既有武侠小说，也有社会小说，还有历史小说，仅见之于广告未曾见诸出版的小说尚有数种。

根据手头搜集到的原刊本和相关资料，剔除同书异名者，从1934年至1951年，各种体裁的朱贞木小说一共出版了十九种，仅见广告未见出版者四种，具体内容可参阅本作品集后所附《朱贞木小说年表》。另外有一部《翼王传》乃是上海著名越剧编剧苏雪庵所作，他借朱贞木之名出版，朱贞木为此还写了一篇不短的序言。

朱贞木小说之所以受到读者欢迎，张赣生、叶洪生、徐斯年等专家学者对此早有精彩论述，笔者不打算再抄一遍，只根据个人的阅读体验，谈一谈朱贞木小说的特色。

看小说本身是一件轻松愉快的事，古人雪夜闭门读禁书，乃是读书人特有的一乐，其实用今天的话来说，就是消遣，武侠小说尤其适合做这样的消遣，而好看的故事则是消遣的核心。

朱贞木的小说构思精妙，叙述生动，引人入胜。如《蛮窟风云》，从沐天澜误饮金鳝血意外昏迷不醒开始，引出瞽目阎罗救人收徒、金翅鹏的出场以及被龙土司纳入麾下，而跟着红孩儿的出场，解释了瞽目阎罗的来历以及与飞天狐结怨的经过，又为后文狮王、飞天狐侵入沐王府，瞽目阎罗舍身血战等高潮部分做了铺垫。又如《庶人剑》，陕西山村中，一对拳师夫妇失踪多年突然归来，教徒自娱晚景。他们意外收了一个来历不明的上门徒弟，不久就遇到多年前的仇敌上门寻仇，老拳师怀疑这个徒弟，结果误中圈套，幸亏这个徒弟忠心为师门，救下了老拳师父子，而仇敌五虎旗之来，则源自老拳师夫妇二人当年离家，与师兄弟一起走镖，技震江湖时期。朱贞木以倒叙的笔法娓娓道来，他在平实流畅的叙事中，营造出一种氛围，创造出一种情趣。故事本身环环相扣，紧凑严密，令读者不知不觉陷入其中，欲罢不能。他的名作《七杀碑》，二十多年前笔者真是一口气从头读到尾的。邓友梅先生在《闲居琐记》中，记录了著名作家赵树理先生指着《七杀碑》对他说的话："……写法上有本事，识字的老百姓爱读，不识字的爱听。学学他们笔下的功夫……"由此可见朱贞木讲故事的水平有多高了。

若要把故事讲得"识字的老百姓爱读"，只有凭语言的功力了。朱贞木接受过私塾和学堂两种正式和非正式的长期教育，其学历在武侠小说作者中大概是绝无仅有的。他的青少年时代又是在富庶的浙江绍兴度过的，他肯定接触过当时的鸳鸯蝴蝶派小说、新文学书籍以及翻译的西方小说作品。他的武侠小说处女作《铁板铜琵录》遵守中国章回小说的传统，采用对仗的回目，在描绘风景时更是不自觉地经常使用赋体，轻松自如，毫不佶屈聱牙，可见其古典文学素养深厚。自第二部《龙冈豹隐记》开始，包括之后的所有作品，他却都摒弃传统章回，章节名称全部采用"血战""李紫霄与小虎儿""金翅鹏拆字起风波"等名词、词组或短句，长短不拘，新鲜灵活。这一革新更为二十世纪五十年代以降大部分香港、台湾武侠作家写作的滥觞。他在武侠小说中有时还使用当时流行的新名词如"观念""计划""意识"等，然而用得自然爽利，反映出了一些语言跟随时代而来的变化。

严家炎先生在《金庸小说论稿》中说："在小说语言上，金庸吸取新文学的某些长处，却又力避不少新文学作品语言的‘恶性欧化’之弊。他扎根于本土传统文学中，较多承继了宋元以来传统白话文乃至浅近文言的特点，形成了一个新鲜活泼、干净利索、富有表现力、相当优美而又亲切自然的语言宝库。”这些评价用在朱贞木——金庸的浙江同乡前辈身上，同样十分贴切。

追求自由恋爱是“五四”以来各种文学体裁的共同主题，武侠小说自然没有落后于这股时代潮流。在《蛮窟风云》《罗刹夫人》《飞天神龙》等朱贞木小说中，主要男女人物积极主动地寻找、追求自己的爱情，尤其是女性人物，一反全凭媒妁之言的传统，大胆示爱对方，甚至还有私奔、野合的情节。朱贞木有时还通过小说人物之口，表达他对于“情”字的解读，可以说，所有这一切都间接反映了五四运动之后反封建传统、反道学的社会流行风气。其实，在朱贞木前后期的很多武侠作品中，女性主角的地位已经大大提高，也出现不少以女性为主人公的作品，如顾明道《荒江女侠》、王度庐《卧虎藏龙》等，即使在还珠楼主的《蜀山剑侠传》中，女剑仙、女剑客也扮演了主要角色。只是多数作家虽然突出了女性的自主与独立，突出她们的纵横江湖，但在描写男女爱情上着墨不多、不细致，而在这个方面，朱贞木就显得比较突出。

他把恋爱中男女的哭、笑、逗、闹等言语和肢体动作描写得栩栩如生，淋漓尽致，而对于堕入情网中男女间的对话，更是绘声绘色，就连男女之间的武功切磋，有时也“写得花枝招展，脉脉含情”，表现了有情男女之间那种若隐若现、欲拒还迎的情致与趣味。有时他则用热辣辣的语言展现女性对于爱的向往，比如《罗刹夫人》中的罗刹夫人，《七杀碑》中的三姑娘、毛红萼，《飞天神龙》中的李三姑等等，这一特点被后起的香港、台湾武侠名家如金庸、卧龙生、诸葛青云、司马翎等人继承并发扬光大，同时穷追男主人公的侠女达数人之多，叶洪生先生称之为“数女倒追男”模式。相比之下，以“侠情”特色名传后世的王度庐，笔下恋爱男女的表现反而显得含蓄、收敛和传统。

至于男主人公的表现，除了在房梁上刻下“英雄肝胆，儿女心肠”的杨展，多数没有女性角色那么生动而有活力，《罗刹夫人》中的沐天澜竟然一副小男人的娇样儿，喜欢拜倒在两位罗刹姐姐的石榴裙下，仿佛有些《红楼梦》中贾宝玉的某些味道。

说来有趣，被划入鸳鸯蝴蝶派的顾明道笔下没有这样娘娘腔的男主角，王度庐笔下有些优柔寡断的李慕白也仍是男子汉一个，其他如更早的平江不肖生、赵焕亭和同期的白羽、郑证因等人都不弹此调，因此武侠小说中“娇男型”男主人公大概可以算得上是朱贞木的首创了。

对于爱情的结局，虽然同时期的王度庐偏重悲剧，但朱贞木还是和大多数武侠作家一样，选择了喜剧。大团圆的喜剧结尾对读者的感染力自然不如悲剧来得深刻，但在剧烈变动的时世中，对于经常听说和目睹人间惨事而无能为力的一般读者来说，也多少算得上一点安慰，多少能保留一点对美好事物的向往与期待，多少能暂时得到些许快乐与心情的放松！

小说作者迎合一般读者的需要，本是无可厚非的，而朱贞木这么做，却并不是“为稻粱谋”的需要。1943 年 9 月出版的《369 画报》第 23 卷第 1 期刊登了《天津武侠小说作家朱贞木》一文，作者毅弘在文中写道：“朱贞木先生并不指着卖文吃饭，他不过是闲着没事，作一点解闷而已，在写武侠小说的作家中，朱贞木先生是一位杰出人才，独树一帜，另辟蹊径，所以将来的成功，殊不可限量。”

可见，朱贞木写武侠小说虽是为了解闷和消遣，却也不肯胡乱涂抹，而是要有真正的消遣价值！

他在处女作《铁板铜琵录》的序言中感慨小说的出版有量而乏质，原因则是社会不景气，认真作品没有销路，大家都要有口饭吃，于是就“卑之无甚高论”了。他又写道：“在下这篇东西，本来用语体记述了许多故老传闻、私乘秘记的异闻逸事，借以遣闷罢了。后来因为这许多异闻逸事确系同一时代的掌故，也没有人注意过，而且看见小说界的作品，风起云涌，好像作小说容易到万分，眨眨眼就出了数万言，不觉眼热心痒起来，重新把它整理一下，变成一篇不长不短、不新不旧的小说，究竟有没有违背时代的潮流，同那个小说界的金科玉律，也只好不去管他，俺行俺素了。”

朱贞木显然十分清楚小说的真正要求是什么，客观环境所限，走消遣的路子罢了。即便如此，他也并不是向壁虚构，胡乱编些故事应付读者，而是有所依据的。他这样认真地选择和使用材料，显然是有成绩的，他的第二部作品《龙冈豹隐记》序言中是这样说的：“前以旧作《虎啸龙吟》说部，灾及枣梨，颇承读者赞许，实深惭汗，且有致函下走：以前书仅只六集，微嫌短促，希望撰述续集为言。……稗官野史，无关宏旨，酒后茶余，聊资消遣。下走亦以撰述说部为消遣。以下走消遣之笔墨，转供读者之消遣，消遣之途不一，消遣之理相同。然真能达到读者消遣目的与否，则须视内容之故事是否新颖，文字之组织是否通畅为衡。以各种说部风起云涌之今日，而欲求一有消遣真价值之作，亦非易易。”

待到数年后的《罗刹夫人》出版时，他对武侠小说创作题材已经有了比较全面的认识和思考，他在该书附白中指出，武侠小说有两弊，一是过于神奇，流于荒诞不经；一是耽于江湖争斗，一味江湖仇杀。他希望《罗刹夫人》一书可以为读者换换口味。他也的确做到了，该书影响范围之大、时间之长是他根本想不到的。

朱贞木虽然屡屡强调自己写小说只是消遣，但他身处一个战乱频仍的大时代，又从家乡绍兴北迁天津，个人际遇的变化、人生的起伏都会多多少少在作品中有所流露。他的小说题材不少出自明末清初的笔记，为何选择在那样一个动荡的、变乱的时代发生的故事和人物，背后的含义是不言自明的。在《龙冈豹隐记》等书中，轻松和趣味之外，作者自身感受的某种无奈时有体现——身处乱世的人们，无论高人愚氓，何处可以求得安定的生活！

随着1949年1月天津的解放，这种对于时势的困惑与无奈就消失了。朱贞木在这年7月出版的《七杀碑》第二集结尾处写道："烽烟未戢，南北邮阻，渴盼解放，当再振笔。""解放"二字表明了他当时的政治态度，也表明了他对于新时代的期盼。于是，在全国解放后，朱贞木主动学习新的文艺理论，尽力掌握新的文艺观点，并尝试运用在新的武侠小说和历史小说创作中。《铁汉》就是他的一次努力：一个侠士挺身而出，牺牲自己，意欲拯救无辜百姓，免遭官军的蹂躏。在《庶人剑》的序言中，朱贞木已经认识到了个人英雄主义的狭隘与局限，认识到人民的力量的可贵，他写道："'老百姓的剑'是用钢铁一般的意志铸就的，无形的，锋利得无可比喻的，而演出的方式，不是斗鸡式的，是集合大众的意志，运用脑力体力，推动整个社会机构，而与障碍前进的恶势力做斗争的……"

可惜类似这样的努力并没有进一步开花结果，《庶人剑》刚刚写了三集就停刊了，预告的不少新作如《酒侠鲁颠》等似乎都未曾出版。自1951年6月起，所有武侠小说都不准出版。1956年文化部又颁布严肃处理反动、淫秽、荒诞图书的命令，并配发查禁图书目录，朱贞木的所有作品竟都赫然在列。其实，类似朱贞木这样努力学习、尝试运用新文艺观点创作武侠小说的还有还珠楼主、郑证因等武侠作家，他们的所有作品也一样榜上有名，一同被禁。此后三十年间，朱贞木的小说彻底消失，连朱贞木这个人也寂寂无闻至今。

朱贞木的武侠小说基本写成喜剧结局，可是他自己的写作生涯却以近乎悲剧收场，令人唏嘘不已。

上个世纪八十年代改革开放以后，武侠小说又重新出现在图书市场上，而且颇有声势，名家名作纷纷重现江湖，朱贞木的作品也出版了几种。时至今日，如《罗刹夫人》《七杀碑》等几部知名作品也再版过多次，只是因为出版人对于武侠小说仅仅停留在商业层面的认识上，因此版本混乱，存在这样那样的错误，影响了对朱贞木作品的研究。

中国文史出版社不惮花费巨大人力、物力、财力，出版“民国武侠小说典藏文库”系列丛书，为后世留下宝贵的研究资料，还中国武侠小说史上的知名作家一种本来面目，可谓功德无量！笔者作为该文库“朱贞木卷”原刊本提供者、编校者，于武侠小说资料的搜集与整理略有心得，承蒙社方信任，略谈一些关于朱贞木生平及其作品的粗浅看法，谬误不免，聊充序言耳！

顾　臻

2016年10月26日于琴雨箫风斋

2020年11月16日修订

目　录

第一集

第二集

第 三 集

自　　序

“风萧萧兮易水寒，壮士一去兮不复还!”这两句古歌，到现在嘴上念起来，还留着一点悲歌慷慨的侠士风味，想见当年燕太子丹和宾客们，在易水岸上白衣白冠，歌哭送别的景象，是一幕极端悲壮的场面。那时燕太子丹和他的宾客们，明明知道这位荆轲，到秦国去，是一去不复还的。荆轲不是傻子，当然也明白自己是送死去的，最大希望，是和秦王同归于尽，这种视死如归的作风，便是古侠士之风。

这段“荆轲刺秦”的故事，并不是本书描写的对象，我把它引用在序言上，因为这段故事里面，发生了几点感想，当然，这是我主观的看法，但也许引起读者们，看完我这部小说以后，发生客观的辩证兴趣。现在先把我对这段“荆轲刺秦”的看法，写在下面：

燕太子丹白衣送别的易水，便是现在的河北易县，距离秦国的咸阳首都，虽然有不少路，可是虎狼之秦，志在吞并，未必没有间谍在燕国侦探，加上纵横舌辩的政客们，都是危险分子，燕太子丹居然在派遣刺客当口，明目张胆地哭送于易水之滨，古人这样坦白态度，实在有点可笑，所以“图穷匕首见”的时候，荆轲到底失败了。从这位刺客失败以后，大约刺客的作风，改了方式，不敢这样明目张胆了，只要看荆轲刺秦以后，又发现了张良刺秦，博浪一椎，误中副车，虽然同一失败，手段便隐秘得多，取了暗刺、狙击的方式，从此以后，私人间的仇恨，政权间的攘夺，民族间的摩擦，都不免有这类刺客在暗中活跃，得到人们同情的刺客，便替他戴上侠士剑客等头衔，演出的方式也日新月异，花样繁多，像燕太子丹和荆轲的大胆作风，是绝对不会再有的了。但是荆轲以后的无数刺客，不论其成功或失败，不论其侠士剑客，或鸡鸣狗盗，其演出方式，总觉不如荆轲的悲壮伟大。这便是古侠士淳朴无畏的精神。侠士之侠，也在于此。后人虽然把荆轲的作风改变了，而这点侠士之侠，却一直流传下来，而且流传于屠狗卖浆之流，有的也变成了封建压迫下的民众呼声。

燕太子丹不派遣别人去刺秦王，而独派遣荆轲，当然是荆轲这人，除出不怕死以外，还具有高明的剑术。中国的剑术，大约在战国时代最为盛行，从《庄子·说剑》篇内，便可看出来："昔赵文王喜剑，剑士夹门而客三千余人，日夜相击于前，死伤者岁百余人，如是三年，国衰，诸侯谋之。"这位赵王，大约是位黩武主义者，一个小小的赵国，要养剑士三千人，开支浩费，如何不衰？而且白养着三千剑士，并没有大用处，所以庄子以"天子剑，诸侯剑，庶人剑"的抽象理论去说服他，意思是匹夫之勇不足取，当务其大者远者，他说"庶人剑"的几句话，说得很有意思，他说："蓬头突鬓，……瞋目而语难，……上斩颈领，下决肝肺，此庶人之剑，无异于斗鸡，一旦命已绝矣，无所用于国事。"这里面"无异于斗鸡"一语，说得颇有趣味，可见这种斗鸡式的匹夫之勇，没有多大意义，荆轲的牺牲，挽救不了燕国危亡，因为你有刺客，我有卫士；你有来的，我也有去的，以牙还牙，无非使剑客侠士之流，互相做斗鸡式之流血罢了。

这种斗鸡式的流血，一直沿袭到后世江湖上五花八门的斗争，经过小说家夸张的描写，发生了许多传奇式的故事，或竟变成超人的怪诞故事。总之，这种斗鸡式的流血，是只有封建制度下，才能产生出来的一种狭义的个人英雄主义。

这部东西，取材于清初江湖间的传闻，以封建制度下的一切做背景，故事的演出，当然近于斗鸡式的，而全书的意义和结构，是以上述的几点感想做核心，原名《易水寒》，发刊时改为《庶人剑》，似乎《庶人剑》意义较为深刻，在庄子时代的庶人剑，如用现代社会意识，替它换一个名称，可以称为“老百姓的剑”。古代的庶人剑，无非是一柄钢铁铸就的有形实物，“老百姓的剑”是用钢铁一般的意志铸就的，无形的，锋利得无可比喻的，而演出的方式，不是斗鸡式的，是集合大众的意志，运用脑力体力，推动整个社会机构，而与障碍前进的恶势力做斗争的。运用庶人剑的是古侠士，运用“老百姓的剑”的是今侠士，古侠士与今侠士的不同，其狭义广义之分，相差不可以道理计。写罢这部近于古侠士做法的东西，预备试写一部今侠士作风的说部，今古互证，意趣自明。唯惭谫陋不文，随写随刊，定多疏漏，尚乞诸读者赐教为幸。

第 一 集

第一章　公孙大娘

万山磅礴，栈道入云，陕南接近甘川的峻险山区，在初夏晓色朦胧、残星明灭当口，笔架似的山巅，海市蜃楼般缥缈隐现于云屯雾锁之中。一层层堆絮的云海下面，时时透出鸡鸣犬吠之声，便知山脚下面住户，已有赶早起来的人们了。

这时，东面一层层的山影背面，旭日还没有升上来，只现出一片片绮丽光怪的霞彩，好像替这一面山峰，突然加上了半幅缤纷夺目的锦幕，其余各面的天空，还是白灰灰的、迷蒙蒙的，可是迷漫的云海已开始由厚而薄，由薄而化为随风飘忽，霏微摇曳的断练残丝，渐渐消灭于密林陡壑之间，于是被露水滋润，葱翠欲滴的树林，被晓霞映照，蜿蜒清澈的溪涧，以及巉岩怪石、古道山村，都像揭去一层黑幕似的，一一由晦而明，豁然显露了。

这段地名三岔驲，是山脉盘郁之间的一座山镇，也是清初时代的一处驿站。往北走，不远便是毗连甘境的凤县，由凤县渡渭河达宝鸡、凤翔而长安；往南走，经留坝、褒城而抵汉中。这段路出名的险巇，绝壁万仞，危峰插天，山路断处，连木为栈，名曰云栈，即古时的陈仓道，系由陕进川的要道。

从三岔驲往西南角走，另有一条小岔道，迂回盘曲，境极幽仄。

在这条小道上，距离三岔驲五里多远近，有一处冈峦环抱、水木清幽的独家村，地名公孙庄，庄内也只五六户人家，全是复姓公孙的本族。村庄虽小，却是人杰地灵，驰名远近，因为庄内住着一位退隐多年、年近望六的老武师，名叫公孙龙。

据说公孙龙是终南派的名宿，以绵掌、梅花针两手绝顶功夫闻名于世。他得到这两手绝顶功夫，其中藏着一桩极有趣味的故事，江湖上和三岔驲镇上的人们，常把这桩趣事，当作茶余酒后的聊天资料，三岔驲镇上老一点的人们，还赶上了这桩趣事，更谈得有声有色。

原来公孙龙年轻时，练的是开硬弓、举石礅，尽是想上进搏个武职出身的功夫，居然也被他练得像铁人一般，膂力之强确是惊人，能够把一百六十斤头号关王刀运转如飞，二百多斤大号石礅只手独举。十八岁当口，便考中了武秀才，接着在长安进了武举，在这山乡僻村，中了武举人，原是极难得的事，何况是一个不到二十岁的小伙子，连三岔驲镇上的住户，都出了公份，公贺这位新中武举的公孙龙。

公孙龙父母早已去世，他从小由叔婶抚育成人。公孙龙对于两位叔婶视同父母，非常孝顺，他没有什么嗜好，只爱喝一点酒，在叔婶面前，却不敢喝得面红红的。中举这一年，这位婶母百忙里便替他定了一份亲，他在这位婶母面前，素来百依百顺，并没十分打听新娘子的家世，只从婶母口中得知，这份亲是从她住在凤翔的娘家方面介绍过来，丈人姓姬，只有这一位独养女儿，貌美性淑，如是而已。

娶亲以后，新娘子果然端淑贤惠，夫妻也非常相得，不过公孙龙爱酒之癖，却在娶亲以后，不避叔婶，慢慢地公开了。自己家里喝得不痛快，常常到三岔驲镇上去喝个痛快，镇上的人们又敬重他是一位武举，没有不奉承他的。在镇上人们的奉承之下，常常喝得酩酊大醉，醉后酒性又不好，常常无故骂座挥拳，不是把酒铺的桌椅捣得稀烂，便是把镇上看不入眼的人们打得半死。他力大惊人，谁也降不下他，这一来，平日奉承他的人们，不敢再奉承了，瞧见了他，慌不及远远避开。可笑他自己酒醒时，忘记了发酒疯时的行为，没事人一般，照常到三岔驲镇喝酒去。这样发酒疯的事，不止一次了，镇上的人们背后替他取了一个“酒大虫”的绰号，镇上几家酒铺瞧见他进门，都弄得提心吊胆，皱起了眉头，几个老酒座碰到“酒大虫”进门，便悄悄地一个一个都溜了。

家中叔婶知道了这种事，和新娘子商量，不敢让他到镇上去喝酒了，特地在家中，备了好酒，让他在家独酌，不致过量，免得到外面闯祸。头几天很好，旁边有婶母和妻子监视着，喝得适量而止，日子一久，公孙龙便觉喝得不过瘾，例酒之外，悄悄地摸着藏酒所在，偷偷地喝个尽兴，这一来坏了，喝足了酒，在自己屋里发起酒疯来了，而且苦了这位新娘子，酒性一发，翻眼不认人，妻子在旁边低声下气地劝他、服侍他，他却破口大骂，醋钵似的拳头，竟向妻子身上擂了起来。

新娘子虽然不是小脚伶仃，只看她弱不禁风的体态，大约连他一个指头都似乎承当不起，怎禁得他挥拳一击？但是每逢他拳头一举，其势虽凶，却擂不到他妻子身上，他妻子虽然好像弱不禁风，闪避却非常灵巧。他第二天醒来时，叔婶不免要数说他，他也不免后悔，因为妻子好好儿的，并没有被他打伤，依然笑盈盈地伺候他。虽然后悔，酒瘾发作，还是要喝，既喝必要尽兴，一尽兴，发酒疯的老毛病仍然要发作，一发作，难免挥拳，虽然拳头依然到不了老婆身上，可是公孙庄和三岔驲都传开了“酒大虫”在家发酒疯打老婆的名声，和他老婆公孙大娘贤惠的名声，可以说并驾齐驱，蒸蒸日上了。

公孙龙发酒疯时，迷了性，胡闹一阵；不喝酒时，仍然好好儿的一个人，和他妻子依然相敬如宾，非常和谐。镇上传开了他打老婆的名声，从本庄族人中，传到他耳内，他兀是不认，他说：“我酒后无德，我自己有时也有点后悔，但是要说我打老婆，这是胡说，你们想，我是多大劲头，我老婆是多弱的身体，怎禁得我在她身上动粗呢？如果我真在酒后打老婆，不用说是多次，只要有一次还不把她打坏了吗？你们住在一个庄内，天天见面，可曾见过她受一点伤，连油皮都没有脱过一层。可见他们是胡说，乱放谣言。”

他嘴上虽然这么说，经人家这么一提，心里也想得有点奇怪，自己酒后做的事，虽然有点迷茫，醒来时总也有点觉察，事情不止一次，似乎确曾发疯似的打过她来，她确是一点没有受伤，而且毫无怨恨和惧怕的神色，这事确是有点奇怪。

他心里想得奇怪，一个人琢磨了半天，兀是想不出其中的道理来，一咬牙，决计戒酒，转身便走进自己屋子去，他妻子见他进房来，面上毫无酒意，便盈盈起立，问他是否要喝酒，我替你预备酒菜去。公孙龙两手一拦，脸上现出惭愧之色，向他妻子凑了半天，突然兜头一揖，公孙大娘倒被他吓了一跳，笑问道：“你这是做什么？”

公孙龙叹口气道：“我年纪轻轻，偏是爱酒如命，实在惭愧，尤其对不住你，现在镇上庄上，非但出了‘酒大虫’的绰号，还得了打老婆的臭名声，从此以后，我真要戒酒了。”

公孙大娘朝他脸上仔细地看看，只微微一笑，并没说话。

公孙龙知道她绝不相信自己真能戒酒，所以不加可否，便坐下来说道：“我知道你不相信的，你知道我为什么要戒酒？我从小打熬气力，总算得了武举，这一带谁都知道我身上有功夫，我练了功夫，只会在家打老婆，这名气可把我臊死了。不错，这是我酒后无德，我自己认错，但是说我打老婆，未免有点冤枉，我这样大力气，你禁得我打一拳吗？”

公孙大娘听他说了这话，柳眉微微一挑，两眼放出异样光彩，向他点点头说：“从今日起，你真个要戒酒吗？”

公孙龙一跺脚道：“丈夫一言，快马一鞭。”

公孙大娘笑道：“好！我相信你是有志气的。”说罢走近房门，悄悄地把门关了。

公孙龙看得奇怪，问道：“你关门干什么？不到天黑，关房门，要被人耻笑。”

公孙大娘立在房门口，咯咯地一阵娇笑，指着他说：“外面人家说你，在家里打老婆，现在我要替你挽回名誉，我要关起门来打丈夫。”

公孙龙睁着一对大眼，几乎疑惑自己听错了，瞧着他妻子，满面诧异之色地说：“噫！你不喝酒，也发酒疯吗？休得取笑，像你棉花似的拳头，替我捶捶背倒不错。如果你真个想打我几下，我身上尽量让你打，直打到你自己手臂酸痛为止，如果我皱一皱眉头，便不是你的丈夫。”说罢，大马金刀似的坐在上面，笑着向她招招手说，“来，来，替我重重地捶几下，让我舒舒懒筋。”

公孙大娘咬着牙，朝他点点头，轻移莲步，走到他身边，一手扶着他的左肩窝，笑嘻嘻地说：“照你这么一说，我们女人都像纸糊似的，天生是挨男人家打的。你既然这么说，我倒不愿先动手了，我倒愿意挨你一下，被你一拳打死，也只好认命。”

公孙龙大笑道：“嘿！瞧你这张小嘴多能说，明知道我舍不得打你的，故意这么说……”

公孙大娘抢着说道：“好一个舍不得打我，酒喝醉时，一发疯魔，便不是你了，便舍得揍老婆了。好！你此刻没有喝酒，大约狠不起心来，我替你拿酒去。”说罢，脸上有点铁青青的，转身便走。

公孙龙哈哈一笑，笑声未绝，突然惊喊：“啊呀！怎……怎么回事？”一面惊喊，一面身子从椅子上直跳起来，慌不及用右手去摸自己的左肩，原来他一看公孙大娘转身要出房去替他拿酒喝，自己刚刚说过戒酒，又瞧出今天自己妻子言语行动，和往常有点异样，面色也异常严肃。他妻子一转身时，原在他左边身旁，他左肩一抬，想拉住他妻子，不料心里想这样做，这条左肩竟不听自己使唤，抬了几次，竟没抬起左手来。他惊得直跳起来，疑惑自己身上得了毛病。

他这一惊喊，公孙大娘转身走回来，右手依然搭在他左肩上，左手撮着他这条肩膀的关节处，冷笑着问道：“大惊小怪干什么？真个立志戒酒，不愿我去拿酒吗？”

公孙龙急喊道：“不，不……怪事，我这条肩膀突然出了毛病，抬不起来了。”

公孙大娘道：“瞎说，年纪轻轻，会得半身不遂症，我没有听说过，亏你还是练家子哩！”嘴上说着，上面这只手，用三指一撮他肩头上的总筋，下面这只手，在关节处一捏，嘴上还说着，“我不信，你捣的什么鬼？”说罢，用手一推他肩膀，公孙龙立时觉得这条臂膀上有了知觉，微微觉得一阵酸麻，竟随着自己心意抬了起来。

他吃惊之下，盯定眼珠地向他妻子瞅着，一面把自己左肩一伸一缩地运动了几下，觉得这时一点没有毛病，依然好好儿的。他越想越惊奇，猛地一挫身，右臂一伸，粗钵似的拳头，向他妻子的肩下捣去，拳头出去，心里还疑疑惑惑的，不敢用力，只用了三分劲，怕把他妻子打伤了。

照说他这一拳，猛不防地打出去，他妻子又站得这么近，没有不打着的。但是事情真奇怪，公孙大娘不慌不忙的，只肩头微微一侧，公孙龙的拳头，擦着他妻子的胸脯，打到空里去了，连他妻子的衣服，都没有沾着一点，而且拳头用空了劲，自己的拳头，把自己的身子带得向前一栽，幸而只用了三分劲，如用了十分劲，怕不趴在地下。

却听得他妻子喊着："啊！真个狠了心了，清醒白醒地也打起老婆来了，好！让你打吧！"

公孙龙闹得满面飞红，嘴上喊出："噫！你身上有玩意儿，你瞒得我好苦，我不信我斗你不过！"嘴上喊着，两臂一张，伸着两只蒲扇似的大手，向他妻子扑去。

他想把妻子抓住或者抱住，像他这样大力气，只要被他一把抓住，不怕脱出身去。他想得满对，无奈他妻子的一个身子虚飘飘的，好像一张纸，他好像是一阵风，风往前一扑，便把那张纸吹了开去，而且并没吹远，自己的手，离着他妻子的身子，只差了半寸，便抓空了。

他这一抓空，自己的身子又不由得也扑了过去，已经离开了桌椅，慌不及把身子站稳，一不做，二不休，又上一步，嘴上喊着："瞧你往哪儿跑！"张着两手，又扑了过去。

这一次，他妻子纹风不动，待他两臂向身子拢来时，忽地两掌一合，往外一分，倏又一挫身，一翻掌，在他丹田下微微一托，嘴上娇喝一声："去！"

这个"去"字刚出口，公孙龙突然惊喊一声："啊呀！"只觉自己两臂被他妻子双掌一穿一分，好像碰着一种有弹簧似的东西，把自己两臂弹了开去，连身子也跟着往后一仰，同时觉得肚子上被她双掌一托，两脚虚飘飘地离了地，整个身子腾空而起，往后摔了开去，吧嗒一声响，仰天八叉地跌在砖炕上了，几乎把这座新砌的百年好合的子孙炕砸塌了。幸而炕上铺得厚厚的，他妻子手上也有尺寸，铁塔一般身子砸在炕上，只觉一阵头晕眼花，却没有十分痛楚。

公孙龙经这一跌，才把他跌醒了，才明白他妻子本领，比他高明得不知多少倍，才后悔自己这些年的笨练满白费了，练成了这样大力气满没有用，只可中名武举，却降服不了一个弱不禁风的妻子。从此以后，他只好拜倒石榴裙下，认妻为师，从头再练真价值的体己功夫。

这样经过五六年之久，公孙庄的人们，非但没有瞧见他喝过酒，也没有见他到过三岔驲镇，只一心一意，在他老婆师父督饬之下，在家里练苦功夫了。在这五六年内，他叔婶相继去世，公孙龙安葬了叔婶，把自己家宅托本庄族人看管，两口子竟悄悄地离家远游，不知去向。

后来三岔驲镇上有人传说，公孙龙从军功得了官职，过了几年，又有人传说他们夫妻在某处开了镖局，在江湖上享了大名。但是这种传说，也非人们捕风捉影之谈，究竟真相如何，谁也摸不清。直到二十年以后，公孙龙夫妇突然回转家乡，重整家园，买田地，盖房屋，虽然瞧不出怎样富厚，也算三岔驲镇一带的小康之家了。

公孙龙夫妇回家时，夫妇已都是将近五十的年龄了，膝下有了两男一女。从此两夫妻息影故乡，在家里铺了块练武场子，收了几个门徒，连带本族子弟、自己儿女，传授本门武术，以娱晚年。

这样和平安善的光阴过了六七年，两夫妻将到望六之年，三岔驲镇上的酒铺，又常见公孙龙的足迹。可是这时的公孙龙，和当年被人喊作“酒大虫”的公孙龙大不相同了，虽然和镇上有年纪的人们常常喝几杯，聊聊闲天，可是道貌俨然，气度闲雅，非但不发酒疯，也瞧不出他是位身怀绝艺的名武师，而且常常替人排难解纷，救恤孤寡，俨然是一位仁厚长者。三岔驲镇一带的人们，远远地见着公孙龙，便垂着手站在道旁，喊声：“老爷子！你今天有兴，出来遛遛。”这边是三岔驲镇一带，在人们口中传说的，老武师公孙龙拜妻为师的趣事，也就是公孙龙早年生活的一点缩影。

第二章　一条胳膊债

天刚发晓，太阳还藏在东面高山的背后，老武师公孙龙家里的把式场，已经开始了生龙活虎的早课。老武师的族侄公孙守廉短小精悍，穿着一身紫花布密扣对襟短衫，下面是灯笼裤和千层纳帮洒鞋，赤手空拳同他族兄——老武师次子守义，练习“空手进刃”的功夫。

守义中等身材，一脸精悍之气，横着一柄三尺有余的木剑，认真地纵横挥霍，左右刺斫，嘴上还吆喝着：“你瞧，这一下，给你个便宜。”

守廉身形展开，运用本门无极玄功拳三十六式——身法是挨、帮、挤、靠，手法是吞、吐、浮、沉，随着挥霍刺斫的剑点，倏进倏退，对打得异常火炽。

老武师大弟子纪大纲，站在墙边一株马缨花树下，很细心地看着两人过手的招数。

忽见守义用了一手“抽撤连环”，剑锋点胸膛，挂两肋，守廉轻喊了一声：“嘿！有你的。”瘦腰疾闪，两腿灵活，竟用“风展落花”的身法，连躲三剑，随着守义剑势一收的间隙，跟踪直进，疾舒右臂，用掌一托守义的右肘尖，左掌从自己右肘下穿出，“叶底偷桃”直向敌方右肋猛击，招紧势疾，堪堪用上，不意守义不退反进，右腿一上步，身形一斜，便把敌人的招数化开。

守廉招一落空，上身不免向前一倾，守义脚跟一转，一个“怪蟒翻身”，身形半转，手中剑反臂刺扎，反向守廉后背刺来，守廉招数用老，未及换势，剑已点到，急忙身形向前一俯，一个“龙形穿掌”，滑出一丈开外，将将避开这一险招，回过头来，看了一看马缨树下的大师兄，舌头一吐，伸手把脸上的汗抹了一把。

守义淡淡地一笑，用木剑指着他道：“这招龙形穿掌，你没有学会多少日子，居然被你用上了。”

大师兄纪大纲从树下背着手走了过来，向守廉笑道：“四师兄，你这手‘龙形穿掌’虽然用上了，可是也够险的，倘若对方真是敌人的话，剑锋早已点到了，哪让你逃出手去？因为你一大意，招数先用老了，招数用老了不要紧，要紧的是沉住气，心里不许发怵，别忘了咱们本门武术败能自救啊，当时你应该‘矮身下蹲’，‘就地偏踹’，既可拆开三师弟那一招，自己又可缓开式子，以攻为守，哪能撤身一跑呢？”他说完这话，不等守廉还言，便向对面二师弟守仁练功夫的地方走了过去。

这位大师兄纪大纲是凤县南门外八里铺的人，距离三岔驲镇只三四里路远，进门却早，还是公孙龙夫妇在外面收下的第一个徒弟，跟着公孙龙夫妇在外乡不少年，随师还乡，又练了一二年，才出师门，由公孙龙托人介绍到北京，充作某大宅的护院武师，论武功虽未尽得师传，已很说得出去，北京也有个小小名头。他年纪已有三十五六，也快近四十的人，这时正值他请假返里，省亲觐师，公孙龙夫妇知他回来不易，便留在公孙庄，叫他和几个师弟们多盘桓几天，而且已到了假期将满，快回北京的时候了。

纪大纲的二师弟，便是老武师的长子——守仁，年纪也正二十出头，浓眉大目，长得有点像老武师，可是对于本门武术，也只平平过去，尤其对于他父亲最得意的“绵掌”功夫，还练不到精奥处，常常受他父母训斥，论功夫还不及他弟弟守义进步得快，一半是他勇猛有余，颖悟不足。这时刚练完他母亲传授的一套无极剑法，身上见了汗，敞着胸襟，倒提着一柄青钢剑，向东面墙根一株大槐树下走去，走到树下，便先喝彩：“嘿！了不得，百发百中！”

原来树身上绷着一张牛皮，牛皮上画着人身的六道，都按照真人一般的部位尺寸，圈着龙眼核大小的红圈圈，圈旁注明了六道名称。皮人对面，相隔三丈开外，站着一个生气虎虎、面目端正的活泼少年，身上斜挂着一袋铁莲子，正在用各种手法步法，向树上皮人连发莲子镖，健腕一抬，嘴上便喊出穴道的名称，铁丸连发，只听得皮人上噗噗直响，居然十有九中，皮人上穴道红圈心，已被他击得起了白点儿，而且凹了进去。

这是带艺投师的门徒，姓魏名杰，照老武师门下排行，是第六位门徒。魏杰听得二师兄喝彩，转脸一瞧，大师兄纪大纲和二师兄公孙守仁都向自己这面走过来了，慌不及停止发弹，两手一垂，笑嘻嘻地说：“腕上总摸不着准劲儿，两位师兄多多指教才是。”

纪大纲道：“六师弟毋庸客气，依我看师弟这手功夫已差不多了，不知腕上准头怎样？不论什么暗器，讲究能发能接，一人练可不成，还要找有准头的对手。”

公孙守仁接口道：“他和歪脖儿，原是老搭档。”

纪大纲问道：“你说的是五师弟张宏吗？我来了这几天，只见过他一次面，练功夫这样停停放放可不成，我师父师母不管他吗？”

魏杰笑道：“五师弟别的功夫我不敢说，十二支三棱透风镖又狠又准，劲头又足，实在比小弟强得多了。而且心眼儿真巧，只要瞧他脖子一歪，准有新花样出手。”

公孙守仁大笑道：“歪脖儿出名，便在这上面。他家在三岔驲镇上，他父亲早年也走过镖，被人家摘了牌匾，才回家抱胳膊一忍，现在镇上干着大群骡马行，在这条道上运送安商长行货物，生意很不错。他父亲一出门，张宏便没法安心练功夫，要替他父亲在镇上照应买卖了。”

纪大纲点点头道：“原来如此。”忽又向守仁悄悄问道：“那位七师弟呢?”

守仁向魏杰背后一努嘴，却不开口。

魏杰向守仁看了一眼，转身向南面拐角处一指，微笑道：“师母常说，晓芙师弟后来居上，是个不可多得的人才，此刻正在练梅花针，大师兄快瞧瞧去。”

纪大纲便向那面走去，公孙守仁却没有跟去，魏杰独自走到槐树下，俯身去捡自己发出的铁莲子了。

这片把式场是个曲尺形，原是老武师回乡翻造房屋时，留剩的空地。正面坐北朝南，五开间的两进瓦房，前进正面便是把式场，中间一条铺鹅卵石的甬道通着大门，围着一道虎皮石的段墙。两进院落的西面贴着围墙，把式场靠西墙一面，盖着一排小屋，备作堆积杂物和工人住宿之用。东门从把式场绕过去，还有一块狭长的空地，靠后院所在，开了个圆洞门，从后院出来，可以不必经过前院穿堂。从这圆洞门也可以绕过墙角，走出大门去。圆洞门外，和贴近围墙根所在，两面都砌着花坛，种了不少草本、木本的花果，中间空地和正面把式场一样，铺着细沙，花坛上几株芍药和几丛黄白月季含着晓露，开得非常艳丽。嗡嗡的一群蜜蜂，款款的几只小白蝴蝶，在花坛上穿梭似的飞舞。

月洞门口，一只五彩烧瓷的花鼓墩上，坐着年近望六的公孙大娘。虽然年近望六，只两鬓微苍，头上依然黑层层的，面上也看不出龙钟之相，穿着宽镶大滚边、长过膝下的二蓝春罗衫，并没套裙，露出青布中衣、青缎布底鞋，手上托着长长的银嘴细紫竹南式坤烟管，吸着自熏细丝兰花旱烟。

她背后站着她唯一掌珠——小凤姑娘，年纪只十七八光景，分梳着两条蝴蝶结小辫，衬着一张微带鹅蛋式的粉嫩脸，配着黑黑的两条长眉，亮晶晶的一双大眼，妩媚之中带点英爽之气。

这时，母女二人的眼光都集中在空地上——一个剑眉朗目、猿臂蜂腰的少年手上。这位少年便是纪大纲问讯的七师弟叶晓芙，他这时正在练最不易练的梅花针。这种暗器名虽曰针，其实是一种特制的钢沙，是暗器中最难练、最小巧、最厉害的一种。叶晓芙展开身法，绕着这片空场的中心，滴溜溜疾转，忽而贴地翻腰，犀牛望月，忽而耸身张臂，健翮摩空。每逢他抬臂举手当口，两面花坛上飞舞的蜂蝶，必有几只遭殃，翩然而坠。

纪大纲远远瞧着，暗暗吃惊，心想这种梅花针分量极轻，取准极难，不比铁莲子、三棱镖等暗器，专在目力、腕力上用功，这种暗器非在气功上先筑根基不可，没有气功，劲不贯梢，想练这种暗器，等于白费气力，这是本门绝艺之一，也是师母独有的心传。说来惭愧，她老人家没偏没向，在她门下的，一样传授，但是这手功夫，我做大师兄的，便练不到这地步，她亲生的两位少爷，也摸不着门，别人更不用说了。不料这位进门未久的七师弟，居然能够练到这样火候，看师母神气，还非常赞许，这事真有点奇怪了。

纪大纲吃惊当口，公孙大娘背后的小凤姑娘一眼看见他了，招着手，娇喊道："大师兄，我父亲回来没有？你瞧着七师哥这手功夫怎样？"

小凤说时，脸上不断地露出得意的笑容来，纪大纲走了过来，嘴上说着："这手功夫，七师弟没来时，要算师妹鳌里夺尊，现在却后来居上了。"

公孙大娘把手中烟管上的灰，向地上轻轻一磕，叹口气说道：“武功一道，大有缘法，不得真传学不到，不得其徒传不到，够材料而没有悟力、没有恒心的，还是白费劲。大纲，你想难不难？你不要过意，连我儿女都算上，我们两老不会把功夫带到棺材里去，巴不得都教给你们，但是各人禀赋不同，缘法不同，这是没法子的事，想不到来了晓芙这孩子，但是……”

公孙大娘刚说到这儿，小凤姑娘已替她装上了一筒烟，吹着纸煤，替她点上了，她话锋一停当口，叶晓芙过来向大师兄问安道早。这时，一轮晓日已从东山背后升起，阳光已照到墙头上，花坛上的花朵儿，沿着初出的日光，活色生香，格外的娇艳欲滴了。

忽听得那面拐弯的墙角上，三师弟守义远远地喊道：“大师兄，我父亲赶早儿回来了，请你说话去。”

前院一排五间正房，房外还有窄窄的一溜走廊，装着扶栏，老武师常常立在廊轩下，凭着扶栏，吸着旱烟袋，瞧着把式场上子弟们练功夫。右面廊基上，陈列着各式长短兵刃，软硬武器的木架子，这面廊内两间房屋，里间是客房，现在住着大师兄纪大纲，外屋是魏杰、叶晓芙合住的屋子，本族侄子公孙守廉是住在就近自己家里，张宏自住在三岔驲自己店房，老武师全家老小是住在后院一层屋内。前院左首两间房屋是个通间，打扫得明洁无尘，外面陈列了几色像样的桌椅，墙上也挂了几张斗方名士的字画，靠里间正墙上，当中并挂着达摩祖师和关公的神轴，下面设着香案、拜垫，案上长年摆着一副古铜的烛台香炉，靠后墙还有一张四腿用树根雕的凉榻，这是老武师平日待客和静养两用的精室，这间精室是老武师家中最尊严的屋子，子弟们不奉呼唤，轻易不敢进去的。

这时老武师公孙龙从外面回来，坐在外间靠窗的一张太师椅上，庞眉低垂，虎目微闭，似乎正在琢磨一桩事，嘴上衔着一支湘竹旱烟袋，比他夫人用的烟袋粗而短，下面的铜烟锠，可比他夫人用的大了好几倍，关东老叶的烟味儿，一阵阵往窗外冒出去，子弟们不用进屋，在廊外闻到这阵烟味儿，便知老武师在屋内了。

纪大纲进了这屋子，双手一垂，笑着说："师父刚从三岔驲回来？"

老武师摇着头说："我一早到伏虎寺，找那慧明老和尚聊天去了，好在这位老和尚不管什么早课晚课的。"说了这句，抬起头来，向窗外把式场上瞧了一眼，转过头来，用手上旱烟袋一指，说："大纲！你坐下来，我有话和你说。"忽又虎目一睁，向屋门口喝声："义儿，鬼头鬼脑的在房门口干什么？去！"

纪大纲欠着身坐在下首，看神色就知道师父定有心腹之谈，不敢先开口，很庄重地等着。

老武师又抽了一袋烟，微微地叹了口气，缓缓地说道："你跟着我也走了不少道儿，现在你又在天子脚下混事情，眼珠是亮的，眼界是宽的。这几天你住在我家里，眼睛里看见有什么不对茬的情形吗？"

老武师这几句话，似乎压着声儿说的，纪大纲听得心里一跳，一时摸不准老武师是何心意，定了一定神，才说："怎么？在师父眼底下，发现了什么岔眼的事么？"

老武师淡淡地一笑，半晌才说："我问你，你这几天看见了你新来的七师弟早晚练的功夫，大约你自愧不如吧？"

纪大纲说："嗯！弟子倒瞧出来了，师父向来不收来历不明的门徒，这位七师弟从前大约已得过名人指点，一法通百法通，七师弟绝顶聪明，进步比别人快，也是有的。"

老武师一声冷笑，烟袋的铜帽锠向地下一磕余灰，自言自语地说："我真后悔，过信了慧明和尚的话，你们师母也走了眼，竟收了这个来历不明的人。你是出门的人，现在又快走了，我心里的话，也只有对你可以说，大约在这人身上，我要栽个大的。”

纪大纲吃了一惊，慌问道：“难道七师弟有了什么不端行为吗?”

老武师朝纪大纲看了一眼，说道：“论他材料，实在比哪一个都强；论他为人，谦恭知礼，实在一步都没走错过，非但没有不端的行为，照他表面上的举动，凭良心说，实在是个好徒弟。他进我门，将近一年光景，但是到现在，我还不明白他的来历真相，他自己所说的过去，万不可靠，因为我亲自试验过他的拳脚，逼得他现出狐狸尾巴来了，他没有破绽露出来，我也不会起疑。此人到我门下的经过，你们只晓得是慧明和尚介绍来的，是个带艺投师、慕名求艺的青年子弟罢了，其实慧明和他也是初交，机会凑巧，他救过慧明性命，才发生了关系，其中事情很曲折。而且这位门徒，完全是你师母做主收下的，现在我把内情对你说明，你也可以帮我参详参详。”

老武师口中的慧明和尚，是公孙庄东面，约莫有五里多山路，地名莲花峪。峪内有座冷清清终年不常见香火的庙宇，便是伏虎寺。慧明和尚便是伏虎寺的住持，寺内除出住持，并无第二个和尚，只有慧明临时雇用的短工，这短工也不常在庙内，自己还在莲花峪山脚下种着一层层的梯形山田。老武师返乡以后，偶然闲步到莲花峪，会见伏虎寺的慧明和尚，年龄和他相仿，谈吐豪放，精神矍铄，对了自己胃口，便结成方外之交。日子一久，两人越谈越密，知道慧明虽然茹素，却常常在三岔驹买几斤土制高粱白烧，独个儿坐在危崖松荫底下自酌自饮，独乐其乐。因此老武师到伏虎寺去，常带着几瓶远陈汾酒，和慧明对酒谈心，豪放的慧明和尚，在酒酣耳热当口，不由得倾吐出他当年的生平。

原来慧明和尚未落发前，在苏北淮安、海州一带盐枭帮里鬼混，由头目混到小帮头，手底下也带了一部分弟兄，很吃得开，淮海一带替他取个绰号——小白龙。他有一次在运河上面，和江淮泗（粮船帮支派名称）粮船帮的舵主海豹周四结了梁子，冤家路窄，狭路相逢，各自率领本帮弟兄，在码头上动了家伙，真砍真杀的一场械斗，慧明把海豹周四一条左臂砍了下来，可是自己手下弟兄也伤亡了十几个人。说起来，还是为了码头上一名土娼，大家争风吃醋，事后由两帮龙头出面料理此事，可是慧明因这场事也犯了帮规，盐枭帮龙头开香堂，按帮规责罚慧明。其实也是假戏真唱，敷衍粮船帮龙头的面子而已。

慧明那时年纪已经快近五十，事后懊悔不迭，觉得在帮中摘了牌匾，而且这场事里伤亡了不少弟兄，带累了许多人，觉得无颜见人，一赌气远走高飞，离开江北，在北方鬼混，迷迷糊糊地到了陕南，终年流浪，盘川用尽，已经折腾得没有人样，凑巧在三岔驲病倒了，偶然被伏虎寺以前的老住持看见，发了慈心，把他带到莲花峪寺内，预备把他病治好了，留在寺内充个长工，做个伴儿。不意慧明在寺内养好了病，慈悲的老住持年老血衰，一个不慎，在寺外山道上跌在山涧里，中风而死。在这种山乡孤寺内，无所谓衣钵传授，老住持一死，慧明落了发，取了个慧明的出家名字，便算伏虎寺的住持了。寺虽荒凉，寺内也有两层小小的殿院，寺外也有薄薄的十几亩山田。慧明心灰意懒之余，在这寺内出家，倒也逍遥自在，似乎比当盐枭，在刀尖上过日子强得多了，从此便安心做他的和尚了。这是慧明以前放下屠刀，安心做和尚的经过。

这样过了七八年，在老武师向纪大纲说出收叶晓芙为徒内情的头年，有一天，时值夏尽秋初，夕阳西下，莲花峪左右几层土岗子的稻田上，长着高粱青稞子，已有一人多高。山风卷去，青稞子的高粱帽子随风摇摆，发出飒飒的一片响声。立在高处，四面闲眺，赭红的岗巅，暗绿的青稞子，每一座土岗子好像赤着上身，围着绿纱裙的怪妇人，在那儿装模作样地颤动。有时泼剌剌一响，变戏法似的，从绿纱裙里飞出一只斑鸠，或是一只鹳鹤，冲天而去。

老和尚慧明，这时年纪已近六十光景，手上拄着一条木棍子，从西面一座岗尖上，背着斜照的夕阳，缓缓地走下岗来，到了岗腰，钻进了绿纱裙内，便看不见他的影子了。半晌，从岗脚绿纱裙下钻了出来。绿纱裙下钻出一个光头来，岂非笑话？可是这绿纱裙是梯田高粱秆子的象征，等于燕冀地面称为青纱帐一般。

慧明并非乱钻绿纱裙。因为岗腰下面，层层梯田中间，也有可以上下的窄小路。慧明到了岗脚，踏上了回伏虎寺的山道，悠闲自得地信步而行，拐过一座峭拔的峰脚，便可看到莲花峪的山口，但也有两三里路。

慧明和尚刚走近那座峭拔的峰脚，蓦听得左面一箭路外，迎风摇摆的青稞子内，尖咧咧的一声口哨，哨声未绝，身后不远，也起了同样的口哨，似乎互相和答。这种江湖举动的怪啸，突然唤醒了慧明早年当盐枭的旧梦，而且立时觉察在这地僻山幽的处所，哪会有江湖道上的举动？回过头去一看，却没有人露出面来。

这种地方，离官道很远，当然没有过往的行人，连就近种梯田的山农，也没见一个。正唯这样的偏僻之处，突然发现了这种江湖举动，未免觉得奇怪，但是慧明也无非觉得奇怪而已，并没有往自己身上想去。因为他早和江湖道绝缘，多年隐迹，已到衰年，把自己这颗心，也磨炼得像眼前岩石红土一般，静静地等待着灯尽油干，度此余年，所以他回头瞧了一瞧，仍然拄着手上的白木棍，向莲花峪伏虎寺走去。

他拐过前面峭拔的峰脚，地势较坦，形似山坳，只要穿过一片松林，便是莲花峪的入口，西山的夕照，反映入松林内，树上的枝叶和树下的红土，都罩上了一层鲜明的光辉。慧明走近松林，陡然听得林内发出枭鸟般几声磔磔怪笑，一阵沙沙的脚步声，蹿出一老一少两个人来，一色穿着一身米色细葛布的短衣裤。一个年纪和自己相仿，头上盘着一条花白辫子，腰巾上拽着一柄带鞘的宽锋轧把单刀，身形比他魁梧得多，可注意的是他左边的袖管子，随风飘荡，袖内空空无物；另一个是精瘦的年轻汉子，身上背着一个长形包袱。

两人在林口一站，老的一个，睁着一对三角眼，凶光四射，盯着慧明的脸上，皮笑肉不笑地向他一抱拳，嘴上突然喊出："小白龙……嗯！不对，现在得尊你一声'老师父，老方丈'！我说老方丈，想不到你看破红尘，在此清修，更想不到我们有缘相会，居然又碰上了。"

这人开口时，旁边的瘦汉子两指向嘴上一撳，发出了尖锐凄厉的口哨，而且一撤身，离开了他们十几步，两手向腰上一叉，往旁边一站，似乎监视着慧明，预防他斜刺里逃走一般。

慧明和这人一对面，突然听他喊出连自己都久已忘怀的绰号，这一声"小白龙"突然把慧明这颗平静无波的心退回了七八年，当年旧事一时都兜上了心头，也看出对面这人的面貌，虽然比当年苍老得多，只要看他一脸水锈，一对金鱼似的凶暴眼，便已认出了当年的冤家对头——海豹周四。尤其是他飘荡不定的左袖，由自己锋利的单刀，替他造成这般模样，这是触目惊心的标志。而且立时明白，海豹周四这样阵势，并不是冤家路窄，偶然相逢，完全是冲着这条断臂，旧恨未消，特意来找他的。自己武功放下多年，形单影只，业已落入他们掌握之中，看来生有处，死有地，此刻是我死期到了。奇怪的是事隔多年，自己隐迹在这样偏僻之处，江湖上早已没有我小白龙这号人物，他怎会寻到此地来的呢？

慧明认出了海豹周四，心头像七八个吊桶，在那儿上下，一时说不出话来。

海豹周四一阵冷笑，高声喝道："小白龙！你不用发愣，这叫作不是冤家不聚头，想不到咱俩还有碰头这一天。不错，欠债还钱，欠胳膊还胳膊，我确是存了这条心，但是找你不着，也是枉然，事隔七八年，不瞒你说，我这条欠债讨债的心，原也淡下去了，万不料最近我在川中扎了一点小根基，有事到长安去会个朋友，经过三岔驲，从宿店中出来，碰到你在镇上买酒，你虽然出了家，变成光头，瞒得过别人，却瞒不过我周老四一对眼珠，瞧见了你，再瞧瞧我自己这条左臂，咱们总得碰碰头，叙叙老交情，立时派了一个徒弟，盯着你走，便把你窝儿摸清了。现在我是打定主意，想把我剩下来的一条右臂，再和你结个死缘……"

慧明不等他再说下去，慌不及单掌问讯，抢着说道："周老四，咱们俩的岁数，都差不多摸到棺材边儿了，当年的事，我到现在还在后悔不迭，当年你失掉了一只胳膊，我弟兄们也死的死，伤的伤，两家龙头已出面料理，我还受了祖师爷的家规，没有面目再在江湖上混下去，才落发出家，在此一忍，以终余年。照说，当年的事，早已了结，你当时没有二话，照理现在你不应该再来找场。此刻你既然找到了我，请你瞧在咱们两人这把年纪上，大家都退一步想一想，请你到我小寺里去盘桓一下，在菩萨面前，我再替你赔礼，从此咱们结个善缘，何必……"

慧明语音未绝，海豹周四厉声喝道："住口！你以为我摸清了你窝儿，知道你单身在此，特地带着徒弟们，来欺侮你吗？我周老四在江湖上，大小有个名头，还不致做出这种没出息的事来。说到当年两帮龙头出面调停，我因情面难却，含糊答允，况且我那时断了臂膊，痛得人事不知，足足将息了三个多月，才把这条命保住，你却不等我身子复原，便逃得不知去向了。这且不去说他，我今天来意，一不是依仗人多，二不是暗下毒手，当年我这条臂膊怎样失去的，现在我要照样找回来。当年你那手‘回星摘月’，砍掉了我左臂，这是你艺压当场，怨我学艺不精，现在我还得请教请教，还得请教你那手‘回星摘月’的高招。你年纪不小，我也没有返老还童，当年我们以死相拼，我们都手脚齐全，现在我却只剩一条右臂了，这不是明摆着是你便宜吗？当年是咱们两人交手，现在还是咱们两人，如果我叫人帮一下忙，我便不是海豹周四，倘若我这条右臂，再送在你刀上，或者连命都搭上，只怨我功夫不到。我此刻带来的人，不是叫他们来张胆助威，是叫他们来掘土埋我尸首的。话已说明，是汉子，一点就透，你没有带刀，我有。”说罢，向那精瘦汉子喊了一声“拿刀来！”

那瘦汉子把背后蓝包袱褪下来，在地上解开包袱，摊开卷着的几件衣服，从里面取出一柄没鞘的轧把鬼头刀，提着刀走了过来，掷在慧明的脚边，向慧明看了一眼，一声冷笑，便又走开了。

呛啷一声响，海豹周四的腰刀业已出鞘，抱着刀，向慧明一抱拳，喝声“请！”

慧明这时已知这场祸事万难脱掉，自己虽然明白，自己已不是当年的小白龙，但是现在的独臂周四，难道比当年双臂齐全的周四还厉害吗？一想到这儿，心里不由得生出几分希望来，把身上黄布的僧衣下摆向腰里一掖，手上的木棍放在一边，用脚尖一挑地上鬼头刀的刀把，一伸手，便把刀拿在手上了。

海豹周四哈哈笑道：“这不就结了，看刀！”

话到，人到，刀也到。一个“独劈华山”，海豹周四单臂抡刀，向慧明顶上斫来。慧明一迈步，斜身现刀，施展了一招“顺水行舟”，不但使敌刀落空，反而进招来了个“横斩”。

海豹周四口中喝道：“有你的，欺侮我独臂呀！”嘴上喝着，刀可没闲着，一缩身，偏着刀锋，向下一压。

两刀相碰，当的一声，慧明立时觉得虎口发麻，急慌退身抽刀，改换招式。不意海豹周四刀如泼风一般，趁势一个“顺水推舟”迎胸横切。慧明忙不及吸胸一退，海豹周四倏又一塌身“乌龙摆尾”，刀光似电，向下部滚斫而进，虽然单臂，功夫却比从前高明得不知多少倍了。心神一慌，身法便乱。

海豹周四得理不让人，一个箭步，蹿到慧明左侧，刀光一闪，喝声“着!”向他左臂胛砍去，慧明翻身抡刀一撩，哪知敌人是虚招，竟撩了一个空，喊声“不好!”拼命地一滑步，也不过向后退出五六步去。哪知海豹周四手上这柄单刀既滑且贼，下面一迈步，右臂一缩一伸，倏变为“探臂刺扎”，连臂带刀已够上部位，刀尖已点到左胁下。

慧明势穷力绝，又拼命地一错身，想转过身来招架，已是不及，刀尖已在左胁下斜刺进一寸多深，幸而他拼命一挫身，否则刀锋直入，立时废命。但是这伤也不轻，立时鲜血直涌，渗透了一大块僧衣。慧明咬着牙，不敢再战，压刀而逃。

他想从斜刺里逃进松林去，猛听得有人喝一声：“站住！没有你逃走的路。”原来那精瘦汉子，早已从左边赶上前来，拦住去路，而且从腰里，掣出一条檀木七节连环鞭，呼的一声，向前胸横扫过来。身后海豹周四已追了过来，嘴上还喝着：“你们闪开，他逃不了。”

慧明左手捂着胁下伤口，哪敢招架？疾向右侧一撤身，还想蹿进松林逃命，不意右面的一株松树背后又闪出一个短衣汉子，横着一柄锯齿刀，拦住去路。慧明这时已急疯了心，一翻身，抡刀向追来的海豹周四猛剁，不等还招，倏又转身抽刀，向前一冲，举刀向拦路持锯齿刀的那人直刺过去。但是他心慌神乱，伤口血如泉涌，脸上已如白纸一般，刀递出去，也松了劲，而且刀还没有递到人家面前，背后海豹周四业已赶到，腾的一腿，实坯坯踹在他后胯上。

只听得慧明“啊呀”一声，一个身子向前直跌出去，手上的刀也出了手，趴在地上，被海豹周四在他背上一脚踏住，哈哈狂笑，指着地上的慧明笑道：“休怕，我不会要你的命，你当年卸我的是左臂，我现在卸你的右臂，本利两清，天公地道。”说罢，一对金鱼眼往外一努，凶光乱射。

第三章　师徒之间

海豹周四得手之下，钢刀一举，正要卸慧明的右臂当口，猛听得松林内一声威喝："住手!"声音好像从树上发出来的。

这一声威喝，倒把海豹周四吓了一跳。他两个徒党，使七节鞭和锯齿刀的，也赶拢来向树上探视。只见近林口一株大松树上，猿猴似的溜下一个人来，更不停留，一个箭步蹿出林来，手脚异常矫捷。

海豹周四瞪着一对暴眼，已把那人看清。原来是个英俊少年，年纪至多不过二十刚出头，从头到脚一身青，两手虽然空空，肩头上却露出背着的剑柄，飘着杏黄的剑穗，左胁佩着一具镖囊，腰巾上还斜插着一个短短的皮套子，看样子是柄短刀，站在那儿，又潇洒，又英挺。海豹周四瞧得有点发愣，似乎这人在哪儿见过一面似的。

使七节鞭的瘦汉子，突然喊道："师傅，这小子我认得他，他也住在三岔驲宿店里，我们进店时，这小子早住在店方内了，此刻他换了夜行衣，却瞒不过我两眼。"

海豹周四点点头说："哦！想不到这样鸡毛野店，还藏龙卧虎，藏着一位少年英雄，老子倒失眼了。"说罢，一迈步，跨过了地上慧明的身子，倒提单刀，向那少年微一抱拳，杀气满面地说道："老弟，你是有意追踪我们，还是你自己有事，无意相逢，凑巧被你瞧见我们这档事。老弟，如果彼此凑巧相逢，我劝你年纪轻轻，少管闲事，免得惹火烧身，你现在抽身还来得及，你走你的清秋大路，不必啰唆。倘若你有意追踪，和那小白龙有点瓜葛，那就另说另讲了。老弟，君子一言，我就听你一句话了。”

那少年拱手说道：“在下和这位老和尚毫无瓜葛，和你们也是萍水相逢，但是你们以前的梁子，和现在的行为，已被我听见、瞧见了，既然被我听见、瞧见了，不由我不出来说一句公道话。”

海豹周四厉声喝道：“公道？他欠我一条胳膊，现在我问他要一条胳膊，最公道没有了。”

少年冷笑道：“胳膊还胳膊，听着似乎公道似的，但是你先刺了他一刀，你嘴上说着，单打独斗，不做没出息的事，你却带着几个人，预先摆成阵势，四面拦截他，这已不够公道。这且不去说他，你们两人年岁似乎相仿，但是今昔情形不同，老和尚当年卸你这条左臂时，你是什么岁数？现在你要卸他这只右臂，请你想一想，他是什么岁数？他身上被你一刀刺伤，血流得这么多，在这偏僻之处，如果找不到好的金疮药，性命已够危险，还经得起你再卸他一条胳膊？你嘴上却说着好听的话，不要他的命，干脆，你不必猫哭耗子假惺惺，也不必费这大事，卸他胳膊，爽快一刀把他结果便了。但是公道自在人心，偏被我听见、瞧见了，不由我不出来说句公道话，依我相劝，得饶人处且饶人，你这样杀死他，你也算不得江湖汉子，还不如放下屠刀，回头是岸，落得一个大仁大义。我言尽于此，你休怨我多管闲事，英雄怕掉个，你处在我地位，也不会闭着眼，掩着耳朵，忍心一个老和尚命丧刀下的。”

这位少年，侃侃而谈，英气逼人。海豹周四也是老江湖，竟被这少年说得封了嘴，半晌才开口道：“嘿！少年出英雄，嘴上倒来得，听着满是你的理，喂！我说你是谁啊？我海豹周四走南闯北，活了这么大，就凭你嘴唇两张皮，便缩着脑袋一走吗？天下怕没有这样容易的事吧？瞧你竟敢伸手管闲事，当然有几下子的，我先请教请教你的万儿。”

那少年剑眉一挑，微然一笑，朗声说道：“晚生后辈，初出茅庐，没有什么万儿，彼此萍水相逢，我也不愿和你提名道姓。不论什么大仇深恨，结果还是要讲个理字，我只问你，我苦口劝你一番话，说得在理不在理便了。”

海豹周四一瞧这少年口风甚紧，咄咄逼人，不禁怒火中烧，把手上单刀一顺，正想动手，他旁边使七节鞭的瘦汉子，看得这少年两手空着，想捡个便宜，突然一声怪吼，嘴上喊着：“这小子不知天多高、地多厚，我来教训他。”嘴上喊着，脚下已够上了步，哗啦一响，手上七节鞭猛不防向少年右侧腰上扫了过去，劲足势捷，以为只消一鞭，便把这人撂在地上。

哪知这少年早已防到，而且身法不凡，只向左一侧身，让过鞭头，右掌一压鞭身，倏一转身，达中宫，直欺到瘦汉子跟前，左手骈指如戟，向瘦汉子右乳期门穴点去。瘦汉子不防少年身法奇快，抽鞭迎架，势已不及，只好往后撤身。他自以为退得快，哪知少年进得更快，如影随形，一挫身，右掌从左肘下一穿，正按在瘦汉脐下丹田穴上，用的是小天星掌力，吐气开声，还不敢十分用劲，瘦汉身子已随声而起，直跌出一丈开外，仰天八叉地跌在松林口，竟闭住了气，一时竟起不来了。

少年一掌击倒了瘦汉，猛觉脑后金刃劈风，绝不回头，霍地一塌身，趁势一个旋风扫堂腿，非但身子转了过来，而且扫个正着。只见身后暗算的，是那使锯齿刀的短衣汉，一刀劈空，这人身子向前一冲，腿跟上又被人家一扫，哪还站得住？一个身子像箭头一般，直摔出去，巧不过正跌在瘦汉身上，手上锯齿刀居然还没脱手，几乎把下面瘦汉的小脑袋切了下来，拼命地一翻身，坐在地上发了愣，只觉满眼金星乱迸，不知天南地北了。

海豹周四一见自己两个徒弟，只一照面，便被人家打躺下，人家还是赤手空拳，这才瞧出少年，大有来头，自己上去，也未必成。可是事情已挤到这地步，再想用嘴皮对付，已不可能，只有凭自己独臂单刀，和少年拼死一决雌雄。

他嘴上正喊着：“有你的，我也请教几手高招。”身形一动，正要单刀直上，不意少年霍地向后一退，一抱拳，说道：“且慢，你这两位高徒，咎由自取，冷不防向我下毒手，不由我不献丑。至于你，当然在江湖上见多识广，遇上事总得识个起落，现在再请你把我刚才的话，平心静气地想一想。我和你无怨无仇，分什么高下？不论谁胜谁负，都是乏味的事，你不要过意的话，是江湖汉子，绝不愿和缺臂小手的动手，何况我和你，根本用不着手上分高低。你大约是把这档事绕住了，有点化不开。其实我出来多管闲事，一半是救老和尚一条命，一半也是为了你。这样深山孤庙，举世无争的老和尚，果真把命送在你手上，你事后也要后悔难追，在江湖上也抬不起头来的。”这几句话，软中带刺，说得海豹周四哑口无言。

其实海豹周四老奸巨猾，嘴上虽硬，心里却有点发怵，早已看出这少年得过高明传授，少年如果剑一出鞘，自己想凭一条胳膊，绝讨不了好去，还不如见机而作，知难而退，还可保全这条老命，心里一转，立时趁坡就下，神气活现地装着啪地一跺脚，满面生疼地一抱拳，嘴上“咳”了一声，说道：“罢了！你是好样儿的，今天的事，冲着你，算一笔勾销，但是……老弟，你出了这么大力，也得留个万儿，我好感激你一辈子啊！”

那少年岁数虽轻，人却机警，立时抱拳答道：“阁下既然肯赏脸，在下承情之至，阁下已经这么大的岁数，晚生后辈的小名，听不听两可。你瞧，太阳已经落山，一忽儿天黑路险，不好走路，咱们后会有期，大驾请回吧!”

这几句话，表面上显不出什么，骨子里却又把海豹周四折了个对头弯，那少年话里含骨头，好像说你不用打听我万儿，凭你这岁数，再练出功夫来，再来向我找场，你已是棺材瓤子了。海豹周四肚里明白，一声不响，暗地咬着牙，转身向那边一趴一坐的两个徒弟所在走去。

这少年忙不及把地上躺着的慧明翻过身来，从僧袍上撕下几条布条，向自己腰里掏出随身的金疮药来，解开僧袍，敷在伤口上，用布条扎好，扶起慧明身子，一蹲身，把他驮在肩背上，向那面海豹周四师徒三人看了一眼，拔步走入松林，急向伏虎寺奔去。

慧明和尚死里逃生，他在林口被海豹周四一脚跌翻，自分必死，想不到凭空出了少年救星，身上虽然刀伤不轻，那少年对付海豹周四师徒一番情节，他听得清清楚楚，当然又感激又佩服。在他心头，把这少年当作救苦救难的恩人，等到少年把他背回伏虎寺，非但掏出自己师传秘制金疮药，替他用心敷治，而且怜他孤庙单身，居然病榻相伴，细心照应。

慧明胁下伤口，用药对症，调治得法，两三天后居然渐渐好了起来，究因年衰，失血过多，一时离不开病榻，更怕着海豹周四暗下毒手，再来伤害，感激涕零地拉着少年，嘴上不断地念着：“阿弥陀佛!”

少年知他心意，便说：“依我看来，海豹周四虽不算什么好人物，似乎还识得进退，绝不至再来寻事。你既然不放心，我到三岔驲去一趟，去算清了店饭钱，把我的一点行李拿来，再在庙中伴你一时，顺便去看看海豹周四离开了三岔驲没有?”

这话正中慧明心怀，大喜之下，又嘱少年顺道经过公孙庄时，务必进庄去，求见老武师公孙龙，告诉他这儿发生的事。慧明不知他这几句话，也正中了少年的心怀。

慧明在病榻上，已向少年探问过姓名来历，和隐伏松林、救他性命的原因。据少年说，姓叶名晓芙，家住平凉，由天水到宝鸡，经大散关凤县，来到三岔驲，住在宿店内暂息劳途，凑巧店内隔壁房内，住着海豹周四师徒。这种小宿店的墙壁，无非薄薄的一层高粱秆和黄泥的土墙，海豹周四师徒虽然满口江湖黑话，隔壁的叶晓芙却听得一清二楚，第二天暗地跟随，才救了慧明的性命。至于他身上一点微末功夫，无非本乡本土学了点庄稼把式，并没有名师正式传授，自己此番背乡离井，听说汉中藏龙卧虎，有几位高手，一心想去拜列门墙，求点进益。他这番话，其实半真半假，别有作用，可是慧明正在感激切骨，话虽简略，亦在情理之中，当然信以为真。

叶晓芙离伏虎寺到三岔驲去拿行李时，先到公孙庄求见公孙龙，把慧明嘱咐的话说了，却没有说出自己救他的细情，匆匆立谈了几句，便自己到三岔驲去了。公孙龙几天没有到伏虎寺去，想不到慧明独处深山，会遭意外，报信的少年又没有说明内情，心里未免吃惊。而且在一个享有盛名的老武师心中，觉得在自己眼皮底下，慧明又是自己好友，竟会吃了这样大亏，自己面上，也觉得黯然无光。可是他老眼无花，觉得来报信的少年，气宇不凡，步下颇见功夫，左近并无这样人物，慧明也绝不会有这样青年朋友，心里也有点奇怪。

他夫人公孙大娘也在一旁听到这档事，看见那少年了，便说："你快到伏虎寺瞧瞧慧明去吧，带着咱们自制的七厘散、夺命丹去，我想其中定有内情。尤其是这位报信的少年，凭我眼光看来，此人年纪虽轻，武功大约得有真传，我们两人在外面走了不少省份，竟没有收到这样好徒弟。”

公孙龙马上到了伏虎寺，在病榻上见了慧明，才知事情已经过了两三天。经慧明说出受伤遇救的经过，才知那少年叶晓芙还是慧明的救命恩人。公孙龙打听叶晓芙来历，慧明照实一说，语虽简略，公孙龙明白江湖上求师访友的少年，自知功夫未到，不愿把初教的师门说出来，也是常有的事，只觉这位叶晓芙年少心热，颇有侠胆，对付海豹周四，很有分寸，而且老练，这人实在难得。

在公孙龙病榻访友时，叶晓芙到三岔驲去拿行李，尚未回庙，等得叶晓芙回来时，天色已晚，公孙龙早已回家了，叶晓芙对慧明说，店中海豹周四这班人，已离镇动身，你只管安心养病好了。

几天以后，慧明胁下创伤，已逐渐收口，勉强可以离榻而起，和叶晓芙谈得非常投缘，两人闲谈，说起公孙龙夫妇的本领和宗派来，还劝他何必远奔汉中，眼前公孙龙夫妇便是不可多得的名师。

叶晓芙说：“我到公孙庄去了一趟，也看出来了，倘蒙老方丈替我想法，得在他门下练点真本领，感激不尽，不过我得先看看公孙老师父的绝艺，明知这样请求，有点冒昧，只有求老方丈从中想个妥当方法，让我看看名家的手法，才能死心塌地地拜列门墙。”

慧明知道他心高气傲，不肯随便拜人为师，一面又感激他的救命之恩，想成全他远游求师的苦心，便满口应承，从中拉拢。

又过了几天，慧明身子似已复原，备了几色可口的素斋，远陈的好酒，由叶晓芙到公孙庄去，请公孙龙到庙，杯酒谈心。叶晓芙这时和公孙龙见过几次面，同在一桌，喝酒谈话，公孙龙暗地留神这少年举动，非但英秀敏慧，而且谦恭知礼，气度温雅，似乎是大家子弟，行径却又像江湖出道的少年后辈，偶然问到他功夫宗派，得过何人传授，叶晓芙又一味谦让，只说一知半解，无非跟着本乡子弟，胡练一场，并未得到正式传授。公孙龙已觉得话不由衷，又看他救了慧明以后，在伏虎寺逗留不去，颇有可疑，但也不去点破他。

大家吃到酒酣耳热，慧明故意说起自己当年在淮海一带胡闹，依仗几手三脚猫把式，不知天高地厚，实在可笑，悔不该当年不寻访名师，学点真实功夫，否则何致冤家狭路相逢，吃这场大亏，几乎断送这条老命。

公孙龙端着酒杯，向叶晓芙看了一眼，笑道："功夫没有止境，学到老做到老，功夫真到了火候，这颗心便没有了火气，心里不发火，绝不会出手伤人，便是仇家以死相拼，能够化解便化解，不能化解时，也只有保身自卫。但是这保身自卫当中，总含着一点杀机，杀机一起，便怨仇牵缠，无尽无休，这样看来，寻师访友的学真实功夫，大可不必，反不如手无缚鸡之力的人，本身便起不了杀机，倒泯除了许多不测之祸。"

叶晓芙从旁听得，好像兜头浇了一瓢冷水。慧明却不解老武师话外有话，仍然照着他心意说道："老檀越，听你这番高谈，便可知老檀越功夫练到什么地步了。我们相处有年了，平时我自知早年一点三脚猫的笨把式，不敢和你谈到这上面去，今天我借酒遮脸，我要请求老檀越赏脸，露几手让我们开开眼，让我们这位小檀越也瞧瞧我这无能的老和尚，也有一位高人做朋友。"

坐在一旁的叶晓芙，察言观色，知道老和尚要碰一鼻子灰，不敢从旁附和。哪知道公孙龙哈哈一笑，把酒杯一放，笑道："你要我在这位少年英雄面前献丑，我冲着你在海豹周四刀下九死一生，不便驳你面子。好，我来玩一下，不过这几手笨把式是看不起眼的。"说着，身子离座而起，却向叶晓芙点点头道，"老弟台，你休见笑，冲着我一个老字，你包涵一点，我献过丑以后，老弟台身手不凡，也得让我见识见识。"

叶晓芙忙不及站起身来，躬身抱拳，诚惶诚恐地说：“老前辈言重，晚辈年轻学浅，今天叨光蒙老前辈赏脸，真是三生有幸，怎敢班门弄斧？”

公孙龙微微一笑，一迈步，离开了酒桌几尺，并没曳襟挽袖，也不蹲桩定势，只见他微一含胸控背，双肩略垂，步法略变，便成了终南派无极玄功拳起式的“寒鸡步”，缓缓的一招一式，由“七星式”变为“窝里炮，中正手”，到了“闪电穿掌”这一式上，便收势停止，回到座上，大笑道：“何如，像我这样的笨把式，叶老弟得要笑歪了嘴，我们喝酒是正经。”

公孙龙表演了这几手简单的把式，在慧明眼内，实在看不出什么来，以为他借此敷衍，不愿露出真实功夫，但是不能不昧着良心，假充行家，拍手赞妙。可是在叶晓芙眼内便不然了。行家一伸手，便知有没有。公孙龙老武师这几手单摆浮搁，懈懈怠怠的式子，叶晓芙却看出似慢实快，柔中寓刚，处处含劲未吐，处处变化无穷。不识奥妙的人，处处看不起眼，识得此中门径的人，处处看出功夫来。

这几手功夫，是终南派而兼武当派的不传之秘，被人称作“无极玄功拳”，又名“玄功神拳”的便是。其实这手功夫，叶晓芙已有心得，并不是他千方百计来到伏虎寺的志愿，他是由名人指点，专诚来学公孙龙夫妇传誉江湖的绝艺，绵掌和梅花针两手绝顶功夫，而且名目上想拜公孙龙为师，其实是想从师父身上，再讨教到师娘公孙大娘，这才是他百计求师的目的。

在公孙龙倚老卖老，表演这几个式子，也是别有用意，并不是真个敷衍老友面子。其实他对于叶晓芙逗留伏虎寺有点起疑，并非借此敲山震虎，想试一试这位少年的眼力，再看一看少年露几下，证明是何宗派，有几层功候。

不意在他回座之际，叶晓芙突然抢上几步，一撩衣襟，竟在他面前跪了下来，满面诚恳地说："弟子出外访师，吃尽苦头，想不到机缘到来，在此处得见老前辈，务乞老前辈恕弟子冒昧，可怜弟子一片诚心，收留门下，弟子一辈子戴恩不尽。"

叶晓芙这一举动，却出公孙龙意料之外。非但是出于公孙龙意外，连慧明也防不到有此一招，在慧明以为叶晓芙瞧见公孙龙这几手毫不起眼的式子，定和自己一般，绝不会马上拜师，不料叶晓芙单刀直入，当面跪求。

慧明慌不及站起身来，趁着叶晓芙的坡儿，从旁说道："老檀越，名师难求，高徒也不易得，你们老少两位，大约天生地有一段缘法，叶檀越虽然心急一点，也是他一片诚心，老檀越看在小僧薄面上，就收留这位高徒吧。"

公孙龙不理会慧明的话，却在座上一转身，嘴上说着："老弟台，你怎么一回事，休折杀了老朽，快请起来，不敢当，不敢当!"两手却伸向叶晓芙双臂下，往上一架，表面上好像扶他起来的神气，旁边的慧明还没看出来，跪在地上的叶晓芙，却觉得两臂一麻，身子飘飘而起。

练功夫的人，天生有一种防御的本领，尤其有点内功的人，神之所在，气必贯梢。叶晓芙身子虽然被人架了起来，他本身的气劲，却已贯到两臂上，居然身起臂不动。

在这一架一起之间，公孙龙已明白这位少年的功夫了。他心里的疑心虽然没有去掉，也许更甚，却也起了一点爱才之念，扶起了叶晓芙呵呵大笑道："老弟台，你休听慧明和尚胡说，老朽隐居故乡，以度余年，哪有真功夫？像老弟这身本领，已不可多得，老朽怎敢狂妄无知，自居师长？没的耽误了你的前程，老弟，你看错人了。"说罢，呵呵大笑。

这当口，叶晓芙垂手恭立，自己无法开口，慧明却仗着和公孙龙平时交情，极力拉拢，一力担保，务要请公孙龙收留这个门徒，如有差错，自己愿同受任何责罚。说来说去，公孙龙似乎却不过面皮，口气略松，嘱咐叶晓芙明天清早到公孙庄上去，见见他夫人公孙大娘，意思之间，还要他夫人考验一下，收留不收留，还在两可。

第二天，叶晓芙一早就进了公孙庄，走进老武师家的大门时，门内把式场上，老武师的子弟们，已在场上开始了早课，公孙龙和公孙大娘老夫妇俩也坐在廊下督课，叶晓芙毕诚毕敬，见佛就拜，逢人下礼，老武师这时和伏虎寺吃酒时的态度可不一样了，一脸的严肃之色，显出了师道的尊严，嘴上依然老弟长、老弟短地称呼着。

叶晓芙再三恳求收列门墙之下，老武师依然抱着犹疑两可的态度，却把在场的子弟叫拢来，和叶晓芙相见以后，向他说："叶老弟，承你看得起我，想拜我为师，但是你是带艺投师，也许已经得过高人传授，我能不能做你老师，还不敢说，现在这么办——"

老武师说到这儿，向他次子喊了一声："义儿！你陪这位叶老弟下场，过过手。"一面又向叶晓芙说，"老弟，你可不许客气，不许藏假，有多大功夫使多大功夫。"

叶晓芙明白，凡是带艺投师的门徒，总得先练一练以往所学的功夫，让老师看一看宗派和功候，才能够量才而教，这是没法推辞的，便向公孙龙夫妇打了一躬，又转身向公孙守义笑道："师兄，小弟虽然学过几手庄稼笨把式，实在谈不到功夫，师兄可得让着点，接不住招时，休得见笑。"

叶晓芙存心进门拜师，身上穿的是长衣服，这时下了场，也没把长衣脱掉，只把前摆拽起一角来，拽在腰巾上罢了。这一点，别人不理会，公孙龙夫妇俩互相看了一眼，而且彼此点点头，意思是说，这姓叶的很有道理。

下场的这位二少爷公孙守义，本门功夫比他哥哥守仁强一点，人也精明一点，难免有点自大，并没有把叶晓芙放在心上，一听叶晓芙说得谦恭，便笑道：“你太客气了，我早听说你救老方丈的本领了，请赐招吧。”

公孙守义说话时，已含胸下肩，摆好门户。叶晓芙却趋向下风，抱拳说道：“小弟不敢，请师兄赐招。”

守义看他文绉绉的，越来越谦恭，嘴上喝一声：“好！恕我无礼。”立时展开本门无极玄功拳，一开手便用“回环滚斫”“猛鸡夺粟”的进步招数。叶晓芙深藏不露，却只用江湖上极普通的少林罗汉拳应付。虽然是普通拳术，到了受过名人指点的叶晓芙手上，也是不凡，但是存心退让，只守不攻，公孙守义接连试了几招厉害手法，居然被叶晓芙从容化解。

公孙守义觉得自己得意的本门功夫，让普通的罗汉拳打个平手，而且对方明摆着有意退让，脸上未免挂不住，突然掌法一变，把平日磨着他母亲传授的“绵掌”功夫，施展起来。可是这种功夫，完全建筑在内五行的气功上，他只学了“撅”字诀和“按”字诀，而且功夫不到，效用便差。他得了对方一点破绽，乘隙进身，左臂一起，似点似戳，却是虚式，右臂一穿，掌似卷瓦，向叶晓芙期门穴按去。

他倒没有存心把对方弄伤，无非想把对方按出几步去，或是按得蹲在地上，便算占了面子。无奈叶晓芙功夫比他高明，他掌还没有按到人家身上，叶晓芙却将计就计，一吸胸，身子好像站不住似的，接连往后退出六七步去，把身体站定，满面含笑地远远抱着拳说：“师兄手下留情，小弟甘拜下风。”

公孙守义还信以为真，觉得自己手掌并没有实按在他身上，他已站立不住，这绵掌功夫实在厉害，自己得用功把它学会了才好，在他发愣当口，猛听得自己父亲喝道：“蠢材！你还以为露脸呢，凭你也配用这手功夫。”

公孙龙嘴上喝骂时，人已大步走下台阶来，笑着向叶晓芙招手道：“你过来，我不客气地说，讲到天资，我这几个子弟们当中，没有一个比得上你的，刚才你处处谦退的行为上，便是少年不可多得的品德。来，来，咱们一老一少，过过招。”

叶晓芙大惊，急急抢了过来，跪在地上说：“老师，弟子万死也不敢和师父动手。”

公孙龙还没开口，坐在廊下的公孙大娘笑道：“你只管和你师父过招，从我这儿说，一定收你这个徒弟。”

叶晓芙听得一惊一喜，从慧明口中，早知公孙龙素来惧内，有师娘亲口说明收徒，自己拜师的心愿不曾落空了的，慌不及又向廊上遥跪，叩着头说：“师母，您老慈悲，弟子这点微末功夫，怎敢和师父过招。”

公孙大娘站起身来，扶着廊柱笑说：“小伙子，想学真功夫，便得下苦功，和师父过招，有什么可怕的，他还会要你的命么？有我呢。”

公孙龙一听他夫人口气，便知看中了这位门徒了，其实自己何尝不爱惜这个人才，不过早年两口子纵横江湖，冤家很有几位，虽然退隐故乡，也得事事留神，这少年突然而来，事有可疑，不能不慎重罢了。当下趁着他夫人口气，笑道：“就算你列我门墙，将来师弟动手喂招，也是常事，这有什么可怕的？起来，起来，婆婆妈妈的，便不是少年英雄了。”

其实叶晓芙并非胆怯，怕的是露出自己行藏。现在他站起身来，只得悬着一颗心，向公孙龙躬着身说：“师父！弟子无礼。”

老武师也真有意思，他明知叶晓芙绝不会先动手进招，老实自已先动手，而且一开始，和他次子刚才用的进手招数，一模一样，一样地用“回环滚斫，猛鸡夺粟”同一招数，到了老武师手上，便不一样了。起手叶晓芙也一样用罗汉拳接招，经不得老武师招数，内力充沛，又快又稳，不拿出真力来，颇难应付，勉强接了几招，老武师正用了一招“挽弓射雕”，叶晓芙忙改用岳家“撑缘手”破解。

老武师喊声：“好！”一个“虎纵步”，闪开了正面，微一上步，已到了叶晓芙右肩侧，右掌挥去，用“划手”向他右腋袭去。叶晓芙忙翻身分掌，“野鹤剔翎”，右掌斜切，左掌护身。老武师倏地身形一塌，手法如电，一个“印掌”，掌风飒然，已沾胸衣。叶晓芙情急之下，只图救败，先一个“退步横肱”化开来掌，情不自禁地忽又控背含胸，突然展开武当内家无极掌法“撇身捶”，顺势还击。

这种内家掌法，和老武师施展的无极玄功拳，同一路数，发出来的招数，也大同小异。老武师突见叶晓芙露出这种掌法来，嘴上微喊着：“噫！”右掌一沉，进半步，变为“金轮手”，仍然劈胸直进，势疾力猛。

老武师似乎认真地加上了几成内劲。这时叶晓芙已成了骑虎难下之势，一翻掌，改为“拨云见日”，而且用了粘字诀，竟用内力将来掌粘至外门。老武师倏地一撤身，指着叶晓芙哈哈大笑道：“老弟，你到底被我逼得露了相了，你是何人门下，你要拜我为师，究竟是真心，还是别有用意，年纪轻轻，不许说谎。”

叶晓芙和老武师公孙龙过手，进招接招，也对拆了十几招，在时间上，却只兔起鹘落的一忽儿工夫。老武师用内力一逼，逼得叶晓芙箭在弦上，不得不发，露出了内家功夫。因为对手一用出内力来，如果一个招架不住，便要伤及内脏。叶晓芙虽然诚心拜师，也摸不清公孙龙是何心意，护身要紧，不由得用出内家掌法，等得老武师撤身大笑，点破了真相，叶晓芙又悔又急，满脸飞红，忍不住向老武师一跪，急泪直下，哀声说道："弟子有难言之隐。"

老武师面现青霜，厉声喝道："大丈夫磊落光明，有何不可告人处?"

这一来，几乎闹成僵局，幸而这位师母公孙大娘，颇有见识，向老武师笑道："瞧你……把人家孩子，逼成这个样子，这是何苦。"转脸向叶晓芙点首道，"起来！有话到屋里来说。"说罢，自己先进了穿堂，转入左首客座内去了。

公孙龙对于这位夫人唯命是从，哑然一笑，向叶晓芙说了一声："跟我来。"叶晓芙慌不及站起来跟在身后。老武师走上台阶，转脸向他几位子弟喝道，"你们替我站在此处，不准进来。"

叶晓芙跟着老武师进了客座，公孙大娘便向他说道："刚才你和我老二过手，他一动手，你便知他不成，你故意步步退让，这是你识得大体处。后来和你师父过手，自己也明知不成，居然极力招架，还不敢以小犯上，处处谨慎，这是你骨气高傲，而又礼数分明之处。但是你一心高气傲，便上了他的当，逼出你看家本领来了。我在一旁，留神你身法，你非但从小有纫功筑基，而且已得了武当派名师传授。你练的掌法，和我们无极玄功拳同一路数。刚才你用粘字诀，可以看出你把这路功夫，已练到上乘境界，不过火候还有点欠缺罢了。你既然所练功夫和本门相同，还要投门拜师，定然不是为了无极玄功拳来的，定然是经过名人指点，特意来学我们的绵掌和梅花针来了。你说，我琢磨得对不对?"

叶晓芙应声："是!"

公孙大娘向他瞅了瞅，笑道："既然如是，你是武当派哪位老师父门下，你父母是谁? 总得对我们说明了，才能收留你呀。你大约也明白，当师父的，总得摸清了徒弟的门第和来历，才敢放心传授呀。老实对你说，我们两老，当年在江湖走动，难免无心结仇，遇事总得留神，彼此说明了，倒好，你说是不是?”

叶晓芙叹了口气，半晌无言。

公孙龙向他看了又看，冷笑道：“怎么不开口呢？难道你父母、师父的来历都难出口么?”

叶晓芙被老武师用话一激，面色惨然，突然转身，向窗口跪在地上，朗声说道：“天日在上，弟子叶晓芙诚心拜师，日后如有欺师灭祖、背恩负义行为，愿受万刃分尸之报。”立了誓，倏地站起身来，业已泪流满面。

公孙龙夫妇俩真还不防他有此一举，公孙大娘心有不忍，走过去扶着他肩膀说道：“孩子，你心里定有难言之苦，你既对天明誓，足见你诚心求艺。孩子，你放心，从我这儿说，一定收你这个门徒……”

叶晓芙慌不及又跪了下去，说：“谢谢师父、师母的恩德，弟子终身难忘。弟子并非江湖中人，也是名门世族，无奈本身有不共戴天之仇，不到其时，实在无法说出口来。从小授业的恩师，确是武当一派，这位恩师情非泛泛，偏又在恩师身死时，临终遗训，立誓不准说出他的姓名来。有这两桩难处，弄得弟子有嘴难分，如若捏造一篇谎话，尚未正式拜师，先来个欺师不敬之罪，弟子死也不愿说谎。不说谎，在师父、师母面前，又变成了来历不明之人，真把弟子难死了。”

公孙大娘听了他这番话，向公孙龙使了个眼色，然后说道：“好！我信得及你，我已出口，收你为徒，拣日不如撞日，你就在里间祖师爷面前，点上香烛，拜了师，和师兄们行个礼，便算在我们门下了。”

第四章　五 虎 旗

上面叶晓芙拜师的经过，原是从老武师公孙龙口中，说与他大弟子纪大纲听的。纪大纲知道这位叶师弟，是师娘非常器重的，而且投师已近一年光景，从诸位师弟口中，没有一个不说叶师弟真用功、真和气，可是这位老师还没有去掉疑心，而且还叫自己参详参详，这叫自己说什么才好呢?

老武师说明了叶晓芙经过，瞧得纪大纲半天不开声，脸上现出为难之色，苦笑道:“我这份疑心，也只有和你私下说说，在你师娘面前，我都没法提，她对这孩子，非常爱护，老说我越老越糊涂，瞎起疑。但是你知道，我们两老，从前在江湖走动，难免和人结下梁子，不能不处处提防，我这份心意，也是为了大家平安呀。再说，我对这孩子，除出他的来历很有可疑以外，还有他手头非常宽裕，银钱用得非常散漫，好像老用不完似的。他到此将近一年光景，既没有亲友来看他，也没见他回家或出门远行一次，这许多银子从哪里来的呢?我做师长的，也不便暗地查问他银钱来源，他又确是规规矩矩的，一点破绽没有，他师兄弟们，逢着这位手头散漫的同门，自然沾光不少，当然都说他好了。因此我又疑心他，故意用银钱笼络人心。有这几层原因，你想，不由我不暗地里多了一份心。我怕的是，老也老了，还在阴沟里翻船。”

纪大纲说："哦！这也难怪师父多加了一份小心，弟子想，师母见多识广，也够细心的，这种情形，她老人家不会不体察到的。"

纪大纲这种犹疑两可之词，等于没有意见，而且显得他非常世故。老武师听了纪大纲这种回答，有点不以为然，淡笑了一笑，点了一袋烟，半晌没有开口。

门口帘子一动，他的爱女小凤姑娘闪进来了。这间屋子，除出公孙大娘之外，也只有这位掌珠，可以随意进出。

小凤姑娘一进屋内，一对黑白分明的大眼，向两人瞧了瞧，嘴角上满露着笑意地说："大师哥，你来时，送了我许多京绣的东西，别位师哥身上，你也花了不少钱，我们实在过意不去。听说你后天要回家去，不久便要回京去了，我们也有点小意思，爪子虽小，也是一点人心，你可不许驳，我们大家凑了个小公份，拜托七师哥明天上凤城去办礼物。"

小凤口上的七师哥，便是叶晓芙。照师门拜师先后，叶晓芙还在小凤肩下，应该称为师弟，但是小凤在老武师夫妇俩膝下，是个最钟爱的女儿，年纪也比别人小，平时对待男同门，一律喊着"师哥"，不在排行之列。

纪大纲一听师弟师妹们，要送礼饯行，忙说："师妹，愚兄大小有个事由儿顶着，偶然回来一趟，千里鹅毛，略表人心，如若劳动师弟师妹们破费，便不敢当了。师妹，费心费心，快替我去阻止一下。"

小凤身子一扭，转身便走，口上笑着说："你说你的，我们办我们的。"

老武师笑道："他们鬼灵精似的，会掏腰包才怪哩。出钱出力，还不是晓芙一人大包大揽了去，我猜得半点不会错。"

小凤已走到房门口，一手推着帘子，转过脸来，哧哧一笑，悄悄地说："七师哥乐意，管得着么?"说着，小麻雀似的跳出去了。

纪大纲的家，在凤城南门外八里铺。从八里铺到公孙庄，也有三十多里路。第二天清早，叶晓芙禀明了师傅师母，先到三岔驲镇上五师兄张宏骡马行里，借了匹牲口，骑着上凤城去办礼品去了。原定当天赶回，晚上预备公饯大师兄纪大纲，因为纪大纲决定第二天回八里铺了。

到了太阳过了西山尖，叶晓芙还没有回来。后面厨房里，小凤姑娘亲自下厨提调，晚上应用的酒菜，都预备齐全了。小凤姑娘不断地到前面来，打听七师兄回来没有，又打发他二哥守义到三岔驲五师哥张宏店里去守候。她又出主意，搬了一张大圆桌到把式场中，太阳一落下山，大家在把式场里吃喝，又宽敞，又凉爽，天气又好，恰喜逢到月圆之夜，大家围坐喝酒谈心，还带着赏月。小凤姑娘主意不错，连公孙龙老夫妇俩，都满赞成。

落山的太阳，已经没在西山背后，只剩了半天晚霞。把式场上早已泼过一层水，山风阵阵地飘过，便觉得凉飕飕的精神一爽。小凤姑娘指挥一切，桌凳杯筷，满张罗齐全，连几个凉碟也端上了，可是叶晓芙还没影儿，急得小凤姑娘常到大门口探头，一张小嘴也噘起来了。

片时，守义和张宏从三岔驲回来了，后面却没跟着叶晓芙。大家便瞎猜叶晓芙怎的还没回来。

小凤姑娘虽然噘起了嘴，却另有想头。她说："七师哥是个精细人，出手又大方，定然在凤城各店铺里，千挑万选，想挑选几件出色礼物，送与大师兄，也许因此耽误了一点时候。我们不如先请两位老人家和大师兄吃喝起来，免得许多人等候一个人。我想七师哥这当口，也许已到了三岔驲了。"

小凤姑娘盼望叶晓芙早点回来，是希望乘着天光还亮，大家可以看看他采办的几件出色礼物。这算是公事，并不是她一人盼望着。她另外还盼望着她私下里的一点夹带，叶晓芙动身时，小凤姑娘背着人，托他代买几样脂粉和绣帕，名目是托他代买，当然是叶晓芙报销，便是小凤姑娘没有托他，也要悄悄地说："师妹，你要什么，我替你带来好了。"所以小凤姑娘焦急得噘起小嘴来，是盼望着自己夹带的脂粉和绣帕。

老武师夫妇俩和大师兄纪大纲，已被众同门请到露天酒席上。酒菜已摆满了一桌，下面陪席的是老武师长子守仁，次子守义，族侄守廉，第五位门徒张宏，第六位门徒魏杰。小凤姑娘坐在她母亲肩下，不断地站起来斟酒布菜，百忙里还留神门户，七师哥回来没有。

这席酒一门团聚，师兄弟聊欢，吃得非常有兴头。老武师回乡以后开了戒，每天要喝几杯烈酒，今天席上又是张宏送来新开坛的真正远陈汾酒，扑鼻喷香，老武师更喝得兴高采烈，谈笑风生。

谈话之间，张宏偶然谈起："今天镇上来了几个外路口音的客人，有老有少，都骑着有脚程的好马，却瞧不出是干营生的，雄赳赳，气昂昂，好像身上都有功夫似的，有几个还背着黄包袱。从前我听师父说过，走远道，背黄包袱的，不是帮会的头儿脑儿，便是江湖上响当当的人物，所以我留了意，这班人大约从雷坝这条路上来的，在镇上没有多停留，便向凤城路上走了。"

张宏随意一说，公孙龙老夫妇俩却立时注了意。公孙龙便问道："你是什么时候看见这班人的？你听得是哪一省口音呢？"

张宏说："今天一早，我刚在店门口，送走了七师弟上凤城，这班人便骑着马到了镇上，听他们马上谈话，似乎是川音，在酒铺里打了个早尖，便也向凤城去了。"

老武师口中"哦"了一声，放下酒杯，抬头向东面看了看，一轮淡淡的月影，已从东山尖上现出来了，西面山影背后，还留着几抹残霞。

老武师转脸向他夫人道："奇怪，晓芙这孩子，从来没有这么荒唐过，怎的此刻还没回来呢？恐怕其中有事吧？"

公孙大娘朝他脸上瞅了瞅，并没搭理，却向张宏说道："你饭后先走一步，你是镇上老住户，背黄包袱在酒铺里打尖的几个人，你替我向那酒铺探听一下，这班人露出什么口风，有什么可疑之处，马上给我一个回音，顺便在你店中派个精明伙计，向凤城这条路上探一探你七师弟的下落，你明白我的话没有？"

张宏站了起来，说："师母，我素来不喝酒，饭早下肚了，不如我马上去办一下。"

公孙大娘微一点头，张宏便离席回三岔驷去了。

很兴头的一席酒，被张宏几句话，引起了老夫妇俩的注意，正喝得谈笑风生的老武师，顿时变了沉默态度，昂着头若有所思。纪大纲跟着老夫妇俩，走过不少省份，略微有点觉察，而且明白这位师傅对于七师弟迟迟不归，也突然加重了疑心了。事情却也奇怪，平时规行矩步的七师弟，今天怎的变了样，难道其中真有可疑之处吗？

这时非但纪大纲如此推想，守仁、守义、守廉三人也是满腹疑云，小凤姑娘蛾眉紧蹙，有点食不知味。唯独公孙大娘态度如常，不过有点沉默寡言罢了。这一来，这桌很兴头的酒，便草草终席了。

散席以后，天已黑了下来，一轮皎洁的明月，却已高挂天空。客座内点起了灯火，公孙龙夫妇俩和纪大纲进了这间房内，小凤姑娘亲自送了几盏香茗进来，在她母亲耳边低低地说了几句，公孙大娘向纪大纲说："晓芙这孩子，此刻还没回来，也许他在凤城遇上他乡亲乡眷了？"

小凤姑娘忍不住说道："娘！七师哥是办礼物去的，他也知道大师哥明天一早要回府的，便是遇上熟人，也不会直到此刻还不回来的。"

刚说着，张宏从三岔驺回来了，而且是骑着马来的，站在帘外喊了声："师母，师父。"

公孙大娘说："你进来！"

张宏一进房门，便说："师母，果真被我探出一点差异来了……"

公孙龙一听到这话，浓眉一耸，手上旱烟袋一放，倏地从座上站了起来，问道："怎么？那几个川音背着黄包袱的客人，路道不对吗？"

张宏说："据镇上酒铺里的人说，那班人在他铺里喝酒时，有意无意地问起公孙庄有多远，庄内有几家住户，但也只问了这几句，别的也没有多问……"一语未毕，听得外面大门口，砰砰地直敲门。

小凤姑娘三脚两步便往外走，嘴上说着："好了！定是七师哥回来了。"

小凤姑娘走出前廊，已瞧见大门开处，进来的却是伏虎寺慧明和尚。慧明和尚从来没有在晚上来访老武师过，这又令小凤姑娘吃了一惊，慌一闪身，避在暗处。只听得慧明和尚进门便向她两位哥哥问："你们那位叶师弟呢？"

守仁、守义说出一早到凤城去，还没回来，慧明似乎很惊异地"哦"了一声。这时老武师已迎出来了，把慧明邀入客座。慧明进房，和公孙大娘、纪大纲见过礼，大家落座。

慧明不等人家问他来意，便慌不及地说："小僧在每天日落时，照例要到莲花峪左右山冈上遛个圈儿，今天出去得晚一点，走上山冈时，落山太阳已没了影儿，冈上松林内，没有了斜阳反照，显得黑沉沉的，我在冈头上站了会儿，忽听得林内深处，呼咧咧的几声马嘶，似乎不止一匹。

“这是从来没有的事，从来没有骑马上这条路上来的，而且日影落山，却把几匹马拴在黑沉沉的松林内，更是奇怪。不瞒诸位说，小僧自从经过那回海豹周四的事，吓破了胆，不管林内那几匹马是何路道，慌不及跑下山冈，便向伏虎寺奔回去。

“路上倒静悄悄的，没碰见一个人。到了寺门口，忽见从寺里走出一个人来，年纪大约也有五十相近，背着一个黄包袱，头上一顶宽边遮阳凉帽掀在脑后，露出一张漆黑的横宽面孔，鹰眼钩鼻，满颊连须胡子，一脸杀气，见了小僧，却迎面抱拳，呵呵怪笑道：‘老方丈，我知道你上下是慧明两个字，而且也知道你和公孙庄的公孙龙是好友，因此我专诚到此拜访，不料你寺里，一个人也没得，这地方倒真清静。’

“我慌合掌问讯，便问：‘施主到此有何贵干？上下怎样称呼？’

“他说：‘我专诚到此，是想借你宝刹，会一会多年不见的老友，而且还要你辛苦一趟，替我捎一样东西去。’

“他一面说，一面从他怀里掏出一个尺许长的布套来，递在我手里，又说道：‘我想会的老友，便是公孙龙夫妇，请你把这东西交到他们夫妇手上，便知我是谁了。顺便你替我捎个口信与他，我为什么要借你宝刹会一会他们两位呢？因为公孙庄不止他们一家，免得惊动左邻右舍，请他们到此相会，再合适没有，我想公孙龙夫妇也愿意这样办的。但是我在此恭候他们，以今晚二更时分为限，过了二更，他们不来，那不怨我不懂江湖规矩，只好到他们府上相会，万一惊动了他们高邻，休得怪我无礼。’说罢，昂头怪笑，一种桀骜凶恶之相，咄咄逼人。

“小僧听得吃了一惊，明白这人来意不善，立时想起那松林内几匹马，来的绝不是这一位。

“这人看我怔柯柯的半晌没开口，突又厉声喝道：‘这里没有你的事，你这破庙内，缺少一草一木，都有我担待，我只托你辛苦一下，马上替我到公孙庄跑一趟，你和我没交情，你只看在公孙龙好友面上，也得去报个信呀，去吧。’

“我手里捏着那布套儿，心里直打鼓，这人口气，又这样张横，我明知不是好事，任话不说，便转身向这儿跑来了。这里面究竟怎么一回事呀？我本想先和叶老弟商量一下，他比我心细，能不能向老施主直说出来，让他替我酌量一下，不料他偏没在家。”

公孙龙这时已虎目圆睁，跳起身来，伸着手掌，向慧明大声地说：“快把那布套儿拿出来给我瞧。”

慧明伸手从僧袍大袖兜内，掏出那个布套，公孙龙劈手抢了过去，解开布套，从里面抽出一面小小的白布尖角旗来，旗上画着五只黄老虎，可是五只虎之中，有两只虎用浓墨涂得黑黑的了。

公孙龙一见旗上五虎，脸上立时变了色，嘴上却不断地冷笑。这时公孙大娘和纪大纲也站起来，凑在一处，都瞧清了公孙龙手上的五虎旗。纪大纲对于这张五虎旗的来历，大约有点明白，也惊得“啊呀！”一声喊了出来。

公孙大娘向公孙龙、纪大纲两人看了一眼，并没动貌动色，悄没声地回到座上，拿起她的紫竹细长旱烟管，慢条斯理地装了一筒兰花烟，一个劲儿在那儿抽烟，鼻管下面两条烟龙，喷得笔直。纪大纲知道，碰到师母心里有急事，暗地划策，鼻管里出来的两条烟龙，便和平常不一样。

公孙龙突然高声说道：“慧明和尚，咱们平时有个交往，相处怪不错的，这一次，你却把我害苦了。”

慧明听得一愣，摸不着头脑，心想我这一报信，难道其中有错吗？慌不及说道："老施主，我不明白里面的事，难道这面旗子，不应该拿来吗？"

公孙龙道："谁说这个？你荐的好徒弟，姓叶的今天一早出去，此刻没露面，我们已经疑惑，果然他一出门，仇家便摸上门来了，非但摸上门来，而且知道你伏虎寺地势僻静，你我有点交往，你想外路来的仇人，哪会知道得这样清楚？不是姓叶的做的手脚，还有哪一个？我对于姓叶这小子，本来起疑，这一来，便显出这小子特地到此来卧底的了。你还要替他们送这面断命旗子，幸而我清楚，你和那姓叶的确是初交，一半也怨我们家里都大意一点，否则……哼！"

这几句话，却把慧明吓傻了，脸也变成白纸了，哆哆嗦嗦的，不断地念："阿弥陀佛，阿弥陀佛……有这等事，怎好……怎好……"

这时，房门外，穿堂里，也有人嘁嘁哇哇起了争执，忽听得小凤姑娘提高了嫩嗓门，娇喊着："你们休得乱说，爹虽然这么说，事情还没到真个水落石出，我总觉七师哥平日为人，不至于做出这样的事来。"

又有一个人说道："我也以为师妹说得有道理，我和老七住在一屋子内，除出他的身世来历守口如瓶以外，无话不谈，我敢担保他，绝没有背师欺祖的事。不过今天的事情真奇怪，我怕的是，他遇上意外了。"说话的是六师弟魏杰。

帘外同门正在纷纷争论，却听得房内公孙大娘喊道："小凤，你叫他们都进来。"

小凤和她两位哥哥守仁、守义，族兄守廉，五师兄张宏，六师兄魏杰一齐进房。

公孙大娘脸上罩了一层青霜，严肃说道："我们两老当年和五虎旗结梁子的经过，只有你们大师哥知道一点，你们大约连五虎旗的来历，都还没听说过，这时对付仇人要紧，没有工夫和你们细说，将来你们问大师哥好了。今晚仇人拿了当年信号旗来约我们到伏虎寺见面，我们两老，当然到时赴约，倒要瞧瞧现在五虎旗门下，出了什么厉害人物，敢到虎口上来捋毛，但是你们一个不许乱动，跟着大师哥，好好地守在家里，听见没有？”

子弟们对于这位公孙大娘，比公孙龙还敬畏，嘴上不敢不齐声应“是”，却一齐用眼瞅大师兄纪大纲。

纪大纲笑着说：“师母，这事师母还得慎重一点，况且有事弟子服其劳，总得带几个人去，弟子愿跟着师父、师母前往，弟子脸上也好看一点。”

公孙大娘冷笑道：“你们还没有看透敌人的来意。大纲，你不应该不知道，五虎旗门下这班恶徒，出名的奸毒狠辣，事隔多年，忽然找上门来，当然有几分有恃无恐，才敢找上门来。如果来的人，本领异常，连我们两老都对付不了，何苦把你师弟们垫在里面？如果来人稀松平常，有我们两老出场，便可打发，何苦多带人去，被人耻笑？这还不是我的正主意。这班出名刁凶的恶徒，今晚居然讲究外场，不愿到此惊动无辜的左右邻居，这话你相信吗？摆明着一计两用，一面是在伏虎寺僻静之地，埋伏停当，想把我们两老置诸死地；一面却是调虎离山，分出几个党徒来，到我家来行绝户计，想把我全家毁个净尽，你想他们主意歹毒不歹毒？我料定了他们要这样下手，所以把你师弟们留下看家，他们毕竟年轻，功夫阅历都不够应付，没有你领着他们给我看家，我还真不放心。大纲，今晚我这份破家，全仗着你了。”

纪大纲一听她的话，暗暗吃惊，半晌作声不得。屋内站在一旁的同门们，也觉得今晚事态严重。

小凤姑娘在她母亲身后叹了口气，自言自语地说：“偏偏七师哥还不回来，有他跟着两位老人家去，倒是个帮手。”

这一句话，却被公孙龙听见了，厉声喝道：“谁是你七师哥？你们记住，我们两老走后，万一这小子暗地引着恶徒摸上门来，千万不要被他花言巧语蒙住了，能够活擒他待我回来发落最好，否则不要留情，宰了他也不冤枉。”

公孙大娘朝他丈夫盯了一眼，鼻子里哼了一声，缓缓说道：“果真叶晓芙是五虎旗门下派来卧底的，谅他也难逃我们掌心。不久真相便明，我们办正事要紧。”

这时，慧明和尚坐在一旁，实在难过极了，忍不住站了起来，合着掌，连连向公孙龙夫妇和南，口中哆哆嗦嗦地说：“阿弥陀佛！叶晓芙是小僧求老施主收留的，如果今晚祸事，真有姓叶的在内作祟，小僧罪有应得，而且有话在先，小僧甘愿同罪，但是小僧还得求两位仔细安排一下，贵宅当然也得留人守护，两位也得酌带几位小弟兄们去。常言道，好汉敌不过人多，谁知道那班恶徒摆着什么阵势，小僧谈不到功夫，最不济替两位跑腿报信，也可凑个数，可是两位总得带几个人去，千万大意不得。”

慧明和尚苦苦相劝，几乎声泪俱下。纪大纲也乘机劝说，其实公孙龙也主张带人去，无奈自己夫人说在头里，弄得不便开口。此刻经慧明苦苦相劝，公孙大娘才勉强挑选了魏杰，随同前往，又吩咐纪大纲率领守仁、守义和小凤守护家门，守廉和张宏到外面随时巡视庄前庄后，如瞧着恶徒们身影，飞速回宅报信，听大师兄调度，守护全宅，尤其要防贼人们纵火烧房。又嘱咐慧明快回伏虎寺，通知贼徒信已送到，公孙龙夫妇如约必至，冷眼瞧瞧贼人们人数，有什么诡计，自己也可借此表明事外之人，免留后患。慧明领命，便踏着月光，先回他伏虎寺去了。

慧明和尚明知自己是事外之人，但是他经过了海豹周四一场大难，变成了惊弓之鸟，一个人回伏虎寺去，手心里也捏着两把汗，一面走，一面心里老惦着公孙龙那句“害苦了他”的话。知人知面不知心，万想不到姓叶的是贼人一党，到此卧底的，自己干系不轻，如何是好？他越想越难受，迷迷糊糊地到了伏虎寺，留神山门外四面松声如涛，地上月光如水，一个人影也没有。

他这座独僧孤庙，除出就近几个安分山农以外，绝少有外来的人们，进莲花峪来的，更少有上他寺里烧香还愿的人。所以他外面的山门，里面的殿门，不论白天晚上，从来没有关过门，只有后院他自己一间卧室的门，离庙时，掩上了一扇薄板破门，加上一具破铁锁。其实他这座破庙，连殿上的一具香炉，还是石头雕成，而且和石桌连根的，还有什么可偷的呢？

他进了山门，绝不愁寺内有偷儿藏着，却怕着交他五虎旗的贼人们，占着他这座破庙，借地杀人，今晚算计公孙龙夫妇。哪知道他想得满不对，前后转了个身，寺内也一样地鬼影俱无。他又走到山门口，抬头看看天上星月，大约二更未到，头更似已早过，暗想这是怎么一回事，贼人们既然约此会面，怎会人影俱无，痴痴地立在山门口，暗地不断地念“阿弥陀佛”，希望菩萨保佑，贼人们知难而退，风平浪静地度过这一宵。

他立得脚酸，便坐在门前石阶上，不断地留神地上的月影。在平时他早已高卧，今晚一颗心提在腔子里，忘掉了睡觉这一档事，而且惭愧自己年衰力弱，壮年一点微末武功，都丢得一干二净，坐在山门口，白白地干着急，没法帮人家一点忙，这还算哪道朋友。他心头起落，六神无主地坐了不少工夫，蓦地看得月影移动的距离，大约已过了二更，非但贼人们一个不见面，连如约必到的公孙龙夫妇，也人影全无。

他怔怔的猜不透怎么一回事，想着，想着……蓦地想起了公孙大娘和纪大纲师兄弟们说的那番话，蓦地喊声：“啊呀！不好!”身子也直跳了起来，背脊上还冒了冷汗，心里风车似的乱转，自言自语地说，“不对！我不能在这儿待着，我得瞧瞧去，为朋友舍命，也得去，何况里面还有姓叶的事。”

他想出了主意，正想转身回房去，拿他久已不用，满身长锈的一柄破单刀，蓦又听得林外一条窄窄的山径上，一阵轻微的疾步声音。一会儿，月光下显出一条黑影，一溜烟似的向山门直奔过来。到了跟前，来人见了慧明微一停身。

慧明一见这人，立时变貌变色，张口结舌地伸着指头，直指到来人面上，气急败坏地说：“你、你……小冤家，你来了，你可把我害苦了。”

原来这人正是公孙龙一口断定替仇人卧底的第七门徒叶晓芙，似乎这时奔走了不少道路，弄得一身黄土，满脸油汗，一见慧明这副形状，又劈面说出这几句话，似乎也吃了一惊，急匆匆地问道：“你说什么？我不懂，有什么事，回头再说，我此刻没有工夫。我问你，我寄存的一只小箱子，在你房里么？快，快，请你替我拿出来，我有用。”

慧明冷笑道：“不错，你的宝贝箱子在我屋里，我明白你箱内藏着你杀人的利器，好！你去拿吧，你去拿来，先把我杀掉了再说。”

叶晓芙这时也急了，一对俊目瞪得老大，连连跺着脚说：“你今天怎么一回事？你疯了不成?”说罢，拔脚便往寺内跑，大约这时他也急得了不得，再也没有工夫，细详慧明的举动和语气，一心只顾往后院奔去，到了慧明房门口，一瞧还套着破铁锁（刚才慧明回寺，只在后院转了个身，没有进房，所以铁锁还套着），心急之下，顾不得什么，一伸手，咔嚓一声，便把破铁锁扭断，掷向地上，跳进房去。耳边还听得慧明在前殿，岔着嗓音，跳脚大喊：“小冤家，你出来，我等着你，先把我杀了，再去不迟。”

慧明在前殿，发疯般直着嗓子喊了半天，始终没见叶晓芙出来，心里大疑，慌不及赶向后院，进了自己卧室，摸着火种，点起了一盏油灯，仔细一看，房内哪有叶晓芙影子？地上搁着寄存的一只精致的长形皮箱，箱内已空无一物。最奇的叶晓芙身上穿的外面一件长衣服，和里面一套裤褂，统统脱下来，丢在慧明睡觉的一张破床上。

慧明从前只听叶晓芙说过：“到公孙庄初次拜师，不便带着家伙，自己原用的一口剑和这箱子，暂存寺内，用时再取。”所以慧明知道这箱内藏着一口剑，箱内有什么东西，他便不知道了。这时叶晓芙拿剑而去，并不稀奇，奇怪的是他把内外衣服脱得精光，难道光着屁股，和贼人们去杀师父、师娘一家老幼吗？这里面道理，慧明再也想不出来。可是今晚事情凶险万分，这是明摆着的。小冤家怕我在前殿阻拦缠绕，定然提着剑越墙而走。这时公孙庄定已闹得翻天覆地，从此我这老和尚已没面目见人，还不如先把这条老命送在贼人手上，也许姓叶的也是父母生养的人，多少总有点天良，瞧见我老和尚拼命挤在里面，或者有点顾忌，对，我非赶去不可。

他一想到这儿，立时跳上床去，伸手摘下了壁上挂了许多年，满身灰尘的一柄带鞘单刀，跳下床来，一手执鞘，一手握着刀把，想拔出刀来，一下子没有拔动。原来鞘口和刀片儿锈上了，死劲地拔了半天，空自累出一身汗，也没有拔动半分，一赌气，掷在床上，拿起平日出门溜达当拐杖用的一根短木棍，一口气吹灭了油灯，急急地往寺外走，死命地往公孙庄这条路上奔去。他这一锐身赴难，真个几乎送掉了老和尚的残生，而且公孙庄上，也真个和他猜想一般，已经闹得翻天覆地了。

公孙龙夫妇俩，在慧明走后，那时也不过起更时分，老夫妇俩又仔细嘱咐纪大纲一班人谨慎看家护院以后，待到将近二更，老夫妇俩带着魏杰，各自扎缚停当，备好兵刃暗器，越墙而出，离了自己家中，向莲花峪、伏虎寺前进。

公孙庄到伏虎寺约莫有五里多山路，在有武功人的脚下，原不算什么，可是也得翻过两层高岗子。这种偏僻山路，确礫不平，非常难走，夜里走这种高低不平的山道，虽然天上有一轮月亮，脚下也得当心，一个不小心，便会失足滑到山沟深涧里去。

三人走出二里多路，走上了第一层山冈。这层山冈，地形较高，公孙龙夫妇心里惦着家中，不免站在冈尖上，转过身去。这一转身坏了，立时远远瞧见西面，现出了冲天的红光，而且还夹着隐隐的锣声，那面正是自己公孙庄所在。

公孙大娘气得跺着脚说："坏了，果然不出我所料，还是中了他们调虎离山计。"

公孙龙说："看情形纪大纲们不济事，我们快回去。"

公孙大娘铁青着脸，厉声喝道："你和魏杰快走，我料定贼徒们计毒心辣，两面都有人，便是把我家毁了，我也不能输这口气。你们快回去，我要到伏虎寺搜索贼徒们，今晚不杀贼徒，难泄我心头之恨。"

公孙龙知道自己夫人的性情，平时仿佛和善慈祥，一经发怒，宁折不弯，谁也驳不了，伏虎寺那面，万一有人等着，也得应点，他夫人的本领，又是平时五体投地地悦服的，便说："这也好，我和魏杰回去救应，你自己当心一二，倘贼人们言而无信，你赶快回家。"

公孙大娘咬着牙喝道："哪有这些废话，快走！"

这时魏杰觉得师娘单身赴敌，虽然本领出奇，毕竟上了岁数，满心想跟着师娘，无奈她一个劲儿催着快走，自己不敢多说，只好跟着公孙龙加紧脚步，飞一般驰回公孙庄去了。

公孙龙师徒二人走后，公孙大娘立时翻过这层山冈，展开陆地飞腾之术，像一溜青烟似的向冈下驰去，从这层山冈，到第二重山冈，中间有一段短短的山道，左右也是高高低低的土坡脚子，长着一层层的杂树林。

公孙大娘在这段道上，正向对面第二重冈脚奔去，蓦地听得左面黑林内，有人哈哈笑道："老婆子，算你有胆量，居然敢单身前来，现在我们选了这块好风水，做你葬身之地。你就不必远远地跑到伏虎寺去了。"

公孙大娘立时往右面一退，闪在右面坡脚一株大树后面，因为自己身子露在月光底下，左面林内发话所在，却是林深地黑，瞧不出什么来，先隐住了身形，才厉声喝道："恶徒通名，既然有意在此相会，走出来光明正大地说话，掩掩藏藏的，算什么人物。"

原来发话所在，倒没有人回答，另一处地方，有人冷笑了一声，接口道："老乞婆，你急什么？今晚是五虎旗和双龙旗算清旧账的日子，想不见面还不成，你有胆量进林来，翻过这层山坡，便是你葬身之地，你放心，不到你葬身之地，绝不会暗算你的。"

公孙大娘立时应声道："好，让我老婆子见识见识小辈们有多大本领。"便在这应声答话当中，一矮身，一个"龙形穿掌"，人像一条线似的，从右面坡脚蹿出来，直飞入左面林内。

不料她刚一蹿上左面坡脚，右边林心有人大笑道："傻婆子，死也死在明处，这儿便是你现成的葬身处，还奔什么命？"

公孙大娘大怒，倏一停身，回身向右边坡脚留神，无奈两边坡脚，都是月光不透的黑林子，闻声不见人，一时间搜索敌踪，颇非容易。她虽然盛怒之下，略一思索，顿时醒悟，贼人不敢明斗，故意藏在暗处，声东击西地戏侮，一半也许借此牵制住自己身子，心里一转，随手拾起一块小石子，抖手向右面林中发出，口中喝了一声："小辈，看你往哪儿跑?"身子却不动。

果然，贼党以为她中计，又向右边坡脚追去了，不远处一株松树背后，闪出一个黑影来，笑道："老乞婆，给我回来，想会你的正主在这儿呢……"一语未毕，他身后一声冷笑，掌风飒然，业已袭到。

这人虽然吃惊不小，却也机警非常，身法也颇矫捷，一觉到背后掌风袭来，便觉厉害，不论回身迎敌，或往前一蹿，都逃不脱来人掌下。他竟利用近身地形和几株合抱的松树，旋风似的一转身，竟被他闪入近身一株松后，接连几转，躲入暗处。

在他身后暗袭的，正是公孙大娘，一看这人又贼又滑，竟被他逃出手去，怒喝道："小辈，你便逃入地狱，也要追你鬼魂回来。"喝声未绝，猛觉脑后一缕尖风袭到，一伏身，嚓的一声，一支钢镖钉在身前松树上。她伏下身去时，早已转脸看见十几步外松树根下，蹿起一人。

公孙大娘怒从心起，身手如电，只一招手工夫，钉在树上的钢镖早已入手，随手一扬，只听得那面松根下"啊呀"一声，一人业已跌倒，另有一个贼党，身影一晃，拼命蹿出林去，往道上便跑。

公孙大娘分不开身来，一个箭步，纵到中镖摔倒的贼党跟前，一脚踏住，正待喝问情由，蓦又听得林外道上步履腾踔，刀剑叮当几声响处，一声惨吼，吧嗒地倒了一个，便有一人怒喝道："凭你们几个窝囊废，也敢到公孙庄上寻事，先叫你尝尝小爷宝剑的滋味。"公孙大娘听得奇怪，这人是谁，难道魏杰又回来了，口音却不像，倒像叶晓芙。

她急于要见道上的人，脚下一用劲，被他踏着的贼党，本来镖伤不轻，怎经得起她脚上又一使劲，马上“吭”的一声，晕死过去。公孙大娘一转身，几个起落，蹿出林外坡脚下，到了山道上，只见前面二十步以外，立着从头到脚一身黑的人，手上横着一柄剑，映着月光，一闪一闪地发出异样的寒辉。

公孙大娘看得奇怪，这人是谁？哪儿得来的这样好剑？心里暗暗称奇，一顿足，身子已到那人跟前，这才瞧清这人非但一身紧身利落的玄色夜行衣，脸上还蒙着黑帕，只露眼鼻口几个窟窿。地上直挺挺躺着一个一身紫花布、骨瘦如柴的年轻汉子，肩窝上血污了一大块，嘴上不断地哼着，一柄鬼头刀，掉在脚边。

在这一转瞬间，蒙面汉子一见公孙大娘现身，似乎也吃了一惊，立时惊喊道：“师母！你……你怎不留在家里抵挡仇人，怎的来到此地？”

这人一惊喊，公孙大娘听出是谁来了，心里又惊又喜，指着他说：“孩子，我老悬着一份心，现在我可心定了。孩子，我们一家人，也只有我老婆子和凤儿看清了你品性行为，但是，好孩子，你怎一整天藏在哪儿去了？你蒙着脸为什么？”

叶晓芙听得一怔，点点头说：“嗯！我有点明白了，怪不得老和尚疯言疯语……”刚刚说了一句，慌把话截住，把手上宝剑，向背上剑鞘一插，急急说道：“师母，我们现在没有工夫说闲白儿，这儿几个贼崽子不算什么，大约厉害的都上家去了，我早知道你不在家，我也不先到伏虎寺了，我们快先回家打接应要紧，师母！我们快走！”

公孙大娘暗想，听他口气，平时心里只敬服我，对于他师父，未必十分心服，嘴上却说道：“好，但是，我在左面坡脚上，也制住一个贼党，这两个人怎么办？”

叶晓芙说：“这两个人自作自受，喂狼也活该，我们回家要紧。”

正说着，猛听得前面第二重冈腰上，起了几声吆喝，接着又是一声惊喊。

公孙大娘说道："噫！前面冈上又出事，晓芙，你先赶回家去，我上冈去瞧一瞧，马上回来。"说罢，一伏身，人已蹿出两丈开外，向上冈的一条路上，飞一般地奔去了。

第五章　血　斗

公孙庄原是一个极偏僻的小小独家村，除出公孙龙这家以外，还有四五家本族，全庄男女老少全算上，也只三四十口人，公孙龙教着徒弟，还算人口最多的一家。这种山乡，两三里以内，没有其他村庄，更没有守望相助的联庄会，望北走五里多山路，才是三岔驲市镇，望东走五六里，是莲花峪伏虎寺，可是从三岔驲到伏虎寺，也只四五里路，因为同在东北角上，公孙庄孤零零地地处偏西，而且山道曲折，非常幽僻。

这天晚上，公孙龙夫妇带着魏杰，离庄到伏虎寺去当口，已经快近二更时分，大师兄纪大纲挑上了看家护院的担子，哪敢轻心？把自己身上扎拽了一下，一条油松大辫，紧紧地盘在脑门上，先派四师弟公孙守廉、五师弟张宏到外面庄前庄后巡察一下，随时回来通风报信，又嘱咐二师弟公孙守仁、三师弟公孙守义上屋瞭望，不必远离本屋。分派停当，他自己备好暗器，背着一柄师传青钢剑，提着一张油纸灯笼，向各屋查看一下，嘱咐几个人，把前后院灯火通通熄灭，严闭窗户，叫他们躲在暗处，不要走动。

他从前院踏进后院，只见小凤姑娘罗帕包头，换了一身青的紧身短衫裤，腰上也紧紧地束着一条罗巾，斜挂着鹿皮弹囊，背着一张弹弓，手上分拿着雪亮的一对镔铁双刀，站在后院，一见纪大纲，便说："大师兄，你知道七师哥到此刻还没回来，究竟是怎么一回事？"

纪大纲鼻子里哼了一声，才说道："谁知道呢？师父收个徒弟多难，他老人家走南闯北，多大见识，看个人，料个事，大约不会错，依我看今天的事，姓叶的脱不了干系。"

小凤沉了半晌，才说："师哥，你也这样想么？"

纪大纲说："姓叶的事，且放在一边，今晚的事，弄到怎样结果，我实在不敢想。依我说，师妹不必露面，不如到隔壁本家去避一避，师父、师母回来时，再回家来。"

小凤说："嘎！师哥门缝瞧人，真把人看扁了，如果依师哥的话，我还能算公孙大娘的女儿吗？师哥，咱们这么办，你们男人挡着前院，这后院交与我好了。"

纪大纲几年没回来，这几天又没瞧见小凤姑娘练功夫，摸不准她有多大能耐，看她这身全副披挂，大约有几下子，可是毕竟是个年轻闺女，和贼人们动手，总觉不妥，自己受两老托付，担着千斤重担，劝她避一避，原是一番慎重的意思，此刻一听这位小师妹腔儿不亮，而且使出小性子来了，再劝她是白费唾沫，只好事到临头，多加一份小心，便答道："我怎敢小看师妹，实因五虎旗门下，都是奸毒小人，师妹千金之体，犯不上和贼徒们争斗罢了。"说罢，不再多说，向后院各屋门户后看了看，便回到前院去了。

纪大纲走到前院穿堂口，便听得庄后一阵狗叫，阶下把式场上，吧嗒一响，一条黑影纵墙而入，纪大纲一个箭步，从穿堂内蹿到前廊下，把式场上月光照处，瞧清了纵墙而入的，是五师弟张宏，慌问："外面有动静么？"张宏一打手势，跳上阶来，悄悄说道："来了，我看见了几条黑影，都从暗处蹿了出来，身法甚快，一晃便不见了，定是那话儿。"

一语未毕，猛听得瓦上几声呵斥：“贼徒，使得好计，休走！看刀！”

纪大纲听出是守仁、守义兄弟俩的声音，慌不及一翻腕，铮地拔出背上长剑，张宏也一压手上宽锋砍山刀，同时蹿下场心，回头一瞧屋上，守仁、守义在屋上各据一角，已和两个贼党拼杀起来，同时还听得后院屋脊上，弹弓叭叭乱响。纪大纲喊声：“不好，五师弟，你快上后院，助师妹去。”张宏飞也似的奔向后院。

纪大纲正想提剑上屋，察看贼人多少，忽然风声飒然，一条灰白人影，衣襟带着风声，从围墙上飘然而下，纪大纲急举目瞧时，只见这人须发半白，鹰眼钩鼻，连须胡子，身上大袖宽衫，长仅及膝，下面高靿袜，纳帮鞋，手上夹着一对虎头双钩，身子一落到把式场上，指着纪大纲喝道：“你是谁？”

纪大纲冷笑道：“我姓纪，老儿通名，聚党夜劫，诡计多端，太不光明，亏你活这把年纪。”

那老头儿一阵怪笑，一撤身，身形微动，已翻身跃上围墙，转脸冷笑道：“姓纪的，你非我敌手，我也没有工夫逗你，今晚沾着公孙老儿门下的人，一个休想活命，你等着吧。”语音未绝，人已跳到墙外。

纪大纲大怒，一顿足，追上墙头，刚一停身，忽觉一点寒星，迎面袭到。纪大纲一偏剑锋，抬臂一挡，当的一声，一支钢镖掉落墙下，一看墙外那老儿已踪影全无。

纪大纲喝道：“暗地放镖，算哪道汉子，有本领，现出身来，和你纪大爷比画比画。”

纪大纲虽然嘴里这样呵斥着，心里却惦着守仁等师弟们和小凤姑娘，一看屋上，守仁、守义两弟兄和交手的贼党，都无踪影，后院却乱嚷怪叫，刀剑叮当乱响，中间还夹着断断续续的弹弓发弹的响声。

他在墙头上喝骂了几句，以为那老儿从暗处发了一镖，人已走远，正想翻身下墙，赶往后院，忽见墙外暗处，唰地蹿起一条黑影，扑上围墙，立在离纪大纲几丈开外，阴恻恻的一声冷笑，指着他说：“我们早已探听明白，公孙老儿门下，有个姓纪的出门在外，想不到你自投罗网，赶来送死。好，我钻天鹞子成全你一下，让你好跟着你师父一道到鬼门关报到，来，来，咱们比画比画。”说罢，从背上抽下一柄鬼头刀，跳下把式场。

纪大纲留神钻天鹞子形若猿猴，落地无声，便知这人轻功到了火候，提着青铜剑，跳下墙来，一个箭步蹿到钻天鹞子面前，正想张口说话，钻天鹞子喝道：“不必废话，趁早领死。”一耸身，右臂一招，鬼头刀“劈山式”，搂头便砍。

纪大纲一挫身，闪开刀势，正要进招，忽听得后院刀剑叮当声中，“啊呀”一声惊叫，像是二师弟守仁的口音，心里一惊，猛又见隔壁屋上火苗蹿起老高，一片喊嚷救火的声音，不知是谁，远远地趴在屋上，把一面破锣，敲得震天地响。其实路僻镇远，没有什么用处，不过吓吓贼党，也是好的。纪大纲五内如焚，知道今晚公孙庄要遭殃，自己却被当前敌人缠住，只好把心一横，先把这钻天鹞子拼掉了再说。

他心里风车似的一转，手上却没停留，左手剑锋一指，右手剑光一闪，“渔郎问津”，剑锋向敌人咽喉疾点。钻天鹞子一刀劈空，侧身一收招，改直为横，鬼头刀转锋下截，“横刀截腕”。纪大纲这时恨不得一剑即把敌人解决，可以撤身救应后院，急忙右腕一沉，剑式不变，只身形微动，“巧女级针”，左手一扶右臂，猛一进步，反撩敌人腕底，带挂腰胁，唰唰几剑，已把钻天鹞子逼得步步退后。纪大纲趁势又一进步，从敌人一片刀影中，一个“猿猴献果”，剑锋已到敌人胸口，猛觉身后一股劲风扑到，顾不得进步伤敌，先求自保，脚下一换步眼，回剑疾扫，当啷一声怪响，正把一条七节连环黑虎鞭的鞭头扫得荡了开去，眼神扫去，已瞧清使黑虎鞭的是个一脸黑麻的矮汉，刚跳进墙来，便向身后暗袭。

他一剑扫开了暗袭的黑虎鞭，急忙向后一撤身，预防两敌夹攻，不料钻天鹞子好快的身法，竟已踪影全无，却听他在廊檐上一声怪喝："姓纪的，你尝尝这个。"在这喝声中，哧哧两点寒光，已分向纪大纲上盘下盘袭到。

纪大纲急忙一塌身，招剑一迎，当的一声，只迎住了下面一只铜镖，还有一只，竟擦着头皮过去，幸而他头上盘着一条油松大辫，保护了一下脑门，否则不死必伤。纪大纲又惊又怒，就地一旋身，正想掏出自己暗器金钱镖来还击，那黑麻矮汉的一条连环黑虎鞭，呼呼带着风声，用拧鞭法，搂头盖顶地直砸过来，鞭劲势疾，不易硬挡。纪大纲肩头着地，就地一滚，将将闪开，耳边只听得吧嗒一声，把身边浮土砸成一溜槽，沙土溅了一身。

纪大纲倏地跳身而起，恶狠狠一个箭步，健臂一展，"白虹贯日"，剑锋像闪电一般，向麻汉分心直刺，麻汉口中喊着："有你的。"一抽身，黑虎鞭身的七节连环，哗啦一响，软中带硬，向剑身便绕。纪大纲一抽剑，换招进招，尽力展开压底的功夫，想把麻汉制住，心里还得分神留意屋上的暗器。

其实这时屋上的钻天鹞子已翻过屋脊，赶往后院逞凶去了。纪大纲心里一分神，手上的招式，不免减点色，而且对敌的麻汉，鞭沉招疾，颇见功夫，拼命地对拆了十几招，麻汉鞭法一紧，狂风暴雨一般地步步进逼，纪大纲已有点汗流气促，而且左臂上，已被鞭梢带了一下，虽没十分伤筋动骨，已青肿了一大块，有点转动不灵了。纪大纲明知自己有点招架不住，到了这地步，也只好咬着牙，拼出死命，和敌人周旋，便是死在黑虎鞭下，也总算报答了师父、师母托付之重。

这样又拼命支持了一会儿，黑麻汉一看这姓纪的已摆出以死相拼的神气，蓦地一声怪笑，鞭势一展，身形一挫，一个“枯树盘藤”，向纪大纲双腿连缠带扫，纪大纲一耸身，离地三尺，刚躲开了下面这一招，不料黑麻汉手上一条黑虎鞭，真像活蛇一般，一个“乌龙穿塔”，改下为上，鞭身笔直地向他小肚上直钻上来。纪大纲两脚尚未落地，忙不及腰里一叠劲，两腿一拳，用鞋底一踹鞭头，借劲使劲，使劲向后一蹦，身子已退出几步去，方以为侥幸逃出这一险招，脚刚着地，哗啦一声响，黑麻汉绝不让对手逃出手去，黑虎鞭旋风似的已拦腰疾扫过来。

纪大纲一口气还没换过来，鞭招又到，这一下，心慌神乱，步法已活不开，只好用尽平生之力，提剑向外一挡，咔叮一声，连环黑虎鞭逢硬即拐，正把剑锋绕住，纪大纲喊声：“不好。”黑麻汉也正想运用他臂上功夫，用腕力把绕住的一柄青钢剑震出手去。

在这危急当口，猛听得近身围墙上一声威喝：“贼徒，还不撒手。”同时黑麻汉背后，噗噗几声怪响，黑麻汉似乎也吃了一惊，臂上一松劲，纪大纲手上一柄青钢剑已趁势抽了出去，黑麻汉也向斜刺里一撤身，转脸向墙上注目，纪大纲已看出墙上现身的，是六师弟魏杰，顿时精神一振。因为他知道魏杰身上功夫，比守仁弟兄都强，也许还在自己之上，再说魏杰是跟老夫妇俩同去的，魏杰回来，师父师母也必在后面了。

魏杰到得真巧，在墙头上一见大师兄一柄剑，被黑麻汉一条连环鞭绕住，堪堪落败，慌不及掏出两颗铁莲子镖，窥准黑麻汉后背，抖手发出，魏杰在莲子镖上，功夫已练到得心应手，而且能够用不同的手法，两颗或三颗并发，十九中的，这时发出两颗，还加了十成劲，明明听得黑麻汉背上，噗噗连响，一齐打中。只要打中，虽然是后背，伤势定也不轻，不意黑麻汉并不怎样，背上的响声，也有点奇怪，虽然这两颗莲子镖替大师兄解了围，自己也微微一怔，疑惑这黑麻汉一声横练，有特殊功夫，铁莲子竟没有把他打伤，哪知道今晚到门寻仇的五虎旗门下，每人贴肉都套着一件牛皮背心，为的是惧怕公孙龙夫妇梅花针厉害，借此护身。

这时魏杰一眼看出大师兄汗流满面，张着口不住喘气，头上盘着的辫子，也跟着汗滑了下来，急从腰里掣下自己一条得意兵刃，也是软中带硬的家伙——使用百炼精钢为骨，外缠发丝蛟筋，再加几层生漆，乌黑油亮，拉直了有四尺多长，两头有两个形似龙头的东西，暗藏子母扣，可以围绕腰间，随身暗藏，名叫龙骨棒，也有喊作双头软棍的。

魏杰掣出龙骨棒，飘身下墙。纪大纲心悬后院，顾不得自己身乏气促，喊了一声："老六，你截住这强徒，我去去便来。"立时蹿上台阶，从穿堂赶向后院去了。

黑麻汉哈哈狂笑，指着魏杰喝道："你虽救了他，他到后面去也一样送死，你自己也是泥菩萨渡江，自身难保，看你这手中家伙，大约和我黑虎鞭也差不多，这倒对劲，来，来，手上见高低。"

魏杰怒喝道："狂徒住口，叫你识得厉害。"便在这一声怒喝中，龙骨棒呼地带着风声，向黑麻汉斜肩带臂砸了下去。

黑麻汉喊声："来得好，咱们先较较劲。"黑虎鞭单臂一抡，竟向龙骨棒硬接，意思之间，想试一试来人有多大劲头。

魏杰在这条龙骨棒上，别有解数，以稳疾巧滑见长，绝不和他硬接硬架，微一掣动，业已变招，棒端两个龙头，忽虚忽实，忽左忽右，砸、缠、崩、截，好似活的一条怪莽，围着黑麻汉飞舞如电。黑麻汉也怪吼连连，尽量展开黑虎鞭的招数，和魏杰杀得难解难分。

两人似乎功力很相敌，一时都不易见出破绽，双方越战越猛，招数也越来越紧，互相抵隙蹈暇，争性命于鞭棒之间。

两人拼命相争，工夫未免略长一点。左边隔壁起火之处，似乎火头已慢慢地挫了下去，大约被庄内的人们，拼命救熄，并没延烧开来。屋上冒着蓬蓬勃勃的烟雾，把左边一带都罩没了，而且带着一股刺鼻的乌焦气味，左右邻居的人们，兀是山嚷怪叫，夹着震耳的破锣声，闹得翻天覆地。

忽听左面邻屋上，一声娇喊，从烟雾腾腾的屋面上，钻出一个青年女子，向把式场上纵了下来。原来是小凤姑娘，包头的罗帕，不知掉在哪儿去了，几缕青丝，已披了下来，手上双刀，只剩了一柄了，那张弹弓，也没在背上了，神色慌张地跳下把式场来，一瞧魏杰和黑麻汉杀得昏天黑地，谁也顾不了谁，吓得她东张西望，举止失措。猛听得右面屋上，一声怪笑，现出一条黑影，指着她喝道："小妞儿，瞧你还往哪儿跑，乖乖地跟我钻天鹞子享福去，否则，我便不客气了。"

钻天鹞子一声喝罢，人像燕子一般，直扑下来，鬼头刀一掖，夜战八方式，向四面一瞧，便向小凤跟前走去。拼命缠战的魏杰，已一眼扫见了师妹危急情形，悠开了龙骨棒，呼的一个旋扫，逼开了黑虎鞭，趁势一转身，舍了黑麻汉，来替师妹解围，经不得黑麻汉一个箭步，跟纵而至，口中喝着："哪里走，你先顾自己的命吧。"黑虎鞭哗啦一响，已从魏杰身后袭来，魏杰心急神焦，无法兼顾，只好翻身迎敌，恨不得一龙骨棒，立时把黑麻汉一棒砸死。

小凤是个十七八岁的小姑娘，深得父母钟爱，从小虽得了不少父母真传，毕竟年纪太轻，功夫不老练。她平时常练的兵刃，是一对镔铁雪花刀，这一对双刀，是照她身材膂力定打的，比普通的双刀，轻一点，短小一点，小凤姑娘自以为在双刀上，很有几下子，其实一班师兄弟们都知道她常常撒娇，闹个小性子，当着她面，总得乱捧一阵。这一来，小凤姑娘自以为是，很自信真是这么一回事了，她却忽略了她父母常常说的："功夫学到老，练到老，要紧的还在实地经验。"她在父母庇荫之下，又是姑娘身份，哪会出门访友？更没有和外人争胜斗强的机会，用她那一对雪花刀，想和人真砍真杀，更没有过，所以她的功夫怎样且不说，动手的经验，实在太差了。可是她却有一项天生绝技，因为她天生的能黑夜视物，她母亲传授的梅花针，苦于内功不到，无法进步，但是她一张小小铁胎弓，不论黑夜白天，真能弹不虚发，这是别个师兄弟们，真得甘拜下风的。

这天晚上发生了五虎旗上门寻仇的事，父母一出门，大师兄指挥一切当口，她早已在后面预备停当，带刀背弓，想显一显自己身手，替父母争个全脸，大师兄劝她避一避，还满肚皮不乐意。不料纪大纲转身到前院，没有多大工夫，便听得前院屋面上几声呼叱，自己两个哥哥已和贼人们动上手了。

小凤姑娘心里一急，人小身轻，纵跃功夫，本来不错，一顿足，便上了屋，站在后院屋脊上，一瞧两位哥哥各人一口剑，和两个使单刀的敌人，在屋面上杀得像走马灯一般，而且从前坡杀到了后房坡。小凤姑娘看得两个哥哥不能取胜，放下双刀，褪下弹弓，窥准敌人身形，正想发弹助他哥哥一臂之力，猛见隔院红光直冒，人声鼎沸，大喊"救火"，从隔院火光影里，一个贼人手持火把，从隔院屋面飞跃而来。小凤大惊，身形一转，弹弓连拽，叭叭叭……弹丸连珠飞出，竟把贼人手上火把，打得火星飞爆，灭了火头。贼人弃了火把，从腰里拔出一柄短斧，护着面孔，向她飞跃而来，她又迎着贼人，叭叭……又是一阵急弹，她明明看清了有几颗弹丸中在敌人身上，敌人视若无事，依然直跑过来，自己发出的铁弹丸，到了贼人身上，好像变成棉花做成似的，心里一惊慌，持斧的贼人，已从侧面跃到后院屋上。

恰好这当口，张宏已赶到后院，纵上屋面，挥动砍山刀，迎住持斧的敌人，厮杀起来。小凤心神略定，手上捏着几颗弹丸，想得奇怪，怎的贼人不怕我弹弓，忽见他大哥守仁在前院后坡上，不知怎的一疏神，手上一柄剑，竟被贼人单刀击落，贼人单刀一举，当头直劈，小凤急把弓弦一拉，窥准那面贼人高举的手腕，叭的一声，只听得那贼人哟的一声惊喊，单刀交到左手，甩着右腕，向后一撤身，跳了开去，她大哥守仁乘机拾起掉在屋上的宝剑，赶了过去。小凤在后院屋上喊着："大哥！看我打他。"叭叭……一阵连珠急弹，向那伤腕撤身的贼人打去，那贼人一转身，并没十分躲闪，只用刀护着脸，小凤一看这一次，弹丸又没甚效力，明瞧着打着那贼人前胸的，又变了棉花弹。聪明的小凤，立时醒悟，贼徒身上，定穿着避弹的东西，立时改变了方法，握着一把弹子，并不专打一人，留神和张宏、守义、守仁交手的三个贼人，只要头部手脚等处，露出空来，便叭的一弹。

她这几次乘隙发弹的办法，倒助了她两个哥哥和五师兄张宏不少力量，几个敌人常常要防到远处弹丸暗袭，弹弓一响，乱躲乱闪，因此受了不少阻碍，居然被守仁、守义、张宏三人支持了不少工夫。

小凤瞧清了屋面上的战局，来的贼人，似乎都比自己人强一点，如果没有自己随时发弹遥助，简直有点危险，伸手向弹囊一掏，顿吃一惊，只顾连珠弹发得痛快，弹囊里只剩几颗弹丸了，心里正想着躲在暗处，趁贼人不防时，索性把这几颗弹丸，窥准了贼人头上要害，用声东击西的手法，总得打伤几个贼人，他们才挡得住。思想停当，正待施为，冷不防身后不远处，有人阴恻恻地笑道："漂亮的小妞儿，弹弓有几下子，可惜白费劲了。"

这一下，把小凤吓得不轻，连这张弹弓，都来不及收起来，急得随手一掷，急急捡起放下的双刀，转身一瞧，只见一个瘦猴似的凶汉，横着一柄鬼头刀，一纵近身来。小凤忙一撤步，舞起双刀，预备抵敌。

单刀看手，双刀看肘。那瘦汉一看，便知雏儿，笑道："小妞儿，你大约是公孙老儿的女儿，妞儿，我不难为你，今晚你们家里，是丧门照命，谁也跑不了，唯独你，我钻天鹞子可以发点慈悲心，可得乖乖地依从我……"

小凤哪听得惯这种野话，娇喝一声："贼子住口，看刀！"一耸身，左手刀迎面一晃，右手刀连挑带抹，猛砍过去。

不意刀下去，贼人向斜里一转身，身法如风，已到了小凤左侧，一腿起处，正跌在小凤右臂弯骨节上，臂上一麻，左手的刀便脱手飞去。

小凤忍不住一声惊喊，慌不及双足一点，向前纵出一丈开外，惊得不敢回头，接连又一纵，跃上了隔壁本家的隔墙上，蓦觉脑后一缕尖风袭到，赶忙一低头，哧的一支钢镖，擦着自己头顶过去，自己包头帕，也被镖锋揭去，还带下几缕头发来，虽然觉得头皮尚未受伤，性命也只差分毫之间，真个险极。

小凤哪经过这种风险？吓得心胆俱落，不管邻院屋上烟火飞腾，白雾弥漫，沿着这堵墙头，和贴邻屋面，直向自己前院飞奔。好容易逃落把式场中，一看大师哥不在，六师兄魏杰已回来，和一个黑麻汉打得舍死忘生，闹得小凤姑娘孤立无援，急得几乎哭出声来，不意可杀的钻天鹞子又追踪而至，已飞落场中，直逼过来。

在这万分危急当口，只见墙头上黑影一闪，宛如一只掠波燕子，而且带着一道闪电，正落在小凤和钻天鹞子之间，小凤定睛看时，只见是个通体一身黑的蒙脸人，手上横着烂银似的一柄长剑。

这时钻天鹞子也吃了一惊，霍地一退步，厉声喝道：“你是谁？倘和公孙老儿没有沾连，休管闲事。”

蒙脸人默不出声，脸上两个窟窿内眼光如电，向魏杰交手所在扫了一眼，转脸向小凤姑娘一挥手，大约叫她退后的意思。

在蒙脸人挥手之间，钻天鹞子接连问了几声，不见蒙脸人答话，怒不可遏，鬼头刀一摆，便进步举刀，杀了过来。蒙脸人也在这时动了手，长剑一挥，立时狠杀起来。

可是蒙脸人手上一柄长剑，轻灵迅捷，而且剑花错落，起了几道电闪似的光彩，跟着他手上吞吐进退的剑尖，宛似银蛇乱掣。钻天鹞子生平没有碰到这种发光的异剑，一上手，便逼得他耀眼欲花，看不清剑点，而且觉得蒙脸人身法步法，疾逾飘风，和公孙门下的子弟们大不相同，吃惊之下，一面挥刀尽力招架，一面还大声吆喝：“你是哑巴么？报上你万儿，再斗不迟。”

他哪知道蒙脸人用意，蒙脸人有事在心，急于速战速决，哪听他这一套，倏地招数一紧，剑光匹练般绕向敌身。钻天鹞子仗着身法轻捷，勉强招架了几下，知道敌不住，正想撤身跃上围墙，用暗器制胜，哪知蒙脸人剑法不同寻常，连环进步，绝不容他脱身。钻天鹞子刚一刀劈下，蒙脸人偏着剑锋一起，故意把钻天鹞子鬼头刀向上一架，左腿一进步，左手疾如电闪，在腰上斜插的皮套子里，拔出一柄长仅尺许、锋利无比的小匕首，向钻天鹞子腰胯之间一送。猛听得钻天鹞子一声狂吼，右手鬼头刀被剑锋领出手去，飞落远处，身子也腾腾腾往后倒退，几乎跌倒，胯上已鲜血直流，一咬牙，竟拼命蹿出围墙逃走，连掉落的鬼头刀也顾不得要了。

蒙脸人赶走了钻天鹞子，一翻身便奔黑麻汉。这时魏杰一面和黑麻汉打得难解难分，百忙里也留神蒙脸人举动，心里猜不出这是谁，真奇怪，偏在这危急当口，来了这么一个好帮手，这时见他又来帮助自己，精神大振。黑麻汉却心里打了鼓，钻天鹞子已被这蒙脸人刺伤逃走，自己方面几个正主，明明约定在此会齐，到这时候竟会一个没露面，事情有点不妙，一看蒙脸人已向自己赶来，暗喊不好，正想脱身之策，忽见围墙上纵上一人，正是自己这面三位正主之一，却见他并不跳下墙来，立在墙上，向蒙脸人拱手道："今晚冲着你，我们甘拜下风，你虽不愿露出真相，冲着你这口剑，和你左袖内一筒歹毒暗器，我们也摸得出你根苗来，咱们后会有期。"说罢，两指向嘴上一按，呼咧咧一声口哨，向黑麻汉一招手，便一闪身跳下墙外去了。黑麻汉也趁这个空当，跳上墙头，跟踪而去。

小凤姑娘和魏杰直眉直眼地瞧着蒙脸人，弄得莫名其妙，也不知说什么才好。蒙脸人向小凤一招手，拉着魏杰往后台阶上走，进了穿堂，小凤急急跟在他们身后。

蒙脸人悄悄地说："我们快找大师哥们去。"

这一句话，小凤姑娘已听出是谁来了，一声惊喊，跳上前，拉住了蒙脸人，喊着："七师哥！你……你……真把我急死了。"说到这儿，再也说不下去，便抽抽噎噎地哭了起来。

魏杰也惊喜交集，跺着脚说："老七，你闹的什么玄虚，师父、师母见到没有？"

叶晓芙急喊："莫响，什么事回头再说。"说罢，三人进了后院，猛见大师兄纪大纲当门而立，可是弯着腰，两手扶着剑镦，用剑拄在地上，似乎全身都凭这口剑支撑着，月光照在脸上，面如白纸，两眼瞪得鸡卵一般，看着他们进去，好像没有看见一般，形状非常怕人。小凤姑娘惊得尖叫起来。

叶晓芙把手上一口剑，还入背上鞘内，向两人说道："大师兄定是久战脱力，缓不过这口气来，千万不要叫他躺下，我们把他扶进屋去，坐一会儿会好的。"说罢，便和魏杰把纪大纲扶住，小凤上前拿去了手上宝剑，半抬半扶地进了堂屋，纳在一把太师椅上。

小凤点起了烛火，一看堂屋地上还直挺挺躺着一人，急用烛火照看时，却是他大哥守仁，肩头上衣服已破，冒出一摊紫血。

小凤以为她大哥已经死掉，吓得泪流满面，直喊："怎好！怎好！"

叶晓芙说："不要紧，这是受了贼人喂毒暗器伤，只要毒不攻心，有法可治，不久师父、师母便到，师妹不必惊慌，可是还有三师兄们，怎的一个不见？"

正说着，太师椅上的纪大纲喉咙内咯的一响，吐出一口稠痰，身子直跳起来，大喊了一声："贼子，不是你，便是我。"喊了这一声，噗地又坐在太师椅上，坐得纹风不动，半晌，才悠悠地叹了口气，眼珠活动起来，慢慢地缓过气来了。

刚一缓过气来，蓦地看出一个蒙面人，和小凤、魏杰立在他面前，眼珠又瞪得老大，伸着指头乱点。叶晓芙忙不及把蒙脸的黑帕扯下，纪大纲立时一声惊喊，跳起身来，两面乱找，大约找他手上那柄剑。

小凤抢上一步，把他按在椅上，泪流满面地说："师哥，你定一定心，小妹这条命，是七师哥救下来的，我问你，我大哥受的什么伤？二哥和五师哥，怎的不见？贼人们怎的都跑了？"

纪大纲一声长叹，低着头，半晌，才断断续续地说："我太对不住师父、师母了，我没有脸见他们两位老人家了……怎的我偏没死没伤……两位老人家呢……你们还不快快赶去。"

叶晓芙慌说着："莫惊，师父、师母马上就到。"

忽听得前院有人喊着："魏杰，大纲，怎的前院没有人？"

小凤听出是她母亲口音，"啊呀！"一声惊喊，拔脚便跑。魏杰、叶晓芙也一跃而出，向前院奔去。赶到前院廊外，只见公孙大娘自己背着老武师公孙龙，身后还跟着拄着木棍，左腿一拐一拐的慧明和尚。

叶晓芙、魏杰一跃上前，忙从公孙大娘身上，抬下老武师身体，奔入后院。小凤口中呜呜咽咽地哭喊着：“爹爹，爹爹，你怎不开口……”一面却在房内点了两支烛。

叶晓芙、魏杰把老武师身体安放在床上，叶晓芙百忙里说道：“师母！莫急！贼人们独门暗器，只要不到对时，我有法治，守义、守廉、张宏三位师兄，此刻没有露面，怕也遭了贼人毒手，我得先找他们去。”又向魏杰嘱咐道，“六师兄，你千万莫离开，前后两院多留神，怕的是贼人没死心，我去去便来。”说罢，仍然把脸蒙上，转身便走。

公孙大娘在他身后点点头道：“孩子！日久见人心，孩子你多辛苦吧，今晚我一家全仗着你了！”

（公孙龙仇人是谁？五虎旗怎样的来历？叶晓芙身世师传何以如此隐秘？他到凤城去办礼品，何以整日未回？直到二更时分，才在伏虎寺现身。他又为什么换装蒙脸？公孙龙如何受伤？慧明和尚如何拐腿？以及纪大纲如何苦斗脱力，守仁、张宏、守廉如何不见踪影？一连串的关节，都在续集发表。）

注：本集上海广艺书局1950年8月出版。

第 二 集

前　　引

上集老武师公孙龙，突遭五虎旗死党大举寻仇，夫妇中计轻出，被仇党多人，分途截杀，老武师身受重伤，家中留守子弟，亦一败涂地，幸视为嫌疑之七弟子叶晓芙，锐身赴难，救师却敌，得免于危，而愁云惨雾已笼罩一门。其中如五虎旗寻仇之因，叶晓芙行踪之谜，以及分途截杀，几面血斗的种种关键，均于本集阐明之。

第一章　凤城敌踪

叶晓芙百忙里去寻找没有露面的守义、守廉、张宏三位师兄，匆匆而出。魏杰也不敢守在屋内，恐防贼党去而复返，跃上屋顶，四面眺望，暗暗戒备。

久战脱力的大师兄纪大纲，这时虽然缓过一口气来，明白了贼党已经退走，可是眼瞧着堂屋地上躺着半死的守仁，耳听着内室小凤姑娘抽抽抑抑地哭喊着“爹爹”，自己一颗心，好像掉在百沸的油锅内，这份滋味，实在不好受，而且有许多事，还莫名其妙，屡次想赶进内室去，瞧一瞧自己师父伤在哪儿，问一问师母怎样才把敌人打退，总觉自己没有脸再见师父师母，几次走到房门口，又退了回来，突然一眼瞧见了慧明和尚也坐在堂屋内，而且满脸失神落魄的神气，坐得纹风不动，只上下嘴唇皮，像抽风似的，在那儿不住地牵动。

猛见他右手一抬，劈扑一声脆响，竟无缘无故的，自己打了一下嘴巴。这一下，却把纪大纲吓了一跳，细看他，脸上却又露出了笑意，忽然笑意一收，眉头又皱了起来，嘴唇皮又像抽风似的牵动起来了。

纪大纲疑惑这老和尚被今晚的事吓傻了，骤然得了失心疯。哪知道瘸了腿的慧明老和尚，非疯非傻，他贸贸然跟着人们到了后院，自己是个出家人，不便跟着公孙大娘进内室去，只好独个儿坐在外面堂屋里。老和尚坐在那儿，想着一夜之间，老武师一家遭到这样惨祸，心里难过，嘴上暗暗地不断念着“阿弥陀佛！”忽又转念到叶晓芙毕竟是个正人君子，少年英雄，只要听房内公孙大娘满嘴赞扬的话，今晚没有姓叶的赶到救应，还要不得了哩。可是老武师错疑了好徒弟，还错怪了我老和尚，路遥知马力，我老和尚举荐的门徒，还错得了吗？

他想到这儿，心眼里一乐，脸上不禁地有了一丝笑意，笑着笑着，猛又想起刚才在伏虎寺门口，自己也发疯一般，几乎和叶晓芙拼了命，这又怎么说呢？回头姓叶的回来，当面责问我，叫我这张老脸，往哪儿摆？

他越想越难过，自己恨自己，竟伸起手来，打了一下自己的嘴巴。好在他不论有什么为难的事，只要一心念着“阿弥陀佛！”也就迷惘惘地过去了，所以纪大纲瞧他自己打了一下嘴巴以后，嘴上又不断地抽起风来了。

纪大纲五内如焚，自顾不暇，哪里会得到慧明和尚心里的念头？也顾不得这老和尚真疯假傻，自己心里像油煎似的，一阵阵难受，只在堂屋内转圈儿。猛听得房内公孙大娘沉着嗓音，喊了声：“大纲！你进来！”

纪大纲听得师母喊他，心里更一哆嗦，没法不进房去，硬着头皮跨进房内，一见公孙大娘，坐在床前一张逍遥椅上，面寒似水的，拿着细长紫竹旱烟管，一个劲儿抽着兰花烟，鼻管两条烟龙，又喷得笔直了。

纪大纲心里打鼓，一进房便向她跪了下去，低着头说：“弟子无能，没脸见师母的面！”

公孙大娘烟管离嘴，霍地站了起来，跺着脚说：“起来！起来！

你无能，谁能呢?”说罢，手上烟管向床上一指，叹口气说，“你师傅有能的话，也不会这样子了。今晚如没有晓芙救他，也许连他这颗脑袋都回不来了。不但他无能，我更无能，我明知五虎旗门下，都是奸恶无耻的小人，结果，依然着了他们的道儿。你知道，贼党们存心在我家放火，并不是真个要烧我们的家，是存心乱我们两老的心神，望见了家里着了火，哪能不回身赶救?一回身，便中了贼党们途中埋伏暗截之计，你想，贼党们心计多毒，事情可真险，明枪易躲，暗箭难防，你师父吃亏，便在这上面。这且不去说他，仁儿怎样受的伤呢?义儿、廉儿、张宏三个孩子怎的不见?听说你打得脱了力，也是九死一生，你已经尽力报答了师门，我一样地感激你，你何必这样难过，你且把知道的说与我听。”

纪大纲从地上站起身来，一眼瞧见床上自己师父，直挺挺仰天躺着，面如金纸，浑同死了一般，身上盖了薄薄的一条被单，瞧不见伤在何处。小凤姑娘满脸啼痕地悄立在床脚边，景象很惨。

纪大纲不由得眼泪滚滚而下，忍不住问道：“师母，我师父伤在什么地方?敷了药没有?不妨事么?”

公孙大娘一声长叹，半晌，才说道：“你师父受了五虎旗独门喂毒黑虎钉，不是本门对症解药没法救，如果胡乱用我们自己金疮解毒药更坏，好在不到时候，还不妨事……”

公孙大娘话未说完，纪大纲惊得喊了起来：“啊哟！这……怎么办?外屋守仁师弟中的毒药镖，定也是万恶贼党的独门黑虎钉了，这可怎么好?”

公孙大娘急问道：“起下钉没有，只要没起下钉，没进风，还不妨事，我相信晓芙有药救他。”

纪大纲一跺脚，嘴上惊喊着：“咳！守仁师弟中钉时，一较劲，自己已起下来，转打了贼人一镖，才躺下了。”

公孙大娘说了声："这孩子完了！"便走出堂屋去瞧他大儿子守仁，一声不哼，一弯腰，把地上躺着的守仁抱起来，送进了堂屋相连的另一间侧室，翻身回到堂屋，向慧明老和尚问了声，"你腿上怎样？"

慧明说："贫僧腿上不妨事……"

刚说着，前院人声喧嚷，似乎有许多人进了门。

纪大纲闻声慌先赶了出去，公孙大娘也到了前院廊下，一瞧原来都是本庄同族的老少们，七嘴八舌，围着公孙大娘、纪大纲打听今晚的事和老武师受伤的轻重。公孙大娘还得拣可说的顺口敷衍，一面谢谢他们打锣救火的帮助。

从这班族人口中，倒探出四徒弟族侄守廉，因在庄后暗伏山脚树林一带，暗探贼踪，隔了不少工夫，瞧见有几条黑影，身法极快，从林外飞驰而过，向老武师屋后奔去。他急慌从斜刺里一条小道，奔来报信，刚绕到前门围墙近处，突见墙头跃下一条黑影，正向自己奔来，影绰绰看出是个老者，知是贼人，急伸手掏出一支镖来，劈面向来人袭去。

不料来人功夫高强，哈哈一笑，接住迎面袭到的飞镖，随手还敬过来，嘴上还骂了一声："鸡毛蒜皮，不值老夫动手，自有人来取你狗命！"脚下并没停住，飞一般向庄外一条山道上走了。

可是这人一镖还敬，手准势疾，守廉竟没有闪避得开，噗的一镖，竟穿在大腿上，拼命向树林内一闪，虽然中的是自己的镖，没有毒，但也鲜血直流，这条腿便有点蹦跳不灵了。匆匆地在林内拔下镖来，用布扎了一下伤口，还想挣扎着赶到老武师家中，一抬头，猛见老武师屋上蹿起火苗，吃惊之下，慌蹿出林外，先赶到自己家中，叫人上屋敲锣，聚人救火。他自己顾不得腿上镖伤，拣了一匹没鞍的磨驴，飞一般到三岔驷去，向联庄会求救去了。

公孙大娘得知族侄守廉急得向镇上联庄会求救，说不定镇上联庄会已经大队奔来，慌在族人当中，挑了个年轻脚健的人，命他马上赶赴镇上，拦住联庄会，免得人家劳师动众，声明贼人已经打退，改日老武师亲到镇上道劳。族人领命去后，院子里还剩着一群本家男女老少，公孙大娘又一一好言道谢，请他们回家安息，一班本族男女走净以后，关好了大门。

公孙大娘和纪大纲回到后院堂屋，屋上戒备的魏杰跳下地来，进屋向公孙大娘说道："弟子在屋上，远远瞧见屋后左面那条山沟里，蹿上一人，肩头上还扛着一个人，定是我七师弟，弟子得赶去帮他一下。"

公孙大娘点头说："好！受伤的不是张宏，便是义儿……"

一语未毕，院子里微一作响，叶晓芙已背着守义进了堂屋。魏杰、纪大纲慌过去接住守义身子，平抬着进了侧室，放在旁边的一张榻上。他哥哥守仁躺在上面一张床上。

公孙大娘到底母子连心，跟踪进屋，拿起桌上一支烛台，向守义身上查看，只见守义面如白纸，嘴眼紧闭，嘴角上却挂着几缕鲜血，其余却看不出受伤之处。

她一瞧屋内躺着自己两个儿子，一夜之间，都弄到这个地步，虽然平时沉毅，喜怒不形于色，也不由得一声长叹。换一个普通老婆子，还不捶胸顿足地大放悲声吗？

她背后转过叶晓芙，伸手接过她手上烛台，慌不及说："师母放心，三师兄大约和贼人拼斗，一同跌落山道下的旱沟，在深沟里又和那贼人赤手对搏，竟生生把那贼人掐死，现在那贼人尸体还在沟内，三师兄也力竭晕厥，直挺挺躺在沟内。我已用随身火折子，细细查看，并没十分重伤，看情形只吐了几口血，一时失力闭过气去，师母，你用内家推气布宫的法子，便可让他苏醒过来。"

公孙大娘被他一语提醒，把两袖一挽，便用推拿治疗法，在她二儿子周身穴道上推拿起来。

叶晓芙把手上烛台递与魏杰，翻身又要去找守廉、张宏两位师兄。

经纪大纲说出守廉到三岔驲去招联庄会，只有张宏尚无下落。

叶晓芙说："五师兄既无下落，得赶快找他。"说罢，便要走去。

公孙大娘回头唤道："晓芙！你叫别人去找吧！你还得替你师父起镖下药，此刻你先瞧瞧那面床上的仁儿，这愣小子不懂事，自己起下了黑虎钉，怕没法可救了。"

叶晓芙慌向上面一张床奔去，同时纪大纲说道："我去找五师弟去。"

恰好堂屋里枯坐念佛的慧明和尚，在外面接口道："人手不够，你们不要动，我替你们去找，我这条腿还不碍事。"

老和尚说罢，不等人家答话，竟拄着木拐，一瘸一瘸地跑出去了，屋内公孙大娘点头叹息道："这种时候，便看出朋友的热肠义气，他今晚这条性命，也几乎垫在我们这档事里面了！"

叶晓芙到了守仁床前，伸手一摸，好像已没有气儿，吃了一惊，不敢声响，慌走到外面堂屋，另外点上一支烛台，回身进屋，悄没声地擎着烛台，再走到守仁床前，把上身盖着的被单扬开，仔细一瞧，敢情这镖伤口，正是三十六死穴的血阻穴，左右肩琵琶骨下面三寸处所，创口还非常深，兀是咕嘟嘟地冒着紫黑色的毒血。不用说这种独门极厉害的喂毒黑虎钉，便是没喂毒的暗器，中在这样致命的重穴上，只要一个治不得法，也一样得废命。

当时叶晓芙一瞧明伤口，便知这位师兄这条命算交待了，慌伸手把一条盖被曳上来，连头都盖没，嘴上却不敢出声，一回头，不料大师兄纪大纲正立在身后，慌把纪大纲一拉，同到外面堂屋，悄悄向纪大纲说："这怎么办？二师兄完了！"

纪大纲六神无主的还没答话，屋内公孙大娘已在那儿喊道："晓芙！你来！"

叶晓芙慌把手上烛台一放，赶了进去，床上守义脸上已转过色来，眼珠也活动起来了，突然肚里骨碌碌一响，喉头霍地又吐出一大口瘀血，一声大喊："不是你！便是我！"上身往上一蹦，便坐了起来，一见公孙大娘立在床前，伸手一把拉住，喊着，"娘！你可回来了，贼子杀尽了没有？我大哥受了伤了！"

公孙大娘慌把他身子放倒，嘴上喝道："义儿！快替我躺着，你气分受了伤，你什么事不用管，只一句话告诉你，五虎旗一班恶贼绝没得着便宜回去，今晚全仗你七师弟挽救了这步劫运，日后慢慢对你细说，你只替我躺着，不许动，回头叫你妹子送药给你喝。"说罢，转过身来，预备向守仁床上走去。

叶晓芙慌抢前一步，拦着她，在她耳边低低说了句："师母，我们给师父治伤要紧！"

公孙大娘面色立变，霍地向后一退，遮在她二儿子的床前，伸手向守仁床上一指，又向窗外前院一指，嘴上悄喝一声："快！"

叶晓芙、纪大纲明白她意思，知道她从叶晓芙一句话里，已知守仁一条命完了，叫他们把尸首搭到前院，免得守义瞧见。两人慌趁公孙大娘遮住守义床前，悄没声地便把守仁尸首，裹着一床被，搭到前院闲屋里去了。

两人把守仁尸首安置妥帖，找出躲在僻静处所的两个工人，吩咐他们看守前院尸首，才一齐回到后院。

魏杰在后院内，迎着问道："守仁师兄一命交待，师父不妨事么？"

叶晓芙说："大概还不妨事。"

三人一进堂屋，公孙大娘已在老武师屋内，喊着他们进去。

三人一进房，小凤姑娘已知她长兄一命呜呼，哭得泪人儿一般，向叶晓芙呜咽着说："七师哥！我父亲到此刻还没开声，万一我父亲，再有个不测……"她说到这儿，再也说不下去了。

叶晓芙惨然说道："师妹！你千万不要哭，师父不妨事，你一哭，我心格外乱了！"说罢，从贴身掏出一个扁扁的皮夹子，在桌上把皮夹子摊开，皮夹内一面插着几把薄得像纸般的小刀和小钳等类，映着烛光，耀目生花，可见锋利无比，一面紧紧排列着几个奇形的银盒子，转身向公孙大娘说道，"师母！弟子对于此道，也无非学得一点皮毛，不过这解药，是对症的，回头师父创口毒烂的肉，应该动刀去掉，没法子，只好在师父身上放肆。"

公孙大娘向他脸上瞅着，点着头说："孩子！你还信不及你师娘吗？今晚的事，我母女俩一辈子报答你不尽的！"

叶晓芙刚要张嘴，公孙大娘又说："晓芙！咱们用不着说客气话，你快动手吧！"

公孙大娘自己也懂得治疗跌打金伤的种种门道，自己家里，也常年配制着秘制的上好药散，可是对于这种独门毒器的镖伤，明知没有这种对症解药，是无法解决的，居然五行有救，自己门徒叶晓芙非但懂得外科手术，还带着这种对症解药，这是意外的救星。

经过半个时辰，老武师公孙龙经过叶晓芙施展外科手术，用对症解毒秘药，内服外敷后，面如金纸，形同半死的公孙龙，居然恢复了知觉，转了颜色，能够出声了。

公孙龙一经转危为安，第一个小凤姑娘一颗芳心，从腔口回了原处。她暗暗地叨念着："七师哥非但救了我的命，还救了我一家的命！"

但是叶晓芙怎会藏着五虎旗黑虎钉的独门对症解药？这又是叶

晓芙身上的一个谜，这个谜，非但纪大纲、魏杰心里已经转到，便是公孙大娘心里也暗暗存着这个谜。只有小凤姑娘不理会这个，她一颗心已整个扑在叶晓芙身上了，她一心念着："七师哥是我的救命恩人！"

老武师这条命总算保住了，可得好好地静养，吃下叶晓芙的独门秘药，业已沉沉睡去。大家悄悄地退到堂屋里来，让她们母女陪着沉睡的老武师。公孙大娘却叫小凤姑娘到厨房去，寻找躲避的下人们，替大家安排点吃喝东西。

折腾了一夜，瞧瞧天色，离天亮也差不多了，可是死的死，伤的伤，房屋虽然没有延烧开来，靠着左面几间偏厢，和本家邻院，已烧得瓦飞梁焦，余烟未断，还有慧明老和尚，自告奋勇，去寻张宏下落，还没回来，一切善后，还没办法。贼党们是否真个远走高飞，一时也难探得真相。大家这颗心当然没法安定下来。谁也忘记了睡觉这档事，大家聚在堂屋里，悄悄地谈着。

第一桩事，便要从叶晓芙口中，探出他到凤城去了一天，到出事的二更前后，才在伏虎寺露面，毕竟怎么一回事。

这当口，小凤姑娘已从厨下，搬来了吃喝，公孙大娘要探明各人的经过，也出房来，和三个弟子一块儿吃点东西，顺便从三个弟子嘴上，探明了各人的经过，把各人所说的经过，综合起来，才明白了今晚五虎旗寻仇的布置。

从公孙庄到凤城，也有四十几里路，凡是从汉中到大散关宝鸡一带，必定经过凤城，所以这条路，是商旅通行的官道。

凤城虽然是座小小的县城，因为地势适中，商贾络绎不绝，城内店铺客栈，倒也色色俱全。这天清早，叶晓芙在张宏驿马行里借了一匹走马，一路疾驰，进凤城南门时，也不过辰巳之间，便在大街上牵着牲口，缓缓行去，拣了几家像样的店铺，进去选购了几样出色礼物，又替小凤姑娘买了点脂粉绣帕之类，一齐打了包，捎在牲口的鞍后。在各店铺里一耽延，日色已到午牌时分，便在街上拣了一家体面的饭馆，牵马前进，把牲口和鞍上的东西，向柜上交代明白，自有饭店伙计张罗，自己闹中取静，走进后面单间雅座，点了几样酒菜，很自在地细斟独酌起来，预备在这饭馆里，打过午尖，再回公孙庄，时间绰绰有余，自己在公孙庄投师学艺，平时极少出门，趁此也可舒散舒散。

他正吃得逍遥自在当口，蓦地听得贴壁单座上，有几个人在那儿吃喝，说话声音，忽高忽低，满嘴都是黑话，偏碰着叶晓芙精通此道，有几句钻在他耳内，顿时大吃一惊，慌不及停杯侧耳，用神细听。

只听得一个苍老口音说："老四！白天多喝一点，还不要紧，今天晚上，可不准你喝了！"

一个大舌头的接口道："大哥！我自己明白，一喝上酒，便多说多话，不过……这儿离那公孙庄有四十多里，公孙老匹夫又不是千里眼、顺风耳……怕什么？再说，今晚是我们五虎旗和双龙旗算清旧账的日子，我憋了七八年的血海深仇，好容易到了我们扬眉吐气的日子，还不多喝几杯么？"

又有一个笑喝道："你是越扶越醉，不说你还好，一说你，话越多，你尽量喝吧！"

这人说罢，似乎大家笑了一阵，便只闻杯筷起落之声，半晌没有说话。但是隔壁窥听的叶晓芙，只听了这几句话，已老大吃惊，哪还顾得自己吃喝，一面放长耳朵，细听还说什么，一面心里不断打主意，从前听过世的师父说过，五虎旗是川中一霸，党羽甚众，独门暗器黑虎钉，最为歹毒。为这黑虎钉，过世的恩师还和他们结过梁子，想不到现在师门公孙老师也和他们结了仇。听他们口音，今晚便要发动，善者不来，来者不善，幸喜鬼使神差地被我听到，我得探着实了，再回去飞报两位老人家才是。

他心头转念之际，忽又听得隔壁那个苍老口音的人说道：“我此刻想起了一档事，我们原定在伏虎寺下手的计划，得改变一下，这寺名，字面上，似乎和我们五虎旗有点犯克。我们也不必一定非在那儿下手不可，不如……”下面声音忽低，便没法听出来了。

只听得嘁喳了一阵，另一个拍手大赞：“妙极！妙极！声东击西，虚中套实，这一下，保管老匹夫、老乞婆顾前不顾后，让他三头六臂，也难逃出手去。”

这时，叶晓芙全神贯注在隔壁座内，耳朵不够用，还得探看说话的什么样人物，悄悄地离座而起，在这堵薄板隔缝里，瞧地点，觅窟窿，居然找着一个小窟窿，眇着目，向隔室偷瞧。只见上首是个鹰眼钩鼻，连须胡子，须发俱已半白的老头子。下首坐着一个酒糟鼻，蟹壳脸，形态凶猛，四十上下模样的大汉。

起初听得说话，似有三人，此刻却只两人对坐，而且只顾吃喝，没有说话。上座的老者，一对锐利的鹰目，有意无意地还向隔壁上扫了几眼。叶晓芙何等机警，一缩身，转过身来，眼风带去，似乎见到门口一张单布门帘随风一卷，心里起疑，向帘外一探头，门外来来往往尽是招待客座的伙计们，也许是伙计们走得急，随身带起的，便点手唤进一个伙计，叫他赶快饭菜齐上，预备匆匆吃过饭，飞速赶回公孙庄。

在他吃饭时，却听出隔壁的人会钞走了，心想回家报告要紧，没法跟踪他们，好在他们必在晚上下手，大白天不会出事。

他匆匆吃罢，到柜上算清饭账和牲口草料钱，由伙计陪着，领他到马棚，牵出自己马来，查看了一下鞍后捎的几包礼物，没有短少，便离了饭店，向南门走去。街上人来人往，不便驰骤，牵着马向南城走去。偶然一回头，瞧见身后几十步以外，也有两个人，各自牵着马，不疾不徐地走着，以为街上来往的人甚多，一时也没留神。出了南门，街道便宽，行人较少，便纵身上马，档上一扣劲，鞭丝一扬，泼剌剌飞跑起来。不料还没跑到一箭之路，胯下的马，突然发起了狞性来，后蹄乱飞乱踢，前蹄乱蹦乱跳，发疯般东撞西闯，几乎把他掀下鞍来，吓得道上的人们，乱躲乱闪。

叶晓芙慌跃身下马，扣住嚼环，一看，顺着马肚带流下血来，颇以为奇，慌把肚带一松，掀起鞍鞯一瞧，敢情有人在马身上冒了坏水，不知什么时候，暗用两块锋利的尖角石子，贴肉垫在马鞍下面。人一上鞍，一扣劲，一放辔头，两面尖角石子，当然深深地嵌在马背皮肉里面，皮破血流，痛得马乱蹦乱跳了。但是谁使的捉狭呢？在凤城一带，人生地不熟的，绝不会有人无缘无故，向自己冒坏，其中当然另有说处。

他心里一惊，四面一瞧，正瞧见凤城来路上，有两骑马飞驰而来，转瞬到了跟前。马上两个雄壮汉子，都背着长形包袱，鞍后都捎着行李卷，一到跟前，忽然勒住了马，向他瞅了几眼，皮笑肉不笑地问道："喂！这位小哥，你骑得太狠了，牲口受伤不轻，偏伤在要紧处所，没法再骑了。我说，你从哪儿来的呢？来路不近吧？"

叶晓芙向马上两人一打量，一个黑塔似的身材，一个满脸酒糟疙瘩，都是满脸横肉的凶相，年纪都在三十左右，并不是饭店隔壁说话的人，顺口答道："我是从大散关来的，顺便在城内买点礼物，去探亲戚的，好在路已不远，牵着牲口走几步，也就到地头了。"

在他无非随口一答，等两人走后，再想法子赶路，不料马上那个黑塔似的汉子，嘴上哦了一声，又问道："原来快到地头，是什么地方呀？"

这一问，可以说问得岂有此理，陌不相识，追问人家地头干什么？当然问得可疑。

叶晓芙立时心里有数，定是自己在饭店偷听偷瞧露了相，被人家缀上了，这可得想法脱身，而且不能被人问短了。但是这一带人地生疏，连近一点的地名都说不上来，人急智生，猛地想起大师兄纪大纲不是住在凤城南门外八里铺吗，便漫不经意地答道："我是上八里铺的，前面不远就到了!"

马上黑汉自言自语地说："嗯！八里铺。"说了这句，一扬鞭，马上两汉都泼泼剌剌地跑下去了。

叶晓芙等两汉走远，心里暗地一琢磨，不要看那马上两汉，好像漠不关心地走掉了，既然这两人有意缀上自己，绝不轻易放手，如果前面还等着自己，得把自己撒的谎弄圆了才对，不如真个到纪大师兄家中走一趟，顺便把几件礼物送在他家里，然后想法避开贼人耳目，悄悄溜了回去。

主意打定，便向人仔细打听八里铺的方向路径，打听明白，心里有了根，牲口受了伤，没法再骑，便牵着往前走。七八里路程，用不了多大工夫，便望见了八里铺一座不大不小的村庄。

这座村庄，原离官道不远，清早来时，飞马而过，没有留神，这时远远一瞧，庄内也有几十户人家，正在两座岗脚的交叉处。如果庄后那个山叉口，有便道可以绕过去，倒是闪避贼党耳目的好法子。

一面不住地想主意，走近通八里铺的岔道上，蓦见官道边一座松毛搭就的茶棚，棚外一株柳树上拴着两匹马，茶棚内坐着两个汉子，正是刚才停马细问的那两块料。叶晓芙牵着马经过茶棚，故意地向两人点点头，转入岔道，向八里铺走去。

进了八里铺，两面都是泥墙茅舍，没有几家是砖墙瓦房的，向庄内年老的问明了纪大纲住家所在，很容易地找到纪家了。短短的一重篱笆，篱内一块土地，就地晾着隔年老玉米，正面一明两暗的三间矮屋，倒是瓦房。

他牵马进篱，一只大黄狗奔出来一阵狂吠，便有一位三十多岁的妇人，抱着孩子走出堂屋来。

叶晓芙走近几步问道："这是纪大纲纪大哥的府上吧?"

那妇人向叶晓芙上下一打量，点着头说："正是，我们当家没在家，到公孙庄已有多日没回家来，客官贵姓，找他有事吗?"

叶晓芙慌向妇人一躬到地，说道："你原来是纪大嫂，小弟叶晓芙，纪大哥是我们大师兄，我是从公孙庄到凤城，由凤城回去，顺便送几件礼物来的，这几件不成敬意的礼物，是我们几位小师兄弟们的公敬。"说罢，把鞍后挂着的几包礼物提在手中。

纪大嫂嘴上谦逊着，让他进了堂屋，立时满屋张罗起来。

叶晓芙有事在心，又不便向她细说，慌编了一套话："师嫂，你不必张罗，你快把这几件礼物收起，我马上得赶回公孙庄去，不过我一路走来，看出道上有歹人缀着我，骑来的马又受了伤，暂时留在府上，明天派人来取。要紧的，你们庄后那条进山的路，能绕到前面官道上吗?"

纪大嫂听得有歹人缀他，她虽然没有武功，嫁了纪大纲，当然也懂得江湖一点门道，便问道："叶师弟，你瞧明白什么路道的歹人呢？难道想劫你捎来的几件礼物吗?"

叶晓芙说："不是的，不瞒你说，这里面大约关着我师傅的事，我一时也摸不清，我得赶快回公孙庄，想避开了歹人，绕点路回家去。"

纪大嫂也吃了一惊，慌说："这样，我没法留你，从庄后进山叉口，得翻过两重山岭，再往南走二十多里山道，便望得见三岔驵镇了。"

刚说着，村口蹄声嘚嘚，汪汪的狗叫。叶晓芙一耸身，向屋外一探头，从篱笆上望去，便看出茶棚内两个汉子骑着马也进八里铺来了，一缩身，向纪大嫂说：“来的两人就是，我得快走，那两人瞧见我那匹牲口在外面，定来探问，师嫂只说大散关来的远亲，此刻进山去另找一家亲眷去了。”说罢，纪大嫂慌叫出一个黄毛丫头，领他进了后院，推开一扇后门，匆匆把他送走。

照叶晓芙心意，本想把缀着自己的两个汉子，引到僻静处所，见个真章。可是自己出来，不带寸铁，也摸不清来人高低，不敢造次，又怕事情办决裂了，耽误回家报信的大事，只好忍口气，悄悄避开。

叶晓芙匆匆只问了纪大嫂一点大概路径和方向，拔脚便走，从后门小道转入山叉口，走上了山套山的崎岖鸟道。深山内路人稀少，心里又急，不知走了多少冤枉路，好容易盘过两重山岭，碰着山里打猎的人，才问清了绕到三岔驲的准方向。

可是这时太阳早已下山，山路黑沉沉的，不大好走，幸而明月当头，前面路较平坦，到三岔驲，却还有二三十里路。他心急如焚，恨不得胁生双翅。

他一路走，一路想主意，明知五虎旗和老武师定有不解之仇，善者不来，来者不善，来的贼党，绝不止自己所见的几拨人，尤其要防他们歹毒的黑虎钉。我这样一迷路，耽误了许多工夫，也许我到公孙庄时，已经交上手，自己这样赤手空拳，不是办法，还得先赶往伏虎寺，去拿我先师遗留的一身法宝，才能和五虎旗门下周旋。

他想定了主意，不顾命地一路奔驰，好容易赶到三岔驲，头更已过，连五师兄张宏骡马行里，都没工夫去转一下，又一口气向莲花峪奔去，从三岔驲到莲花峪，也有五里多路，赶到莲花峪伏虎寺已近二更，偏碰着坐在山门口的慧明和尚，见面便说出摸不着头脑的话。

这当口叶晓芙哪还有心思细推细详，飞一般奔进后院，破门直入，寻出自己寄存的那只红皮箱，取出他先师遗传的三件宝物，全身披挂起来，怕老和尚口舌缠绕，马上越墙而出，向公孙庄疾驰。

不料翻过一层岗子，碰上了从山脚林内蹿出来的贼党，这贼人正是他在凤城南门外，碰着两个骑马汉内的一个，月光下看出这人一脸酒糟疙瘩，便认得他，想到为了他们紧紧跟踪，害得自己绕了许多冤枉路，这时怒火上冲，长剑挥去，绝不留情，先把这人开了刀，却因此巧遇师母公孙大娘。

师徒会面，正想同回公孙庄接应，偏在这当口，前面岗上突然一声惊喊。公孙大娘吩咐叶晓芙先回，她飞身上岗查勘，刚飞身抢上岗腰，已看到岗头上一团黑影，骨碌碌地滚了下来。她赶近一瞧，敢情滚下来的是慧明老和尚，把他扶了起来，幸喜未受重伤，只滚下来时，一条腿扭了筋，一问情形，才知慧明和尚从伏虎寺翻过岗来，在岗头上正碰着从这面逃上岗去的一个贼党，贼人刀光一闪，想下手行凶，吓得一声惊叫，两腿一软，竟滚下岗来，幸而失足一滚，倒逃出了贼党的毒手，可是公孙大娘被老和尚一缠，却耽误了不少工夫。

第二章　赛棠夷

在叶晓芙先一步赶赴公孙庄当口，正值老武师中途猝遇强敌，独斗群凶，几濒于危的时候。因为公孙龙两老夫妇，远远看到自己庄上起火，夫妇二人，分途应敌。公孙龙带了六弟子魏杰，疾驰回庄救应，老武师救家心急，一伏身，展开陆地飞腾功夫，人像箭头一般，向前疾驰。魏杰脚程并不慢，和老武师一比却差得多，一会儿工夫，前面的老武师，便跑得没了影儿。

在魏杰以为老武师定先到家，等他赶到公孙庄，纵进围墙，用莲子镖救了纪大纲，立时和使连环鞭的黑麻汉拼斗起来，这时也顾不得打听师父回家没有，哪知这当口，老武师中途被贼党诱敌，已经陷入重围了。

原来老武师公孙龙举步如飞，把魏杰抛下了一段路，拐过一重山脚，沿着长长的一条黄土岗奔去。这一带土岗子并不高峻，却蜿蜒起伏，形若长蛇，足有一里路长，直达公孙庄口。岗脊上高高低低，尽是密杂杂的树林子。本地人把这带黄土岗，称为黄龙岗。

公孙龙沿着岗脚一条蜿蜒小道飞驰时，猛听得岗脊上有人高声喝道："下面奔命的是公孙老匹夫吗？请上岗来，川中五虎旗严家兄弟，在此候教！"

老武师悚然一惊，立时觉悟，今晚贼党布置周密，先是个调虎离山，然后分途下手，用计颇为歹毒，既已挑战，便是岗上摆着刀山，也得往上闯，立时收步停身，仰头答话道：“好！老夫会会多年不见的远客！”说罢，一伏身，背剑出鞘，身形微动，倒退下去一丈多远。横剑护前，再一耸身，从斜刺里蹿上岗去。接连几跃，已到岗脊，在一株松树后隐着身子，借着天上月色，向发话所在望去，并没人影出现，一转脸，从树林缝里望出去。

这块岗脊上，靠里一面，有一二亩地大一块凸出的平坡，左右两面都围着密层层的松林。月光照在那块空地上，正瞧见从右面林内闪出一人，怀抱长刀，大步向坡上那块空地走去。公孙龙暂不现身，想暗地瞧瞧贼党的动作和埋伏的人数。

在这当口，岗脊上双方并没动手，也没搭话。魏杰正在这当口，向岗脚下飞驰而过，当然不知老武师在岗上隐身战敌情形。岗上的老武师，却隐隐听得岗下奔驰之声，明知是魏杰，也不便出声相唤，倒被贼人耻笑，一心又惦着家中纪大纲他们接不下来，已被贼人们放火烧房，让魏杰回去，毕竟添个帮手。

在这样情形之下，公孙龙艺高胆巨，预备孤身单剑，和敌人周旋。

坡上现身的贼人，抱刀卓立，向公孙龙隐身一片林内，磔磔一阵怪笑，厉声喝道：“公孙老儿，徒有虚名，这不是躲躲闪闪的事！当年我二哥、五弟伤在你们夫妇手上，到现在足足八年，海样深仇，岂肯轻休？今晚是本利清偿之日，这块地，便是你老匹夫葬身之地。我还明白告诉你，你家中几个儿女和门徒们，早已刀刀斩绝，鸡犬不留，你只要望望那面的火光，便可明白，你那老伴儿，也早在鬼门关等你。我这样告诉你，让你死得一无牵挂，还不滚出来受死，等待何时？”

这一套话，公孙龙虽未全信，也不由暗暗惊心，强自按住心头怒火，蹑足潜踪，由林内向坡上穿了过去，走近林口，一个穿掌，飞出林外，直落坡心，在那人身前屹然站住。那人不防他默不出声地便纵到跟前，也是一惊，霍地向后退出几步去。

公孙龙一瞧这人面目，依稀认出是当年被自己夫人用梅花针射瞎一眼的严三虎，他脸上一只眼睛，便是一件特殊标志。看他怀中抱着一柄厚背宽锋锯齿刀，独眼凶光灼灼，蓄势以待。

老武师冷笑道："八年不见，居然敢在老夫面前，口出狂言，谅你一人，也不敢前来，你家严大、严四，定然率领狐群狗党，一同到此，既然口称报仇，还不一齐现身，等待何时?"

严三虎一声大喝："有我一人，便足致你死命，老匹夫，拿命来!"人随声进，锯齿刀一扬，一个独劈华山，搂头便砍。

公孙龙左手剑诀一领剑锋，向右一上步，身法如风，剑光一闪，"渔郎问津"，剑锋从侧面点咽喉，挂胸肩。严三虎一刀劈空，剑锋已到，慌不及双肩一错，锯齿刀随势一抡，顺水推舟，立刀截腕。公孙龙这时哪有心思和他缠战，立下绝招儿，剑式不变，只身子陀螺般一转，左手一扶右腕，剑吐如风，一个"白蛇寻穴"，猛冲敌胸。严三虎缩身抬刀一封，公孙龙剑花一起，倏变为"蜻蜓点水"，剑走下盘，未待敌人闪身招架，一挫身，又变为"拨草寻蛇"，猛袭双腿，唰唰唰三剑，势子既疾且狠，逼得严三虎只顾后退，不能还招。

公孙龙正想"进步撩阴"，立下煞手，猛觉身后一股劲风扑到，斜刺里一个滑步，翻身横剑，只见一个四十有余、五十不足的凶脸汉子，左臂弯内抱着一对镔铁方棱竹节鞭，右手指着老武师骂道："严四太爷今晚要手刃仇人，休走！看鞭!"好快的身法，骂声未绝，双鞭已如狂风骤雨般，向公孙龙猛袭。

公孙龙一瞧双鞭力沉势猛，招数不凡，明白严四虎在这双鞭上下过苦功，不比当年了，一闪身，剑走轻灵，避实就虚，展开无极玄门剑上乘功夫，点、刺、撩、挂、剪、扫、绷、挑，步法如行云流水，剑法如龙蟠凤舞，把两条铁鞭裹住。

严三虎一旁看得自己兄弟一时战不下公孙龙，一声大吼，锯齿刀一摆，加入战团，前后夹攻。老武师悍然不惧，剑招一变，施展多年纯功，指东击西，乘虚蹈隙，走马灯一般，和两人一场拼斗。

严三、严四两弟兄拼命夹攻，也没得着半点便宜，却故意一步步引着老武师往左面林口退了过去。这时老武师须发张磔，两眼如灯，一心只想乘机展开煞手，剑斩严氏弟兄，并没理会到贼人另有诡计。却好这时严三虎露出破绽，老武师回身一剑“游蜂戏蕊”，剑锋已点在严三虎后腰胯，只要再一进步，不难把严三虎立废刀下，不料严四虎也在这时存心暗袭，霍一退身，鞭交左手，右臂一抬。

老武师猛觉身后镖风飒然，顾不得进步推剑，斜刺里疾一塌身，电闪似的一道银光，从身上飞过，落在地上，一看是柄雪亮的飞刀，趁塌身之势“犀牛望月”，回头一瞧，严四虎右臂连挥，两柄飞刀向身上同时袭来，慌就地一滚，一跳而起。

刚把两柄飞刀避开，又听得严三虎一声厉喝：“老匹夫，你尝尝我这个。”

老武师身法立变，横剑一挥，叮当几声，两颗铁簇藜一齐被剑割落。老武师预防前后暗器夹攻，严四的飞刀颇为霸道，慌向后一撤身，身子已贴近林口，剑交左手，右手向自己身前斜挂着的鹿皮袋一伸，正想施展独门梅花针，追取两人性命，猛听得身后林内，咔叮一声微响，暗喊：“不好!”慌一塌身，只略微慢了一些，左肩下立时觉得一麻，一纵身，避开林口，咬着牙，右手向那面严四虎一撒，仍然把梅花针放出，再一探一撒，手法如电，也没有放过了严三虎。

这当口，却听得林内一声冷笑，唰地纵出一人，是个鹰眼钩鼻的老者，左臂下挟着一对虎头双钩，指着老武师厉声喝道：“公孙老匹夫，当年我严大太爷有事远游，被你这老匹夫杀死我二、五两弟，让你称雄川南道上。恶人到头总有报，只争来早与来迟，此刻是你报应当头之日，你身上已中了我五虎旗独门黑虎钉，让你三头六臂，也逃不出我们手心去，识趣的，放下兵刃，大太爷有好生之德，让你落个全尸……”

老武师一听中的是黑虎钉，便知这条命完了，冷眼一看，严三、严四两人竟没有中上梅花针，暗暗惊奇，不禁一声怒喝：“狂徒住口，老夫定教你们同赴鬼门关!”长剑一挥，立时和严氏三兄弟血战起来。

这时老武师已经以死相拼，招招都是尽命绝招儿，严氏弟兄三人，圈着疯虎似的老武师，一味和他游斗，计狠心毒，明知黑虎钉已经中上，不久毒发不支，再下毒手。这一来，老武师功夫虽纯，无奈一阵拼斗，以一敌三，毕竟双拳难敌四手，何况肩后黑虎钉毒气，已随血气行开，半身渐渐麻木起来，眼看危机一发，性命要毁于严氏三兄弟之手。

老武师和严氏三凶拼命力战之处，是靠近左边一片林外，并非坡心，离那面右边一排丛林，约有百步远近。在老武师镖伤毒发，危机一发当口，蓦地从右边林内，呼咧咧一声尖锐的轻啸，啸声一起，从林内滚出一团黑影，疾逾飘风，好像一只怪鸟，贴地而飞，向左面飞跃而来。

严氏弟兄刚瞧出是一身青的蒙脸怪人时，蒙脸人已近跟前。只见他一长身，右臂肘后，隐着一柄奇光闪闪的异剑，却没用剑，右臂一托左臂，分向严四虎、严三虎身上一指。只听他左袖内“咔咔”几声响处，严三虎首先遭殃，一声狂吼，人已倒地。严四虎仗着身法矫捷，躲闪得法，闪开了脸面，却没闪开中盘、下盘，中盘内有牛皮背心护体，暗器只钉在牛皮上，没有穿皮中身，可是下面左腿上，却已哧地穿在小腿肚内了。

严四虎真正识货，一身大喊："大哥当心！这小子用的独门燕尾追魂针。"他一声喊出，受伤不忘杀敌，已接连发出三柄飞刀，也向蒙脸人身上袭去。

事情真奇怪，蒙脸人不躲不闪，反而剑光闪闪，一个箭步，迎了上来，三柄飞刀，刀刀都中在他身上，却都一齐跌落地上。蒙脸人好像没事人一般，连衣服都没一点破损。

这一下，不由严大虎、严四虎一齐大惊。严大虎本想用喂毒黑虎钉出手，一瞧飞刀无功，蒙脸人全身好像铁铸一般，黑虎钉虽然见血传毒，钉不上身，也是白费，怕严四有失，慌不及一耸身，展开虎头双钩，迎住蒙脸人手上长剑厮杀起来，嘴上还吆喝着："来人通名，你和公孙老儿是何渊源？如若无心巧遇，事不干己，快快停手，免得两误，须知川中五虎旗，不是好惹的。"

严老大一面动手，一面大喊，蒙脸人一声不哼，满没听这一套，蒙脸帕上一对眼窟窿，隐藏着精光炯炯的眼珠，骨碌碌地四面乱射，瞧着严四虎忍着腿上镖伤，赶到严三虎身边，从地上把严老三挟起来，飞一般退入左面林内。

靠近身边的老武师已弃剑倒地，蒙脸人怕另有五虎旗贼党，向老武师身上下毒手，立时展开先师秘传的八八六十四手奇门剑，仗着手上斩金截铁、光华缭绕的特殊异剑，竟逼得严大虎一对虎头双钩讨不了便宜去。

可是严大虎功夫异常，虽然震于蒙脸人剑法异常，剑又特别，剑身上竟会幻出耀眼的闪闪异光，配合着蒙脸人的奇异剑术，轻灵身法，剑花朵朵，剑光重重，一柄剑好像变成许多剑似的，如果换一个人，分不出敌人剑点，早已落败。严大虎却也厉害，手上一对虎头双钩，势沉招疾，钩影如山，竟和蒙脸人打得难解难分。

蒙脸人也有顾忌，一面交手，一面还时时照顾着地上躺着的老武师，只守住这块地面，绝不远离。这时左面林内远处，时时发出口哨之声，大约严四看出严三虎身受重伤，招呼他大哥的暗号。严老大怒火中烧，不甘心撤身一走，想和蒙脸人一拼生死，而且一心要探出这搅局的蒙脸人，究竟是谁。

蒙脸人当然就是星夜奔波的叶晓芙。这时单剑对双钩，双方拼杀，招数越来越紧。眼看两虎相争，必有一伤之际，右面林口，突然有人喝道："严家老贼，行得好毒计，且教你识得公孙大娘的厉害。"

严大虎老奸巨猾，一个蒙脸人已够对付，公孙大娘再一赶到，便要难逃公道，不待公孙大娘近身，以进为退，舞起双钩，漫天盖地向前一攻，倏又撤身向后一退，一顿足，跃进林内，霎时走得没了踪影。

叶晓芙杀得性起，不肯放过严老大，回身向公孙大娘一招手，向地上老武师指了指，竟仗着一身护体宝衣，不惧暗算，一个箭步，提剑追踪入林。

林外公孙大娘赶到坡心，一看自己丈夫受伤倒地，口目紧闭，气如游丝，吃了一惊，顾不得追赶敌人，细察伤处，后肩插着一支独门喂毒黑虎钉。她识得此钉奇毒，非本门解药难救，而且不能立时起下钉来，拔钉进风，死得更快。公孙大娘看着老伴性命难保，一阵凄怆，不禁掉下泪来。

原来她救了慧明和尚，耽误了一点时候，等得她飞驰回庄，经过黄龙岗下，听出岗上拼杀之声，才飞步上岗，瞧见了岗上一切情况。

这时素性刚毅坚忍的公孙大娘，立在地上躺着的丈夫身前，坡上只一片淡淡的月影，和两面林子上飒飒的风声，除出一躺一立的老夫妇俩，四面寂无人影，境况甚为凄惨。她看到爱徒叶晓芙为师报仇，追踪老贼，单身追敌，颇为担心，但是自己丈夫已受重伤，不能相助杀敌，只好先把自己丈夫背在肩上，飞一般赶下岗来，凑巧瘸了腿的慧明，这时也赶到岗下，这才背着老武师和慧明一口气奔回庄来。却不料叶晓芙已先回庄，杀退贼人，救了小凤姑娘一步危难。但是叶晓芙和公孙大娘毕竟中了五虎旗分途截杀，双管齐下的诡计，沿途遇敌，步步逗留，回庄太晚，纪大纲独力难支，守仁、守义两兄弟，已遭劫运，双方仇杀，已谈不到胜负之数。

在公孙大娘叶晓芙回来之先，魏杰先一步到家，敌住了黑麻汉手上黑虎鞭当口，纪大纲关心后院师弟师妹们的安危，提剑赶往后院时，小凤姑娘正被钻天鹞子追逼得向前院奔逃。

屋上本来守仁、守义、张宏三人，和几个敌人拼命抵敌，本已支持不住，等得纪大纲奔到后院，正想纵身上屋，忽然听得守仁一声狂喊，撒手弃剑，滚下屋来，跌落院内，人已晕死。纪大纲大惊，慌把守仁身体抱起来，急匆匆抱进堂屋，随手在地上一放，又翻身提剑赶出屋外，一纵身，跳上屋檐。张宏、守义两人，已不在屋上，一个手提鬼头刀的凶汉，却向他杀了过来。

纪大纲立时仗剑迎敌，和这凶汉一场拼斗。这时纪大纲业已经过前院一场力战，几遭不测，胆力体力，都已差劲，加上心乱如麻，身上功夫，更是减色。这时偏碰着使鬼头刀的敌人，刀招并不怎样出奇，膂力却大得惊人，仗着一力降十会，把手上一柄鬼头刀，横砍竖斫，舞得呼呼生风。

纪大纲咬着牙，提着气，也以死相拼，在瓦面上杀得昏天黑地。好在尚无第二个贼党赶来，纪大纲还能尽力支持。这样拼斗了不少工夫，猛见从左面邻屋，跃过一人，是个鹰眼钩鼻的老者，并没下手，站在屋脊上，一声口哨，使鬼头刀的凶汉，立时撤招后退。

那老者指着纪大纲喝道："姓纪的，今晚便宜你一条狗命，好在你师父和他的儿子，都中了我黑虎钉，难逃一死，你们如不服气的话，我严大太爷改日再来请教。"说罢，一声冷笑，向使鬼头刀的一打招呼，一齐跃身而退，跑得不知去向。

纪大纲气促力尽，已无力追踪，心里又惦着受伤的守仁，慌又跳下屋来。

他一跳落院中，猛觉两眼一黑，嗓眼内发甜，一口热血直往上冲，慌不及一屏气，压住这口上冲的热血，人已迷迷茫茫的支持不住，慌用剑向地上一拄，支持了身体，虽然没有躺下，人已动弹不得。幸喜叶晓芙业已赶到，和魏杰来到后院，把他扶进堂屋，才把气绝力尽的纪大纲缓缓地恢复过来。这样庄中一夜血战，守仁伤重身死，守义奋勇扼死一名贼党，自己也力竭失血，守廉伤腿。张宏还没下落，一门融融的儿女门徒，一夜之间，立时闹得落花流水，惨不忍睹。

上面经过，是由叶晓芙、纪大纲嘴上向大家说出来的，公孙大娘从中也补充了几句，这才大家明白叶晓芙迟迟不归的缘故，同时也明白了五虎旗处心积虑，定然早有贼党在此侦察，照今晚分途截杀的诡计，除出严氏三虎以外，回来的贼党不在少数，可是一夜血斗，贼党或伤或死，也得不了什么便宜。严氏弟兄还怕伏虎寺字面相克，诡计百出，却想不到老武师门下，还有一身利器的叶晓芙，镇住了一班贼党，结果，变成了两败俱伤的局面。

这当口，房内守护病榻的小凤姑娘，听着堂屋内叶晓芙滔滔不绝地讲说自己一天的经历，忍不住踅到房门口，扶着门档，听叶晓芙说话。在叶晓芙说完以后，细心的小凤姑娘，悠悠地叹了一声，噙着两颗眼泪，低喊了一声：“七师哥，真真难为你。照你说来，你在凤城饭店一餐午饭都没吃好，两脚不停，这许多工夫，水米不进口，直到此刻天快亮了，才吃着东西，七师哥！你这样拼命保全了我父女两条命，如果再有人疑心你什么，天地不容!”说罢，一缩身，掩着面孔，抽抽抑抑地在房内暗暗啜泣。

小凤这一动作，感动了其余的人。公孙大娘也不由得一闭眼，忽地睁开来，向叶晓芙身上细瞅，这时叶晓芙身上，并没更换，还是一身青的夜行衣服，他觉察师母见多识广，已注意上自己这套衣服了。

魏杰也在这时问道：“老七，你和严氏三贼对敌，竟不怕他们飞刀上身，听着有点怪道，此刻我们留神你身上这套衣服，有点特别，大约这衣上有玩意儿?”

叶晓芙还没答话，公孙大娘忽地哦了一声，向他点点头说：“孩子！现在我明白了！你身上穿的衣服，和背上的剑，大约便是当年江湖传说的二宝‘赛棠夷’和‘赛鱼肠’了。”

叶晓芙惨然说道：“先师遗物，今晚不得已而用之，师母圣明！从前弟子有口难分，不敢违背先师遗命，说出他老人家名姓来，实有难言之隐。师母此刻见了弟子的身上衣、剑，大约有点明白了。不过师母所说‘赛鱼肠’却非此剑。”说罢，从腰里抽出一柄带皮鞘的短刀，两手送到公孙大娘面前，微笑道，“这便是鱼肠剑。”

她接过手，抽出飞刀来，一片寒光，逼人毛发，却只七寸长短，黄玉为柄，连柄也只尺许，原是柄锋利无比的匕首。

公孙大娘叹口气说：“学到老，做到老，一点不错。此刻我又开了一次眼。孩子！你放心，从我嘴上，绝不会说出你的恩师姓名来，我不说，别人不会知道，不过，这几件宝物，便是你的性命，你得好好收藏才是，你要知道，今晚我一家性命，没有全数遭殃，贼党没有真个得着便宜去，多半也仗着你有这几件宝物了。”说罢，把“赛鱼肠”还了叶晓芙，却向纪大纲、魏杰说：“你们大约瞧过专诸刺王僚那出戏，照书上所说：‘王僚披棠夷之甲三重，非鱼肠剑不能刺透三重棠夷甲。’从这两句话里，因为棠夷甲之坚，更显得鱼肠剑的锋利，可是有人把‘棠夷’二字，也有写作唐猊的，晓芙这套夜行衣，称为‘赛棠夷’，当然可以抵挡各种暗器，骤然一瞧，似乎比普通夜行衣质料厚一点罢了。据我所知道，这套衣服，连他蒙脸的一块帕子，是用蛮峒野蚕玄丝和鲛筋人发织成的，其软如棉，其坚韧不亚如百炼精钢，所以暗器上身，毫发无损，宝贵的便是千年难遇的野蚕玄丝，据说这种野蚕玄丝，不但刀砍不断，而且入火不燃，入水不濡，有了这东西，没有巧匠，也难成衣，至于那柄短刀，倒并不十分稀罕，无非是柄千年古物，锋利无比罢了。”

这当口，屋内的小凤姑娘，擦干了眼泪，拉长了耳朵，把堂屋内的谈话，听得句句入耳，忍不住又踅到门口，压着声音说：“七师哥，你一身宝物，别的我不懂，你背上一柄剑真特别，在前院救我时，你和贼人交手，你剑上放出电闪似的奇光，跟着你的剑招，纵横飞舞，便化出了无数道光影，有时又像放出一朵刺眼的银花，这是什么缘故？非但那个贼人被你逼得头晕眼花，吃了一刀逃走，连我在你身后观看，也被剑光缭得眼花缭乱，大约这柄剑，真是一件奇宝。”

叶晓芙转身向房门口小凤姑娘招招手，把背上剑匣褪下，抽出剑来，搁在桌上，向公孙大娘说：“师母！这柄剑，只可说是古物，却不能说是宝物，论到它的刚柔、坚利，比普通宝剑，当然好得多。至于一挥动，发生光芒，全在剑上左右两条血槽上，因为古时王侯棺葬时，有用水银装殓的，这柄剑随身殉葬，年久月深，剑身受了水银的浸，凹处水银愈积愈厚，出土以后，一经磨洗，剑身两面四道血槽，便湛然生光，这柄剑名，也称作‘寒辉’，因为剑生异光，先师秘传八八六十四手奇门剑，利用剑上寒光，化出许多不同的招数，可惜弟子资质愚鲁，功夫未到，尚未能尽量运用，还得求师母指点才是。”

这时小凤姑娘已跨出房门来，站在母亲身侧，细细赏览这柄寒辉剑，剑槽上果然天生一般有两条流动不定的银光。纪大纲、魏杰都看得啧啧称奇。

公孙大娘说：“刚才我远远瞧见你用这柄剑，和严大虎一对虎头双钩，杀得难解难分，我便瞧出你剑招是由奇门剑法内化出来的，轻灵有余，稳实略欠火候，但是你的剑术，似乎比你拳术更进一步。至于你用的暗器，严四虎已认出是独门燕尾追魂针，将来难免从这暗器上，寻出你的根底，现在事已过去，也只好搁在一边，以后随时留神好了。”

叶晓芙说：“师母说得一点不错，刚才我仗着身上一套赛棠夷，不怕暗器，穷追入林，一半想替师父报仇，一半实想杀贼灭口，可恨严氏三虎，脚程真快，树林内也太黑暗，竟连杀伤的严三虎也踪迹不见了，最后回得家来，杀退余党，严大虎老贼，竟又在墙上现身，说了几句门面话，才逃走了。”

公孙大娘陪着三个徒弟，一面讲话，一面让大家随意吃点东西治饥，从各人谈话中，明白了先后经过。天光已经大亮，她进房去瞧了瞧老武师，居然沉睡未醒，大约叶晓芙的对症解药，正在行开了药性，慌又走到对房，去瞧二儿子守义，也呼呼地睡着，脸上难看的气色，似乎已转了过来，摸了摸腕脉，试了试鼻息，才算放了心，知他力亏气弱，服了安神葆元的药散，沉睡得时候越多，越易复原，便悄悄退出房来，向纪大纲说：“张宏这时尚无消息，连慧明和尚也一去不回了。”

魏杰便说："弟子到三岔驲镇五师兄驿马行里去问一下，也许他已回家，顺便探一下五虎旗贼党们在镇上有没有逗留。"

纪大纲说："今天要办的事多着哩！你且慢走。"说罢，趋近公孙大娘身边，惨然说道，"现在是夏季，得赶快替守仁师弟预备衣衾棺殓，还有屋后山沟内，被守义师弟扼死的贼党，也得赶快拣一僻静处所，埋掉才好，还有……"

刚说着，前院大门声响，慧明和尚提着一只软皮箱子，一瘸一瘸地踅了进来，一进堂屋，便把箱子递与叶晓芙，嘴上说："叶相公，你在我寺内脱下的全身衣服，和忘在那儿的一个小包，我一起装在箱内，特地带来，让你好更换这身夜行衣。"

叶晓芙接过箱子，连连称谢，又问他："见着张宏没有？"

慧明摇头说："我从这儿出门，摸着黑奔了三岔驲镇，镇上联庄会还聚在镇上，纷纷谈论这儿的事，见了我，便拉着细问，我不敢说什么，转身向驿马行的人，打听张相公的踪影，据说一夜没见他回家。我探不出张相公下落，翻身回来，路上心血来潮，仗着路途熟，又蹑手蹑脚地向我伏虎寺悄悄走去，想沿途探一探贼党们真个走净了没有，走过两层岗子的中间一段道上，留神受伤倒地、生死不明的两个贼党，业已踪影全无，大约已被同党救走。我一路回到寺内，一个贼影都没得，大约真个走了，我在寺内，候到天色发晓，才提着衣箱又走回来了。"

叶晓芙提着自己衣箱，到前院屋内换下那套"赛棠夷"，把寒辉剑、赛鱼肠匕首，以及一筒燕尾追魂针，一齐放进箱内，一眼瞧见箱内还有一个扁扁的小包，才记起这是在凤城替小凤姑娘捎来的脂粉绣帕，昨夜匆匆留在慧明寺内，一夜奔驰，却把这事忘记了，顺手把这小包揣在怀内，心里一转，提着这只宝贵箱子走出房来，走到穿堂，凑巧碰着小凤姑娘，便把怀内的小包掏出来，递与小凤，笑着说：“送大师兄几件礼品，昨天顺便到八里铺时，已经交与纪师嫂，这是替师妹捎来的东西。”

小凤姑娘急向身后一瞧，一看没有人出来，面孔一红，悄悄地说：“七师哥，你……叫我怎样报答你?”眼圈一红，好像有千言万语，没法说出来一般。

叶晓芙心里怦怦然，无话可答，慌把手上箱子一举，说道：“我几件宝物，搁在外院，不大妥当，想请师母代为收藏。此刻师母心绪不佳，请师妹费神代为转求一下，师妹能允许么?”

小凤姑娘一对黑白分明的大眼，向叶晓芙怔怔地瞅着，忽地把手上小包，向自己怀里一揣，一伸手，便把叶晓芙手上箱子接了过来，斩钉截铁地说：“七师哥！小妹替你好好地收藏就是，从此小妹把这几件东西，当作自己的命一样看重，七师哥！你信得及我么?”

叶晓芙心里受了异样感动，连连拱着手说：“师妹！你太言重了，小弟感激不尽。”

绰有母风，而又不失天真的小凤姑娘，这时娇脸上不断地泛起红晕，竟有点羞涩起来，忽又一挺脖子，悄悄地说：“好！从此这箱内东西，唯小妹是问。此刻我出来瞧瞧大哥停灵处所，预备装殓的事，现在我先把这箱子收藏好再说。”说罢，一转身，提着箱子向后院走，走了几步，觉得叶晓芙跟在身后，她又转身，向他问道，“七师哥！五虎旗黑虎钉独门解药，怎会到了你手中呢?”

叶晓芙笑道：“师妹还疑心我和五虎旗有来往么?”

小凤恨着声说：“你忍心说出这样话来，我知道你心里信不及我，算我白问。”说罢，一转脸，赌气便走。

叶晓芙慌说：“师妹不要走，我和你说，这也是先师遗物，我先师手上，为什么有五虎旗独门解药，说来话长，我慢慢地告诉你。”

小凤娇啐道：“你爱说不说!”忽又掉过脸来，扑哧一笑，悄声说，“你呀！狗咬吕洞宾，不识好人心罢了！”说罢便走。

叶晓芙紧跟着身后，小凤又回身低低说了句：“他们都在堂屋内，你不要紧跟着，沉一会儿再进来。”说罢，三脚两步先走了。

这天，大家忙着棺殓守仁，调理老武师伤口。纪大纲本来预备这天回八里铺老家去的，师父家中出了这样逆事，怎能走开不管？幸喜老武师险里逃生，有了叶晓芙对症解药，已无生命危险，只要退尽余毒，静养调理，便可复原。力斗失血的守义，服了自备解药，仗着年轻力壮，睡了几个时辰，已和好人一般。腿上受了镖伤，捆着药布的四弟子公孙守廉，也跛着腿进门，帮同师兄弟们，料理一切。

只差五弟子张宏，消息杳沉，踪迹莫明。大家都悬着心。直到这天晚上，门外蹄声嘚嘚，及门而止，张宏满脸风尘地奔了进来。

大家细问原委，才知他起首在屋上，和守仁、守义两弟兄抵敌贼人时，和他交手贼人，是个猴头猴脑的瘦小个儿，手上一柄单刀，既贼且滑，招数如疾风骤雨一般，张宏手上也是单刀，功夫上却敌不住人家，勉强又支持一会儿，明知有败无胜，偶然留神守仁、守义，也有点玄虚，幸而那面小凤姑娘连发弹弓，助了一臂之力。后来邻屋起火，小凤姑娘被贼人追得飞逃，张宏心思灵活，脖子一歪，忽生急智，虚掩一刀，向邻院纵去，瘦贼不舍，嘴上喊着：“今晚公孙老儿门下，一个休想活命，逃也没有用。”人已追了过去。

张宏路径熟悉，轻登巧纵，逃过几层屋脊，已把瘦贼引到远处，跳过靠外的庄墙，向墙外一扑，闪进了一片树林内。那瘦贼依仗本领，一心要张宏的命，一声猛喝：“我是你定头货，逃上天去也不成。”竟掖刀入林，各处排搜。

张宏掏出三棱透风镖，从林内暗袭，不料地黑林密，这支镖被树木挡住，没有中在贼人身上，反而被瘦贼窥出藏身处所，从身后掩袭过来，几遭毒手，幸仗身灵路熟，捉迷藏般闪出这片树林，蹿上近山脚的一层土坡，一伏身，向下面窥探。只见那瘦贼蹿出林外，正在四面寻找，忽听远远一声口哨，瘦贼便向口哨所在奔去。

张宏一看庄内，似乎火已救熄，正想蹿下坡来，赶回庄去，忽听道上一阵奔驰，那瘦贼提刀扶着一个受伤贼人，经过坡下。坡上张宏正想起身发镖，道上影绰绰又赶到一条黑影，身法奇快，只听他说了句："快随我退!"人已出去好几丈路，瘦汉和受伤的也跟着走了。

张宏以为师父师母回庄，把贼人杀退，一看贼人身后，却没有追赶的人，心想贼人败走，应该暗暗随着他们，且看这群贼人在何处落脚，有无别生诡计，如能探个实在，再回庄去通知师父们，比较好一点，也可以有个预备。主意一定，便纵下坡来，瞄着前面贼人身形，暗地跟踪。

好在前面受伤贼人，没法走快，随着他万无一失。不料他跟踪到三岔驲镇相近处，贼党们却在这儿备着牲口，从林内走出四五个贼人，会在一起，一齐跳上马背，并没进镇，齐向往南去的一条岔道上走了。

张宏知道这条道，是到留坝的一条捷径，心里一转，慌飞步进镇，赶到自己驿马行，匆匆换了一身长行骡夫的装束，在脸上也抹上一点灰土，偷偷地选了一匹快骡子，悄悄牵出门外，骡马行内看守牲口棚的伙计，竟没觉察。他飞身上骡，便向留坝这条道上奔驰，天快亮时，已追上了这群贼党。

原来这群五虎旗贼党，都在三岔驲、留坝之间一座小镇，名叫留侯集的一所破庙内栖身。凑巧这留侯集上，有他骡马行里的运货联站。他奔了自己联站，派人到那座破庙打探，立时探出贼党内死了两个主要人物，在集上买了两口棺木，草草装殓，到了下午太阳下山时，雇了骡车，装了棺材，一齐动身向留坝走了。我等贼人走净，知道五虎旗贼党是从留坝回川去的，这才飞马赶回来了。

大家听了张宏的报告，料得死的两个贼党，其中一个定是中了叶晓芙燕尾追魂针的严三虎。五虎旗败兵折将，没得着便宜，这个仇可越来越深，迟早还得出事。

两三天后，守仁业已安葬入土，老武师已能在床上起坐，大家心里略安，师兄弟们不在公孙龙老夫妇面前时，悄悄拉着大师兄纪大纲到外院房内，打听他老武师夫妇从前和五虎旗结仇的事。

纪大纲叹口气说："你们哪知师母师父保镖为业当口，多么不容易呀！好容易能够垂老返乡，预备吃口太平饭，哪知道仇人会寻上门来，不容你安居乐业，看起来，练功夫壮实身体则可，凭功夫想在江湖上混饭吃，这条路实在走不得……"接着便把当年老夫妇俩和五虎旗结仇经过，一五一十地说了出来。

第三章　搜孤救孤

当年公孙龙夫妇，悄悄地离家远游时，夫妇俩并没向人说明投奔何处，又是悄悄地一走，连公孙庄本家，也不知道他们夫妇俩的行踪。其实两夫妇离家的头一年，是奔凤翔姬家寨去的。

姬家寨是公孙大娘的娘家，姬家寨中隐居着终南派老前辈姬岚，别号梅叟，是公孙大娘的族伯，也是她的老师，她的绵掌、梅花针两手功夫，便是梅叟所传。公孙龙在家中拜老婆为师，用了五六年苦功，对于这两手功夫，已经有点火候。可是武功一道，宗派门户，极为讲究，公孙龙虽然已把终南派功夫，得到手中，还算不得是终南派门下的子弟，在江湖上也没法对人说："我师父便是老婆。"所以公孙大娘把他带到自己娘家姬家寨，再拜在梅叟门下，这才算正式列入终南派门下了。在梅叟门下再深造了一二年，同时也认识了几位本门前辈和师兄弟们，身上功夫自然进益不少。

平心而论，自己老婆教的这些年，真是耳提面命，督教得尽心竭力，连压箱底的本领都教给他。照说起来，老婆是他授业恩师，梅叟长一辈，他应该叫声太师伯，无奈老婆总是老婆，是说不响、摆不出的师父，重新拜在梅叟门下，这才名正言顺。从此仗着身上功夫，又有这样贤内助，大可以在江湖上闯一闯了。

但是公孙龙是武举人底子，他家中代代安分守业，并没有闯荡江湖的门风，所以他并没有吃江湖饭的心思，一心想从正途上博取功名，满脑门荣宗耀祖、改换门庭的主意。

恰好那时平西王吴三桂倒戈反清失败，半途身死，手下将卒还想拥世子吴世璠据地称雄，乱事未平。荆楚一带，兵马云集。公孙龙让妻子公孙大娘住在娘家，因为公孙大娘身孕，快到十月满足，将要坐蓐，赴军投效，也不便带着同行，于是独自远游，仗着他一身本领，居然在三湘七泽之间，仗剑从军，履立战功，两三年以后，积升到实授游击之职，拨在荆门重镇商提督帐下效力。这时滇、蜀之乱初平，公孙大娘也从凤翔到了荆门，做了几年游击夫人，第二个儿子守义也牙牙学语了。

不过夫妻二人不惯官场应酬，对于上司尤其不善拍马。别个军官，官职步步上升，腰包年年增长，唯独公孙龙夫妇俩，依然两袖清风，依然不高不低的一名游击，尤其官场一种炎凉龌龊的气味，和公孙龙夫妇俩性格格格不入，有时几乎把公孙龙气破了肚皮。

夫妇俩私下一商量，照这样情形，和自己投效之初，抱着荣宗耀祖、改换门庭的志愿，已变成水中捞月，茫茫无期。天生不是宦途中人，只好放下了巴结差使的心肠，另谋出路。

凑巧这时商提督搜足腰包，官声一落千丈，名利难以两全，得到上司被奏参的消息，赶快忍痛分出一点腰包来，运动上司，钱可通神，总算没有闹到革职拿办，反而在急流勇退的美名下，把荆门提督的肥缺让了人家，预备退职还乡，回到四川老家，享受他历年搜刮的民脂民膏去了。商提督一下场，公孙龙一发心灰意懒，动了退职还乡之念。

这当口，梅叟弟子铁龙藏、铁龙媒兄弟俩在云南昆明开设飞龙镖局，买卖发达，又开辟了川滇镖路，在川南泸州设立联号，缺乏名手坐镇分号。铁龙藏四处邀同门和靠近朋友帮忙，路过荆门，和公孙龙夫妇相见之下，得知公孙龙不愿做官，正在另谋出路，便一力邀请他们夫妇俩进川赴泸，主持泸州联号。

公孙龙夫妇在自己师兄邀请之下，有点义不容辞，似乎此道比龌龊势利的宦海还强一点，便点头应允，和师兄铁龙藏约定，请铁龙藏先走一步，让自己告病退职，摆脱了羁绊，决赴泸州相会。

从荆门入川，是在宜昌下船，溯江而上，必须经过六七百里三峡之险。所谓三峡，便是西陵峡、黄牛峡，以及入川门户的瞿塘峡。在这六七百里三峡之间，两岸重岩叠峰，蔽日隐天，下面奔流急湍，声若雷霆，而且峡势奇形怪状，江流千回百折，雄丽幽峭，莫可名状。从宜昌逆流而上的船只，渡过几百里三峡之险，沿途景物奇特，势亦奇险。不用说坐船的客人，寄性命于漩流转洑之中，便是两岸峭壁石磴之间，像猿猴一般的拉船纤夫，只要一失足跌下来，坠入乱石排空惊涛拍岸的急流里面，准保尸骨无存。

公孙龙摆脱了微末前程，无官一身轻，和公孙大娘带了一个女仆，领着两个小孩子，从宜昌雇了一只入川长行船，讲明送到重庆，由重庆再换船直达泸州，赴飞龙镖局铁龙藏之约。

公孙龙的坐船，过了西陵峡，到了黄牛峡，据说这黄牛峡一段水路上，比西陵峡瞿塘两峡为险，古谣有：“朝发黄牛，暮发黄牛，三朝三暮，黄牛如故。”从这几句古谣里，可见江行之不易。奇怪的有一处南峰峭壁之间，天然的石壁上，嵌着一个人影，扛着刀，牵着牛，人黑牛黄，历历如绘，千古如新，大约黄牛峡之名，从这石壁黄牛而来。公孙龙的船只进了黄牛峡，过了石壁黄牛，天色已晚，夜间照例不敢冒险，便在禹神庙岸下停船度夜。

这禹神庙一带，是上下江船停泊之所，船老大和顾客们，照例要上岸到禹神庙香酒叩祝，求神默佑。公孙龙夫妇泊船以后，未能免俗，夫妇俩也跟着邻船上的客人，上岸到禹神庙进香随喜，游玩了一番沿江景色，便下船用饭。夫妻在船上谈了一会儿，便熄灯就寝。半夜里公孙龙一觉醒来，有点内急，便到船头行动一下。

这时夏末秋初光景，两岸峡影悚峙，凉风习习，月光射在奔腾澎湃的湍流上，好像喷起无数银花，滚滚不尽地随流而逝。公孙龙正在船头披襟当风，赏玩江峡夜静，蓦地听得微风送来了几阵惨喊之声，隐隐还听得有"救命呀！救命呀！"的声音。他心里一惊，一耸身，跃上舱顶，抬头远瞧。只见上游一箭路外，火光乱闪，人影乱窜，却因距离不近，瞧不出怎么一回事，跃下船头，再侧耳细听时，已无救命之声，一点点的火光，兀自在那边乱闪，恰好隔壁邻船后艄上，一个船老大也悄悄地伏在舵楼上，往那边张望，嘴上不断地叹气。

公孙龙忍不住向他问道："老大，那边什么事呀？"

邻船上的船老大，吃惊似的转过身来，两手乱摇，悄悄地说："莫响！莫响！那边起码有十几条命落在虎口了！"

公孙龙一听是十几条命案的事，惊而且奇，慌问："那边离这儿没多远，出了这样大命案，怎的我们这儿只船上下不闻不睬，那边究竟是强盗劫杀呢，还是另有别情呢？"

他这一问，不要紧，船老大朝他瞧了瞧，一声不哼，竟一哈腰，一头钻进后船，踪影不见，生生地把公孙龙愣在船头上了。

公孙龙明知长江船老大，和北道上车夫一样的习惯，船老大一家衣食，都靠着江面上，碰着凶险碍眼的事，绝不敢多言多语，惹火烧身，坏了衣食。但是公孙龙被邻船上船老大一做作，格外满腹疑云，不去看个水落石出，绝难安枕。当下回近舱内，叫醒公孙大娘，悄悄一说，嘱咐她看守着两个孩子，由自己暗地探他一下。

公孙大娘叮咛道："暗地瞧瞧不妨事，休得多管闲事。"

公孙龙把身上扎拽一下，带着宝剑暗器，不走船头，轻轻卸下中舱一扇篷窗，展开小巧轻身功夫，从篷窗飞身上岸，借着岸上沿江一带树木，隐蔽身形，飞一般向上游驰去。

他向上游跑不到一箭之路，已远远瞧见岸下，并排停着两只江船。有不少人从船上抬出一只只箱子，搬到岸上，立时用绳索一络，两人一肩，扛着向山上便走。有几个从舱内抛出一件东西来，向江中一丢，便听得扑咚一声水响。

这时岸上岩壁纤道上有人向下面吆喝道："船上且慢收拾，跑掉一老一小，还没找出来，你们快上岸分头追索，休叫走脱了，船上留一两个人便得。"

这人一吆喝，岸下两船上，跳下许多人，一窝蜂似的，向山上跑去，霎时不见了踪影。

公孙龙脚步一紧，已到两船停泊之处，艺高胆大，明知贼党多数上山，留船中的没有几个，一耸身，竟轻轻跃下靠岸的一只船头，向舱内一瞧，嘿，横七竖八，净是血污狼藉的死人，而且男女老幼俱全，那只船舱内也是一样。这样奇凶绝惨的景象，已够惊人，再一细瞧，艺高胆大的公孙龙，也惊得"啊呀!"一声喊出口来了。

原来他跳落这只船舱内，里面舱顶上，挂着一盏油纸灯笼，灯光照处，满仓死人堆中，独有一人捆在一张椅子上，当胸插着一柄牛耳尖刀，还没拔下，身上一件暗龙亮纱开楔袍，尽是血迹，脸上方面黑鬓，一对眼珠，还瞪得鼓鼓的。

这个面孔，一入公孙龙之目，立时认出不是别人，正是自己上司，新近罢官还乡的荆门赫赫重镇商提督。他一瞧出被人斩尽杀绝的是商提督一家老幼，不由他惊喊了一声。

这一声惊喊，声方出口，头顶嗖的一片金风，一柄鬼头刀已从顶上劈下来。公孙龙在船头上一点地方，换一个人，猝然遇敌，正还不易闪避，但在公孙龙身上，绝没放在心上，只向右身形一塌，从舱顶口劈下刀来的一个凶汉，一刀劈空，留不住势，连人带刀，向船头扑下来。公孙龙一长身，顺势两臂向上一托一送，扑通一声，正把这人整个身子，像一束草似的，送到江心去了。

刚料理了一个，猛听得一声大喝："你是谁？敢管五虎旗的闲账，你是活腻了！"

公孙龙一转脸，只见从隔壁船沿处，跳过一人，手上也是一柄鬼头刀，踏着船头，举刀就剁。公孙龙身子还没转过来，只一仰脸，身形一转，来刀落空，顺势一个翻身踩子脚，噗的一下，实坯坯踩在这人后腿弯上，吭的一声，立时躺下了。公孙龙一脚踩住背后，微一用力，这人杀猪似的喊了起来。

这时两船上的后艄，只剩了原船上的老船夫，哪敢探头？船上留守的，大约只有这两个贼党，公孙龙看清了眼前形势，指着脚下的贼党喝道："五虎旗是谁家旗号，你们劫了东西，也就罢了，为什么下这样毒手，刀刀斩尽，你们瓢把子现在什么地方？去搜索的一老一少又是谁？快说！有半句虚言，立时要你狗命！"

脚下的贼党，无非五虎旗门下的小喽啰，武艺果然稀松，骨头也没四两，这时顾命要紧，叫他说什么，便说什么。无奈他是听人使唤的腿子，知道得有限，只能说出："五虎旗是严家五虎的旗号，严家五虎和荆门商提督有仇，打听得商提督罢官还乡，宦囊甚富，预先和这一带瓢把子独角蛟联合，等候商家两只官船到此，乘夜劫财报仇，全数杀死，不留活口。可是下手以后，一点人数，还缺两名，才知溜掉了商提督一个十几岁的小儿子和一个老管家，这是祸根，料他们二人，逃走不远，定是躲上山去，这才领人分途上山搜查，这是他们斩草除根，没有我的事，你老有本领打抱不平，犯不着和我鸡毛蒜皮一般见识呀！"

公孙龙冷笑道："没有你的事，你刀上鲜血未干，便是你报应当头，去吧！”这一声“去吧！”一腿起处，江心扑咚一声，这名贼党也扎手舞脚地跌落江中了。

公孙龙心里一转，商提督在任上搜刮民脂民膏，屈死在他手中的善良百姓很是不少，今天遭此惨报，也只可说天网恢恢，报应不爽。可是五虎旗一班盗党，竟杀尽他的全家，未免太惨毒了。不管他们和姓商的有什么怨仇，姓商的一子一仆，既已暂逃毒手，躲了起来，又被自己碰上这档事，也许不该遭此劫数，自己总算是商提督僚属，上天有好生之德，不能忍心一走，让他仅存的遗孤，再遭毒手。念头一起，便纵身上岸，两臂一振，一鹤冲霄，飞身纵上二丈多高的岩坡，听风辨声，似乎有许多人声，从前面岩角传来。

他眼光一摆，不走纤道，展开轻身飞腾之技，从怪石危崖之间，轻登巧纵，一路飞跃，循声向前。拐过一重岩角，便瞧见前面山坳，峰腰树影之间，火光错落，人声嘈杂，大约盗党们在那边搜索一老一小的遗孤主仆了，急慌向火光所在驰去。

他走的是纤道上面一层层怪石危崖，原无路径，轻身功夫差一点的，便没法走。可是他走了一段路，也没法走了。中间是一段壁立如削的峭壁，连下脚的地方都没有，如何走法？

他一看上面无路可通，如果翻上岩顶，未免太费事了，只好向下面纤道上走，刚预备飞身而下，忽然一阵风过，石壁下面树叶儿来回一摇摆。月光照处，瞥见石壁根下，一丛短树后面，露出一团白影。这团白影，蠕蠕而动，竟没入壁内不见了。

公孙龙倒吃了一惊，这是什么东西，会钻进石壁里面去？定睛仔细观察，才瞧出下面石壁，年久化裂，像斧劈一般，把整块石壁，裂为两层。不从上面俯察，极看不出石壁内有形似夹弄的裂缝。那团白影，原来钻进裂缝内去了。公孙龙忽有所悟，先不向纤道纵下，一飘身，向下面裂开的一段石壁顶上纵去。这块裂避，也有三四丈宽阔，一丈多高下。

他在壁顶一落身，悄悄向内层夹弄下面说道："里面是商公子主仆吗？不要慌，我来救你们！"

半晌，下面黑黝黝的，并无回答。公孙龙明白，这是他们被盗党吓破了胆，真假难辨，当然不敢回话，略一沉思，正想着救他们脱离虎口的主意，一转脸，瞧见那面山坳内错落的火光，已聚在一处，向这面回搜过来了，一想不好，立时向下一扑，纵下纤道，迎着火光奔去。飞奔了一段路，地势较坦，沿着山脚，尽是密层层的大松树，山风阵阵，松涛谡谡。

此时已看不到江面，离开商家主仆逃命的石壁缝，也隔着一段路。公孙龙计上心来，脚步一紧，蹿进松林，拣了一株靠路口大松树，飞身而上，隐身在枝叶密结之处，等候盗党到来。

一会儿，一簇火把，滚滚而来，火光影中，约有十几个人。当头一个魁梧汉子，手上横着一柄短把厚背砍山刀，嘴上骂骂咧咧地赶到树下，用刀向林内一指，转头朝后面的人喝道："我不信这两只孤雁，会逃出手去，你们向树林内仔细搜一下。"

这人刚出口，松树上公孙龙接口道："诸位不必费事了，那两只孤雁早经人家救走了，何必这样赶尽杀绝？江湖上水旱两道，不论哪条线上的朋友，都有尺寸，诸位未免做得太过分了。"

上面密层层的一片黑，闻声不见人，却把下面的盗党吓得一愣，本想蹿进林去的，便倒退出来，一齐举着火把，向发话的所在，搜寻踪影。突然几声惊喊，举着火把的人，不知怎么一来，一齐丢掉火把，捧着右臂狂喊。原来树上公孙龙暗地用莲子镖，先把几个执火把的盗党打伤。

盗党一场大乱，为首的一个魁梧汉子，霍地一退身，用刀护面，抬头大喝道："你是谁？敢替商家挡横，是汉子，报上万儿，露出面来，让我独角蛟见识见识。”

独角蛟语声一停，松树叶帽子上呼啦啦一阵响，黑乎乎的一件东西，向独角蛟顶上罩下。独角蛟一缩身，用刀一撩，松毛乱飞，却是一大篷松枝，落在身边。同时一条黑影，跟着一大篷松枝飞身而下。

独角蛟定睛看时，面前已站定一个横剑卓立的伟丈夫，向独角蛟冷笑道：“我偶然路过，好意提醒你们一下，天下人管天下事，何必定要与商家有关！依我看，得放手处且放手，两船血腥，老少十几口，一齐送在你们手里，也够瞧的了！”

独角蛟在这一带横行已惯，哪听这一套？凶睛一立，狂笑道：“听你口音，原来是北道上的朋友，在这三峡一带，你先用耳朵听听，五虎旗的名头，你真是放着阳关大路不走，存心自寻死路，怨不得老子手黑心辣！看刀！”这一声“看刀！”刚出口，步随声进，砍山刀挟着一股尖风，呼的一声，已向当头劈下。

公孙龙不慌不忙，只双肩一错，步位一动，刀已落空，同时剑光微闪，剑锋已向独角蛟右胁点到。独角蛟十分矫捷，不退反进，右腿一迈，往左一闪身，立刀式，向敌人右腕猛袭，斩腕截臂，好不歹毒。公孙龙右臂一沉一拧，腕底翻云，剑锋依然直刺右胁，左手剑诀，骈指如戟，竟向砍山刀身一点。独角蛟刀一荡，腕力微麻，一时换不过刀势来，疾一拧身，斜刺里滑出几步去，才躲过一剑之厄。

公孙龙恨他们太已毒辣，已不肯让他逃出手去，一个箭步，剑随身进，唰唰几剑，逼得独角蛟尽力展开刀法，死命抵敌，嘴上还不断狂喊，声震山谷，大约想招呼同党，赶来救应。但是刀法已乱，勉强招架了几招，一个封闭不住，咔嚓一声，被公孙龙一剑挥去，右腕截断，一只右掌和一柄砍山刀，一同掉在地上。凶悍的独角蛟一声狂吼，竟没倒地，捧着血淋淋的断腕，转身就逃，十几个同党，也跟着他没命地向来路上飞奔。

公孙龙意在退盗救人，地理生疏，不便穷追，看得盗党们逃远，翻身便回，到了石壁裂缝之处，轻轻喊了声："你们出来吧，强人已被我杀退了！"半晌寂无回音，用剑拨开丛树，闯入石壁裂缝内，只窄窄的一条夹缝，也只藏下两三个人一点地方，用剑四下一探，哪有踪影？

公孙龙一想不好，自己白费心机，商家遗孤和那老仆，定然被另一拨同党劫走了，慌不及赶到江岸，一瞧连被盗党洗劫的两艘官船也不见了。他对着急流如箭的江水，连连跺脚，一番拯救商门遗孤的热肠，依然落了空，回去见了自己夫人，都有点难以出口。

事已如此，已无法想，这样峻险的地方，不易探寻盗穴，只好回自己船去。不料他走回自己的泊船所在，悄悄纵下船去，一进中舱，公孙大娘踪影不见，只那女仆，战战兢兢地守着两个孩子。

急向女仆一问，才知自己上岸向上游暗探时，他夫人也暗暗地跟着上岸了，而且已先他回来过一趟，吩咐女仆："如主人回船时，告诉他速到禹神庙会面。"

公孙龙一听这话，马上翻身纵上岸去。好在禹神庙就在泊船的岩腰上，日落时夫妻一同随喜过，便急匆匆走上岩去，远远便瞧见公孙大娘背着剑，立在庙门口，便知其中有事，三脚两步，赶到他夫人面前。

公孙大娘便笑道："你救的人呢？"

公孙龙立时觉察，探头向山门内一瞧，敢情他在石壁上瞧见蠕蠕而动的一团白影，此刻却偎在山门内黑角落里，隐隐地在那儿啜泣了。仔细一瞧，可不是一老一小，一个穿黑，一个穿白短衣裤的两个人，也就是一门惨死，硕果仅存的幼主和老仆了。

公孙大娘向他说，他上岸探盗，走没多久，她不大放心，起来略一结束，带了兵刃，吩咐仆妇看着两个孩子，也悄悄地上岸，瞄着公孙龙的身影，暗随下去，公孙龙一切举动，看得逼清。在他迎着盗党和独角蛟交手时，她在暗中瞧出独角蛟武艺平平，其余党徒，更是乏货，他一人足可料理，便放心往回里走，唤出躲在石壁洞里一主一仆，说明躲着不是办法，由她保护着离开险地，才可逃生。

这一主一仆，在公孙龙喊他们时，还不敢出声答话，碰着她，好言抚慰，才奓着胆，现身露面了。不料刚一露脸，从另一面岔道上，火把簇拥，又过来一拨盗党，而且正向石壁走来。她方命一主一仆，依然藏躲起来。她也恨上了这班凶盗，太觉惨无人理，自己也不顾在盗党面前露相，一耸身，纵上一块断裂的石壁顶上，待得那拨盗党涌到石壁跟前，竟把轻易不用的梅花针，掏出一撮来，向为首一个年轻盗首，和走在前面的几个党徒，运用独门功夫，迎面一撒。

这种梅花针，无影无声，视听极难，非其他暗器可比，不用说黑夜，便是大白天，也难闪避，只听得为首盗魁，一声惊喊，身后同党，也抱头乱窜，年轻的盗魁，还真识货，一眼中上梅花针，已经瞎掉，还大喊：“风紧，快退，我们中了内家梅花针了！”

霎时之间，这拨盗党，向来路逃得一个不剩，她在石壁上，居高临下，看出这拨盗党，一阵风逃下岩去，直奔江边，跳到洗劫的船上，两只船不顾江流危险，竟掉转船头，向下流疾驰而去，这才唤出石壁缝里的一主一仆，带领到禹神庙来了。

她因为深夜把两人引到自己船上，定然引起船老大的疑惧，难免又生枝节，不如待到天亮，充作无意相逢的戚友，结伴同船，送他们一程。好在是自己独雇的长行船，船老大不会阻拦，至多添点小费便得，于是在禹神庙内，从被难的一主一仆口中，探出商提督老家在重庆城内。自己的船原是讲明在重庆换船的，顺水人情，把他们送到老家，也不费事。

又据那老仆猜想，这股凶盗，为什么要下这样毒手，而且还要斩草除根？定然为了遭难的商提督，是从讨伐平西王吴三桂战役上，得的军功，洗剿反叛余孽又最出力，这班凶盗定是平西王旧部，被商提督四面剿堵，无法存身，才隐迹为盗，所以有这样彻骨的仇恨。照说这种仇恨，谁是谁非，一时正还没法判断，不过我们救下这点商家根苗，似乎也是天理人情。

公孙龙说："我们既出手救下来，已和这批盗党结上梁子，我没有露名，你也没有朝相，不过你露了一手我们独门梅花针，从这一点上，难免不被人家摸出根底来，日后难免不生麻烦。"

公孙大娘啐道："怕麻烦，便不该管闲事闲非，这班凶盗太可恨了，没有把他们处死，算他们便宜。"

她这么一说，公孙龙不敢再说别的了。

第二天，公孙龙夫妇把商家幼主老仆挈带同行，船到重庆，居然一路没有出事，把这一主一仆送到老家，总算救人救彻。夫妇俩便在重庆换船，驶向川南重镇的泸州，船到泸州时，江中帆樯如林，岸上市肆繁盛，不愧"铁铸泸州"之称。

夫妇俩在荆门时，铁龙藏已告诉他们泸州飞龙镖局联号所在地址，以及留驻泸州的镖师吴少峰这个人。他们一到泸州，舍舟登岸，带着行李、小孩、仆妇，问明路径，直奔飞龙镖局联号，没走多远，便找到地头。原来飞龙镖局联号，还没寻到相当房子，招牌也没挂出，镖师吴少峰还住在一家客栈内，就地各商号向他接洽镖运货物的，倒已有好几家了。

公孙龙夫妇俩和吴少峰相见交谈之下，吴少峰知是总镖头铁龙藏亲身邀请的同门名手，而且是位卸任的游击将军，不敢怠慢，慌不及四面张罗，替夫妇俩另开两家上房，安置行李下人，一面又酒席洗尘，殷殷招待。

席间吴少峰说起从昆明镖局来人，得知总镖头尚未回来，二镖头铁龙媒气雄胆壮，已做主接了一票四万两现银，保运泸州的镖趟子，而且业经起程前来，这事未免有点冒险。在这条线上走镖还是第一次，虽然二镖头和我蹚过一次道，毕竟还未摸清这条线上的情形，二镖头真行，真有胆量，第一次便接了四万两现银的买卖，但愿一路平安无事才好。

公孙龙夫妇这时对于走镖这一行，可算十足外行，事事得请教吴少峰，听出吴少峰对于师兄铁龙媒冒险走这趟镖，有点担忧，夫妇俩不知这条道上，有什么危险，也就无从参加意见。

不料一夜过去，第二天一个满面风尘的蹚子手，匆匆进门，向吴少峰说是："奉二镖头所差，从摩泥站骑着快马赶来，因为四万两现银票趟子已过赤水河，到了摩泥站，落在镇上一家兴隆栈内，原预备第二天一早起程的，哪知一夜工夫，出了祸事，双龙镖旗竟被五虎旗贼党换走，镖旗一失，镖趟子再往前走，定要出事，怕的是五虎旗贼党，在前途布下诡计，预备截道劫车，所以派我连夜赶来，请吴师傅火速动身，前往摩泥站商量应付五虎旗贼党。"

吴少峰一听这消息，惊得直跳起来，向公孙龙说："如何，果然出事了，四万两镖银，非同儿戏，双龙镖旗，更是我们的牌匾，失了镖旗，和被人摘了牌匾一样，这一下，是我们飞龙镖局的难关到了。"

公孙龙夫妇初来乍到，想不到一到便碰着逆事。吴少峰邀请公孙龙夫妇同往臂助，这是义不容辞的事，而且事已紧急，从泸州赶奔摩泥站，最快也得赶一天一夜的路程，说不得三人只好立时轻装就道，骑着快马，兼程赶路，直奔摩泥站。

蹚子手赶到泸州报信求援，究竟怎么一回事呢？原来清初吴三桂失败以后，部下风流云散，其中有许多强悍桀骜的角色，便隐伏于川、滇、黔三省峻险之区，变了据山立寨的草莽。这当口，来往川滇黔的商贾货物，非有镖局护运不可，连官厅的银饷，都得请教镖局护送包镖，才敢上道。所以那时候，在这三省地面走镖的，鸿运当头，利市三倍，但没有真实本领和大名头的镖头，休想干这行刀尖上的买卖。

昆明飞龙镖局却在各镖局中，鳌里夺尊，名头远大，全仗着总镖头铁龙藏、二镖头铁龙媒。两兄弟功夫惊人，手腕灵活，手下几位镖师也个个都是有名人物。红花绿叶，相得益彰。铁氏双龙都已四十有余的年纪，弟兄俩相差也只两三年，一般的体貌威武，本领出众，深得梅叟真传，欠缺的像梅花针一类的内功，非其所长。

兄弟两人内，龙藏阅历较深，沉毅而机智，龙媒疏阔而势猛。兄弟俩在昆明设立飞龙镖局，还没几年，正在想法开拓川滇镖路。

那时川滇交通，既没火车，也没公路，从昆明到川南泸州，必须越过贵州边界威宁、七星关、毕节，然后进川南叙永，直达泸州重镇。全程九百多公里，道路崎岖，只有一条驮运的旧驿道。在吴氏乱平以后，这条道上，商贾还有点观望不前，轻易无人敢走。昆明飞龙镖局设立以后，名声远震，川滇商人们也急于想恢复这条运货要道，几次和铁氏双雄商量，只要镖局能保险，不惜重资。

镖局为慎重起见，先由铁龙媒带着一位精明干练的镖师，是盟弟兄吴少峰，扮作单帮顾客，先向这条道上去蹚它一下。这吴少峰年纪比铁龙媒大几岁，见多识广，颇有智计，武功也不在铁龙媒之下。

这时两人一身长行装束，各人背着包裹雨伞，暗藏兵刃，骑着长行快马，由昆明镖局出发，经曲靖宣威，过可渡河，进贵州省威宁州境界。晓行夜宿，非止一日，居然太平无事地过了七星关、毕节县。虽然兵燹以后，道路荒凉，行旅极少，暗地一路留神，却还没有碰着大帮吃横梁子的匪人。也许两人是孤身客人，没有财物引眼。再从毕节向前走，步步逼近川南边境，一过赤水河，便可踏进川滇咽喉的叙永了。

到毕节时，碰着天降豪雨，道上难行，两人便在毕节城内客栈里耽搁了几天，顺便打听前面道上的情形。据说："这一带道上，不是没有大帮山寇，不过大帮山寇，也不愿留在荒凉的道上，都是忽来忽去，飘忽无定的。前几天有人从这儿进川，在木樨铺便遭了路劫，还算好，强人们没有要他的命，只劫了货物银两，放他逃回来了，究竟这批强人，是就近占山落草，还是别处跑来的，都没法知道了。"

铁龙媒、吴少峰听在心里，在毕节城内，等得雨过天晴，便上了道。离毕节县城四十多里路，便到了木樨铺，尽是高高低低的山道，颇为难行。两人一路留神，却没碰着碍眼的事。过了木樨铺，地势较坦，二人放辔疾驰，一口气又赶了十几里路。

太阳已下山，天色黑下来，铁龙媒的马跑得快一点，和后面吴少峰隔开了一二里地。在毕节城内，已打听明白，木樨铺前面一站，地名鸡冠坡，是个山镇，可以歇宿。铁龙媒心急赶路，在马上向后面一望，蹄声隐隐，料是吴少峰已赶了上来，裆里一加劲，又催马向前疾驰，正想赶到鸡冠坡镇上，免得到迟了，这种荒僻山镇，敲门打户，难以找寻宿头。

他一赶路，经过一片灌木林，约有半里路长。中间一条长长的窄道，夹道密层，遮天的灌木，一走上这条道，眼前一暗，一发不透天光。

铁龙媒马已跑发了性，泼刺刺向前飞驰，猛地深林内呼咧咧一声口哨，突然前面绷起一根绊马巨索，出其不意地在马前一挡。马跑发了性，哪能留得住？前蹄一失，后蹄一起，连人带马，都摔得一溜滚。

铁龙媒猝不及防，人已从马鞍上摔了出去。毕竟身上功夫纯，顺势两腿一蜷，一个空心筋斗，又翻出几步去，免得压在马身下。肩头一着地，向路旁一滚，还未跳起身来，头顶刀光一闪，从身边一株树后，蹿出一人，举刀便斫，却是用刀背向左肩头砍来，嘴上还喝着："乖乖地替我躺着，要你的马，不要你的命！"

铁龙媒是何等角色，岂能被他砍着？展开地趟招数，一个"伏龙掉尾"，上面闪开了一刀背，下面右腿飞起，正踢在这人寸关尺上，已把一柄鬼头刀踢飞，腰里一叠劲，一个鲤鱼打挺，已从地上跳起，心头火发，骂一声："混账蟊贼，敢在太岁头上动土。"一上步，正想抓住这人逼问情由，唰唰唰，从两面林内，又蹿出几个强人，个个手扬单刀，把他前后圈住。另一个强人，已把他的马扣住，拉进了林内。

圈住他的几个强人内，有一个瘦长个儿，用刀一指，向他喝道："瞧你这孤雁，大约有几手，才敢单身走这条道，但是全是铁，能捏多少钉？你去打听打听巴巴坳多臂熊、坐山雕的名头，这是咱们的地面，便是皇帝老子借道，也得留下点什么，马是留下了，赶紧献出你腰里银子，让你整手整脚地过去，如果哼出半个不字，那是自寻倒霉。"

铁龙媒仔细向这几个强人一瞧，立时看出里面没有什么扎手人物，故意点点头说："要银子容易，你们瓢把子叫什么多臂熊、坐山雕两位，大约没有来吧？"一面说，一面把腰巾一松扣，好像掏腰缠的模样，其实他外里腰巾，内缠一条得意软兵刃——连环锁骨龙须鞭。

圈着他的几个强人，真还当他在腰里掏银子，嘴上还吆喝着："快拿出来，怕你不用银子买命！"

铁龙媒一声冷笑，把腰巾向地上一掷，指着强人喝道："你们这一群瞎眼的蟊贼，今天叫你尝尝飞龙镖局铁镖头的厉害。"喝声未绝，腰上锁骨龙须鞭子母扣，早已松下，哗啦一响，一抖须鞭，劈面向身前一个强人打去。

这人手上也还明白，一闪身，横刀一迎，顺势进步挺刀直刺。铁龙媒一坐腕子，鞭招立变，"玉带围腰"，招疾势急，龙须鞭呼地带着风声横扫过去。这人抽身不及，急急用刀向龙须鞭一迎，倒是迎上了，他可不识货，这条龙须鞭软中带硬，逢硬拐弯，吧嗒一声响，鞭头上一百炼精钢的龙头，正砸在后腰上，最厉害的鞭头上隐着短短的龙须，专打穴道，又在腰穴上扎了一下。只听这人哎哟一声，扑地便倒，起不来了。

这人一倒，铁龙媒不等其余几个强人，围上身来，霍地一转身，反向贼党一欺身，一个"苍龙戏海"，又是一个强人躺下了。其余几个，看不是头，没命地蹿入右面林内，逃得无影无踪。铁龙媒不追，只一转身，唦唦唦几个箭步，跃入左面林内，一看还好，自己马匹还在林内，扣马的盗党也早溜了。把马牵出林外，地下一条绊马索，还留在地上。那面被自己打躺了两个强人，也半死不活地留着。牵着马过去，一摸地上两盗鼻息，一个被自己龙须鞭打狠了，大约无心打在穴道上，已没了气，一个还在那儿挣命。他慌把自己掷在地上的腰巾捡了起来，束在腰上，正想攀鞍上马，来路上蹄声急骤，吴少峰已骤马赶来。

铁龙媒一说出事情形，吴少峰便说："时已不早，此非善地，我们快走。"

两人离开了出事的灌木林，一路疾驰，奔到鸡冠坡时，已近起更时分，镇上已经家家闭户，鸡犬无声，好容易找着一家小饭铺，权且寄宿一宵。铁龙媒提起巴巴坳多臂熊、坐山雕两盗首，吴少峰也摸不清他们根底。

照吴少峰意思，铁龙媒已在盗党面前，报了字号，提出飞龙镖局名头，早晚得出麻烦，在铁龙媒见解又不同。他说："既然想在这条道上，走双龙旗的镖趟子，总得先把字号闯出去，我在盗党面前，原是特地提出字号来的，多臂熊、坐山雕虽没露面，像这种无名少姓的草寇，也没把他们放在心上。"

吴少峰却暗暗嘀咕，把巴巴坳的盗党打得一死一伤，镖趟子还没出来，已经在这路上结上梁子了。

一夜过去，两人从鸡冠坡向前走，居然一路无事地过了赤水河，已经踏入川南边界，连细心的吴少峰，也觉巴巴坳这股强人，没什么出手，便把灌木林一档事，搁在脑后了。

第四章　川滇道上

从赤水河到叙永，从叙永到泸州，尚有二百多里路，从赤水河到叙永一段道上，群山交错，道路崎岖，形势极为峻险，只要到了叙永，便好走了，省事一点，可以走水道，由永宁河雇船，直达泸州。

铁龙媒、吴少峰二人，连人带马渡过赤水河，踏上川南边界，过了川南要口，第一大镇摩泥站以后，走入崇山峻岭、陡壑深涧之区，两人牵着牲口，反而碍了事，因为没法驰骋，只好牵着走，度山越岭，把路程都耽延了不少，照铁龙媒心思，一赌气，要舍马而行，吴少峰笑说："这段山路，虽然难走，骡驮通行的驿道，还是有的，将来我们镖趟子走这条道，用镖车镖驮，我们单身行走，还算好的，好在到叙永也只百把里路，我们既然来蹚道，说不得只好受点委屈。"他这么一说，铁龙媒是副总镖头，而且为了自己的事业，也不能再说别的了。

两人翻过几重峻险的岗岭，走到一处地名虎口坪，是群山环绕的一块盆地，四近也有几座小村子，当路也有搭着松棚，卖茶卖饭的，前面露出左右两条岔道来。两人一看日色已经过午，前面发现岔道，不知哪一条才是向叙永的正路，便把两匹马拴在茶棚旁边树上，买了点解渴解饥的东西。

棚内挤着不少人，两人走到茶棚对过一株大树下，吃喝起来，一眼瞧见松棚口坐着两个雄赳赳的壮汉，一色劲装绑腿，毡帽洒鞋，只顾向铁龙媒、吴少峰两人身上打量。一会儿，其中一个壮汉，大步出棚，向前面左边一条岔道上，飞一般奔去。留在棚内的一个，兀是不断用眼盯着两人。吴少峰看出有点怪道，悄悄向铁龙媒一说，铁龙媒说："我早已瞧出来了，说不定跑去的汉子，有点花样，这种乏货，也不怕他闹出什么花样来。"

两人吃喝已毕，站起身来，向松棚下摆茶摊的问明了道路方向，便上马登程。这许多工夫，并没有什么事发生，跑去的汉子，也没回来，留着的一个，也没动窝儿。两人以为自己多疑，也就撂在一边，走的是右边一条道，更是坦然，已经问明路程，从这条道上走去，有七八里地是坦道，可以骑着走，过去便得下马步行，再经过两重山口，便到了预定歇宿之处，地名落窝，是个较为热闹的大山镇。

两人到落窝镇时，日色还未落山，一瞧这镇上，长长的一道街，两面做买做卖的店铺，很有点规模，大约正赶上山集的日子，街上兀是人来人往，显得热闹。

二人牵着马，刚进镇口，忽然从路旁奔出一个精壮汉子，拦在二人面前，拱着手说："哪一位是昆明镖局的二镖头？"

吴少峰不由得一愣，铁龙媒却坦然说道："在下便是铁龙媒，足下面生得很，未知有何见教？"

那汉子向铁龙媒盯了一眼，从怀里掏出一个梅红全帖，双手向铁龙媒一递，一声不响地站着等回话。

铁龙媒接过红帖一瞧，只见帖上写着："今晚三更，请驾临镇南真人庙赐教——五虎旗严四虎拜具。"

吴少峰在一旁，也瞧见了帖子上的字，心里便打开了鼓。

铁龙媒昂然向下帖人说："川中五虎旗的名头，久有耳闻，严四爷却没有会面过，在下这趟到川南来，原是存心来拜访这条线上几位英雄的，严四爷肯赏脸，这是求之不得的事，我们行客拜坐客，下帖可不敢当，请你回复严四爷，在下三更必到，这份帖子，请你带回。"

那人不接帖子，霍地往后一退，说了句："严四爷存心交友，二镖头不必疑虑，请到时光降，在下告退。"拱拱手，便转身走了。

铁龙媒、吴少峰匆匆在镇上找了一处类似客店的寄宿地方，安顿好自己马匹，用罢了夜饭，两人在房内，悄悄商量三更赴约的事。

吴少峰说："严家五虎的老巢，据说在夔州巫山之间，怎会在此地出现了严四虎?"

铁龙媒说："我听家兄说过，从前严家五虎，原是依附平西王吴三桂的。严老大本领最高，也是华山派下有名人物，受过吴氏将军的封号，吴氏失败，严老大远走高飞，不知去向，他肩下四个兄弟，落草为寇，行踪飘忽，出没于重庆上下游，血腥满手，江湖上出了五虎旗的名头，其实只有四虎。以前严家五虎有一种出名歹毒的暗器，叫作黑虎钉，钉上奇毒，一中上身，没有严家独门解药，无法救治，后经他们本门华山派一位隐名奇侠，警诫五虎，不准他们再用黑虎钉，连独门解药，都搜索了去，而且说明，五虎在江湖上不论干什么事，绝不干涉，只要一用黑虎钉伤人，立时赶来把他们一一处死。这几年横行重庆上下流的严家四虎，果然怕那位前辈干涉，不敢再用黑虎钉，但是严家五虎，除出老大不在四川，其余四个弟兄，本领都不弱，五虎旗的名气，也不算小，想不到在这儿，碰着了严四虎，最奇的，他们好像早知道我们一路到此，我们一进镇口，便拦路投帖，好像预先布置好的。"

吴少峰皱着眉说："我正在琢磨这里面机关，说不定起因于灌木林内的路劫，也许巴巴坳的多臂熊和五虎旗一党，我们走路时大意一点，巴巴坳的强人，定然一路缀着我们来的，虎口坪松棚内一走一留的两个汉子，不用说，是他们的眼线了，今晚的约会，当然不是好事，但是他们按照江湖规矩，正式下帖，我们飞龙镖局绝不能输这口气，只好到时看事做事，谨慎应付的了。”

两人向店家打听镇南真人庙内的所在，才知在落窝镇南口一里以外，地名癞头坡，真人庙是一座极小的破庙，并无僧道住持。打听明白，便在屋子里闭目养神。到了三更时分，各人把自己身上弄利落了，带好兵刃暗器，悄悄从店后越墙而出。

这时夜静更深，镇街上鬼影都没得一个。两人向南口奔去，一里多路，眨眼就到，不用探寻真人庙所在，只见前面一片疏林中间，火光闪烁，透出哗笑之声，便知到了地头了。走近林口一瞧，林心一块平地上，并没庙，却只一个半塌的山门，门后一片瓦砾堆，破庙上插着几支火把，火苗被风吹得乱晃。

火光影里，有四五个汉子立在破墙下，一见两人进林，便有一个人抢了过来迎接，嘴上说着：“请二镖头和这位师傅进林相见。”两人一瞧，这人便是拦路投帖的汉子。

铁龙媒在先，吴少峰紧跟着，大步到了破庙跟前。庙前立着的几个汉子，个个控身抱拳，投帖的汉子，慌在中间指引，指着中间一个瘦长个儿，三角眼，一字眉，年纪三十左右的汉子说：“这位便是我们严四爷。”又指着严四虎肩下一个黑脸汉说，“这位是巴巴坳熊当家，江湖上有个多臂熊的外号。”

这人一介绍，铁龙媒、吴少峰也自报了名姓，道了仰慕，便问严、熊两人见召之意。巴巴坳多臂熊控拳捋臂的正要张嘴，严四虎越众而出，向铁龙媒拱拱手，满面笑容地说：“二镖头，咱们虽然今夜初会，彼此大约都知道谁是谁，真人面前不说虚话，二镖头从昆明远道而来，我们怎会未卜先知，在这儿恭候两位大驾？只因两位路过灌木林，出手惩治了二个小辈，这二个小辈，便是我们这位熊大哥手下的碎催，这档事，不能怪二镖头，只怪他们有眼无珠，自己找死，凑巧熊大哥没在家，和我在这儿盘桓，巴巴坳二当家坐山雕派人缀着两位到此报信，我们才知两位从这条路上来了。”严四虎说到这儿，略微一沉，向铁龙媒扫了一眼，呵呵笑道，“二位！不要误会，在下请二位到此，绝不是替巴巴坳找场，打开天窗说亮话，吃镖行饭，和我们线上朋友，都是在江湖上混饭吃，都是靠面子宽、朋友多，才吃得开，本领还在其次。二位没有动身以先，昆明来的朋友，早已对我说，飞龙镖局决意在这条线上走镖，泸州还要分设联号，不要看我们不同行，既然都靠江湖吃饭，便是一家人，这条线上经过一场兵灾，商贾绝足，这条线上的朋友，也摸不着整批油水，如果飞龙镖局在这条线上一走镖，买卖一行开，路上有了生发，线上朋友也叨光不少，将来双龙镖旗过境，这位熊大哥非但高迎远接，还要和贵镖局几位达官，多亲多近，所以我严四斗胆，在这儿邀请二位镖头光降一谈，这是两全其美的事，二位走南闯北，一点就透，灌木林那档事，区区不足道，二镖头不必挂在心上，现在我们要听二镖头的吩咐了。”

严四虎这么一说，铁龙媒、吴少峰立时明白，姓严的嘴上说得好听，骨子里是想在飞龙镖局走镖的买卖上找油水。话里藏话，好像说，如果你们镖局在这条线上做买卖，得替这条线上朋友想主意，分润一点，这样，双龙旗便可畅行无阻，不然的话，在这条路上走镖便不易了。

吃镖行饭的，类似这种办法，不是没有，一半用朋友面子，拉交情，一年四季送暗礼，一半也得靠自己实力，接得住，兜得转。像这样镖没走动，便当面讨下落，明说明要，看情形，也许讨价还价，狮子大开口，这是很少的。尤其是飞龙镖局铁氏双雄，是铁铮铮打出来的天下，哪能听这一套？

铁龙媒头一个听不下去，胸脯一挺，正要答话。机警的吴少峰，慌抢先说道：“严四爷一番好意，我们心领，吃我们这一行的，本来全靠朋友闪面子，不过这条路上一年能够接几票买卖，现在八字不见一撇，能不能不亏本，还看不出来。我们一路过来，峻险难行之处甚多，能不能在这条线上走镖趟子，还得回去和我们总镖头铁大爷仔细商量一下，严四爷这番美意，一定要向铁大爷说明的，朋友越多越好，严四爷和这位熊当家，肯赏脸彼此拉交情，这是我们求之不得。”

吴少峰说得很在行，铁龙媒也会过意来，慌也衬着说：“我们这位吴大哥说的话，也是我想说的，将来仰仗严、熊二位帮忙地方，一定不少，改日还得和二位好好地叙一叙。灌木林一档事，二位圣明，我是没有法子不伸手，此刻严四爷这么一说，我倒非常惶恐了，事已做出，后悔莫及，改天得想法补报熊当家一份情意才是。”说罢向多臂熊连连拱手。

严四虎微微一阵冷笑，朗声说道：“这位吴镖头说得也对，明人不做暗事情，我姓严的也是为了大家好，趁二镖头到此，先说明一下，现在百言抄一总，飞龙镖局不在这条线上走镖趟子，当然没得话说，不在我们线上，我们也高攀不上，只要有一天，在这条线上见了双龙镖旗，我们便算交朋友交上了。”

严四虎话里含骨，谁也听得出来是怎么一回事，多臂熊这时一步上前，向铁龙媒抱拳说：“这事且放在一边，久仰飞龙镖局二位镖头大名，功夫出众，听弟兄们传说灌木林略显身手，确实与众不同，趁这机会，我想讨教一下，不知二镖头肯赏脸吗？”

严四虎和身旁几个同党，都拍着手说：“对，对，二位过过手，让我们开开眼。”

吴少峰一想不好，归根结底，还得落到这地步上。

铁龙媒早已把多臂熊打量清楚，瞧他黑塔似的魁梧身子，步履坚实，定有几下子，抱拳笑道：“在下几手庄稼笨把式，不值一笑，将来专诚到巴巴坳拜访，再求教不迟，此刻免献丑吧。”

多臂熊往后退了几步，双拳一抱，大声地说：“咱们以武会友，三招二式，点到为止，二镖头不必多心，快请赐教吧。”这样用话一激，话里还有点卖味，好像一定占胜似的。

铁龙媒微含怒意，也没法再推辞了，便向在场的人四面一抱拳，笑着说：“在下和诸位，在此幸遇，诸位都是大行家，熊当家定要在下献丑，只好替熊当家接接招，接不下来时，诸位休得见笑。”

这时严四虎身旁几个人，赶到破墙跟，把插在墙上几支火把取下来，抡得旺旺的，举着火把，分立在场心周围。火光影里，照得多臂熊一张黑脸，黑里泛红。

只见他早已双拳靠肘，摆出潭腿门的架势，嘴上不住喊着：“二镖头，请赏脸！”

吴少峰暗暗在铁龙媒耳边叮嘱了几句，铁龙媒微一点头，双臂一晃，拿胸落肩，双掌阴阳分式，在胸前一拢，趋向下风，却不进招。

多臂熊猛地喊了一声：“二镖头真谦虚，好！我先放肆。”声到人到，扑地一顿足，突飞右拳，往铁龙媒胸口直进。

铁龙媒不招不架，一错身，身如旋风，已到多臂熊左侧。多臂熊翻身现掌，右掌虚晃，左拳带着风声，猛击敌腰。铁龙媒蜂腰一扭，立掌切腕。多臂熊一转身，左臂一横，右拳早已穿出，势急力猛，一个窝里炮，堪堪打到敌人右肩。铁龙媒肩头一甩，右掌往上一翻，掌风飒然，迎着多臂熊臂下扫去。多臂熊一个闪肘，上面二臂像长虫般，一缩一吐，下面正欲掀起腿，不料铁龙媒手如闪电，倏地变式为“单撞掌”，右腿一上步，直向多臂熊怀内欺了进去，非但把多臂熊下面的腿封住，这一手“单撞掌”已递到胸前，只要一吐劲，多臂熊整个身子，便要直跌出去。铁龙媒却留劲不吐，多臂熊也招熟手快，一个“反绞手”借势一带，横着退出四五步去。这一招，照说多臂熊已落下风。

多臂熊哪肯认输？一个箭步，又逼到身前，展开短打截手法，两臂翻飞，迅猛无匹。铁龙媒存心退让，又应付了几个照面，心想此人一味缠战，何时了局，未免怒从心起。却巧多臂熊下了毒手，一个“进步撩阴”，铁龙媒身形一闪，多臂熊招中套招，一长身，左腿起处，一个“喜鹊登枝”，向铁龙媒右胯登去。

铁龙媒身子陀螺似的一转，疾逾飘风，已到多臂熊肩后，上面二掌虚翻，似扣似覆，下面一起腿，向敌人腿弯扫去。多臂熊吃了一惊，一时闪避不及，仗着腿上功夫坚实，踢过几年柏木桩，竟想硬搪一下。哪知铁龙媒腿是虚势，并没真个扫出，右腿一落，左腿跟着往前进半步，上身一探，展开本门绝技，一个“印掌”，掌风已扑到多臂熊后背。

总算铁龙媒心存顾虑，并没有用小天星掌力往外登，就是这样沾衣虚按，已把多臂熊按出四五步去，身子已摇摇欲倒，幸亏严四虎伸臂一挡，才拿桩站住。

铁龙媒正想说出承让的话，严四虎已哈哈大笑道：“终南派手法名不虚传，佩服，佩服！改天我也要讨教讨教二镖头几手绝招儿，今天时候不早，二镖头长途辛苦，彼此初次见面，交朋友得识趣，不过我这人做事，讲究斩钉截铁，将来贵镖局在这条线上走镖时，务请先赏个信，这是我血性交友，希望将来二镖头押镖过境时，我们杯酒联欢，不要发生不开面的事，我直话直说，言尽于此。”说罢，抱拳连拱，意示送客。

铁龙媒、吴少峰真还想不到今晚这一会，居然这样和平结局，灌木林这点过节，竟能不声不哼地撂过一边，这是想不到的，慌趁坡就下，向严四虎、多臂熊说了几句门面话，便回镇上客店去了。

两人回到客店，吴少峰便说："严四虎这人年纪虽不大，满身透着精悍之气，看情形巴巴坳多臂熊一个吃横梁子的，定然是听着严家五虎旗指挥，今晚严四虎满讲着场面话，说得好听，其实满不是这么一回事，我们在这条线上一走镖趟子，准得狮子大开口，插一腿进来，将来保管有麻烦。"

铁龙媒却没这样想。他说："别个镖局也许花钱买路，我们可不能开这个例，依我看，这条道上立寨开爬的，大约也只巴巴坳一处，就算他和五虎旗有关，也没有什么扎手，凭多臂熊这点能耐，连严四虎算上，怕没有这么大胆，敢劫我们飞龙镖局的镖趟子吧？"

第二天铁龙媒、吴少峰离开落窝镇，向叙永走，一路上并没有再碰着严四虎、多臂熊这班人，很顺利地抵达泸州。在泸州流连了几天，联络了就地几个有头有脸的人物，安排日后在泸州设立飞龙镖局的各样事务。诸事略有头目，把吴少峰留在泸州，办理设立联号的事。

铁龙媒独自赶回昆明，和他哥哥铁龙藏商量开辟昆明到泸州的镖路。铁龙媒虽然把巴巴坳多臂熊这点过节，和平路遇严四虎种种情形说了出来，却心雄志壮，把严四虎、多臂熊这班人视同无物，一力主张马上通知商号，承揽买卖，走起镖来。铁龙藏为人精细，又派了几拨人，去暗摸严家五虎旗在这条路上，有多大势力，手下有多少人，和安窑立舵的处所。

等得派出去的人，回转镖局，据说："巴巴坳多臂熊、坐山雕二人手下，并没多人，这条线上也没有五虎旗一定的窑舵，只严四虎、严五虎两兄弟常在巴巴坳进出。有人说，严四、严五的暗舵在叙永、泸州之间的石虎山，他哥哥严老二、严老三仍然在夔、巫深山总舵内，严四、严五所以在石虎山设立暗舵，和巴巴坳有交往，也是新近的事，定然看出泸州是川南重地，又是川、贵、滇交通要道，也想在这条道上找生发了。”

铁龙藏一听严家五虎旗，还没在这条道上扎根，巴巴坳多臂熊也是无名之辈，哪一条镖路上，也少不了这类人物，事情没甚扎手，便打定主意开辟昆明到泸州这条镖路了。不过泸州设立飞龙镖局联号，必得有一位武艺出众、老成持重的角儿，坐镇分号，才能放心。自己两弟兄在昆明总镖局没法分身，镖局内几位靠近的镖师，本领虽各有所长，独当一面，似乎差一点，买卖一行开，泸州分局，非但得有艺压当场的镖头，还得邀请几位辅佐的镖师，和在行的蹚子手，这样才能在泸州接下买卖，昆明、泸州两面都可起镖。

铁龙藏一想，这档事还得赶紧办，便把昆明镖局的全权，交与兄弟铁龙媒，自己离开昆明奔湘、楚一带，邀请同门和盟友帮忙。凑巧在荆门碰着同门嫡派的公孙龙夫妇，正想在宦海抽身，两夫妇的本领又是同门中数一数二的，尤其是公孙大娘深得梅叟绵掌、梅花针二种顶门功夫，为别个同门所不及。机缘凑巧，再三恳请公孙龙夫妇驾临川南，坐镇泸州联号。约定以后，铁龙藏又到别处邀请几位镖师，辅佐公孙龙夫妇，哪知道在公孙龙夫妇雇船进川，铁龙藏四面邀人当口，昆明飞龙镖局已出了大岔子，几乎折在五虎旗的手上。

昆明飞龙镖局二镖头铁龙媒在他哥哥走后，不免在几家有来往的殷实商铺，放出口风，说是不久便要从昆明走川南的镖趟子了。这几家掌柜听在心里，明知泸州是川南重镇，货运久停，只要货运一通，定然利市三倍，谁不想赶先做这批买卖？几家消息灵通的买卖家，把铁龙媒捧得驾了云，镖局内几位镖师，也是应酬不断，天天有饭局，只恨只有一张嘴，吃不过来。

有一天，昆明最出名的一家裕昌饭庄的大老板，悄悄地到镖局来拜望铁龙媒，说是："有一桩重要的事，只有二镖头可以帮这个忙。"

铁龙媒问他："什么事?"

裕昌老板郑重其事地说："昆明抚台大人有一笔款子，是四万两现银，托裕昌出面，恳请飞龙镖局护送泸州大来钱庄。这笔款子内，一半是这儿抚台大人孝敬四川总督的，一半是托川督带往京师运动门路的，川督不久起程进京，这笔款子得马上护运到川。有人报告抚台大人，贵镖局要走泸州这条路线，才托敝号出面商量，只要铁二爷肯点头应允，小号马上先兑付二千两镖银费，运到地头，再付一千两。四万两银子，出三千两保镖费，敝号没有这么大手笔，这都是抚台大人抱着重赏之下，必有勇夫的主意，才吩咐小号照他主意办的。抚台大人还有话吩咐，飞龙镖局只要把这事办妥，将来还要想法补报，铁二爷你想，这批买卖，何乐而不为？至于和镖局订合同、兑银两、随车押运，都是小号出面办理，只希望起镖上路，越快越好。"

铁龙媒一听，一下子便是三千两的买卖，这是少有的，这种飞来凤，绝没有往外推的道理，先把裕昌老板稳住了，自己出来到前面柜上，和几位镖师秘密一商量，都兴致勃勃地赞成接下来。这条线上虽然初次闯镖，但是我们早已蹚过、探过，没有什么扎手货在这条道上，凭飞龙镖局这块硬牌子，谅也没人敢虎口拔毛，大家说得头头是道，铁龙媒本来跃跃欲试，这一来，便算定局，马上和裕昌老板签订合同。

合同一签订，忙着装银鞘、雇骡驮、定车辆、分派人位，又先派一个急足，到泸州知会吴少峰，通知交镖的大来钱庄。这当口，铁龙媒还希望他哥哥铁龙藏赶回昆明，可是消息全无，摸不准他什么日子回来，裕昌钱庄又天天催起镖。

合同已订，期限又逼，二镖头铁龙媒没法子再耽延下去，在这条道上，毕竟是初次走镖，也不敢十分自大，决定自己出马。好在这几天别路的镖趟子，派出去的几位镖师，都已交镖回来，人手齐全，一时没有别路出镖的买卖。留两个老成的镖师，看守镖局，应付门面便得。

于是他选定了同行的几位出色镖师，十几名精干的蹚子手。这几位镖师是左臂金刀王振明、鸳鸯拐乔刚、神枪萧士贵、通臂猴赵旭东。飞龙镖局除出留驻泸州，进行联号的那位大将吴少峰以外，要算这四位镖师是镖局内的好臂膀。

铁龙媒把这四位镖师一齐带走，他对于这趟走镖，不能不算十分慎重。起镖登程这一天，自己和镖师们一律骑着善走山道的良驹，十几名蹚子手，也有骑马的，也有驾辕坐在银鞘双套车上的，四万两银鞘，分装着六辆双套车，另外两辆单套车，一辆载着行李杂物，一辆是裕昌钱庄二老板带了一名伙计，亲自坐车随行。因为这批巨软，虽说由飞龙镖局负责保运，却是关系本省抚台大人的交派，裕昌也担着一份干系，二老板只可亲自出马。

这样浩浩荡荡的大队镖趟子一出发，前面一张蓝缎红穗绣着双龙的镖旗，随风招展，很是威武。这张双龙镖旗，便是飞龙镖局的商标，也是镖局最神圣的东西，专有一个镖蹚子手管理着这东西，插在最前面一辆车子上，落店宿夜时，用油布套套上，第二天上路时再去套展旗。管镖旗的蹚子手，还得有一副好嗓子，过镇过村，抖擞精神，卖弄训练有素的嘹亮高嗓门，喊着镖，足可听出半里地外去，连后面坐在车内的裕昌二老板，也觉得飞龙镖局出色当行，非同小可，前途万无一失。

第五章　双龙旗与五虎旗

大队镖车从昆明出发，一路经过曲靖、沾益、宣威，进了贵州省界，由威宁到毕节。

镖趟子到了毕节，长长的途程，可算得已经走了一大半了，风平浪静，居然道上连小小的一点风波，都没发生。但是二镖头铁龙媒并没忘记灌木林的事，和落窝镇真人庙前严四虎的交代，从毕节往前走，必定要经过木樨铺鸡冠坡和巴巴坳相近那座灌木林，虽然没把这班强人放在心上，也得当心一二。第二天从毕节起程，特地派两个精明蹚子手，先走一步，向前面蹚蹚道，如有岔眼的事，急速回报，好做准备。

蹚道的两个蹚子手，骑着马离队先走以后，大队镖趟子依然上路，经过长长的灌木林时，鬼影都没得一个，居然平平静静地过了灌木林，一直渡过赤水河，踏进川南边界，还是太平无事。

铁龙媒在鞍上顾盼自雄，暗想上次在真人庙前略显身手，非但把多臂熊慑服，旁观的严四虎，大约也得知难而退。四位镖师都知道这档事，众星捧月般一凑趣，大家都觉一路行来，一帆风顺，从这批买卖一开始，泸州联号一成立，飞龙镖局定是日兴月旺，财运当头，定可稳吃稳拿的了。

这天，到了距落窝镇三十多里路摩泥站，天色已晚，便在摩泥站一家比较像样的客店，叫作兴隆栈的客店过夜。这摩泥站倒是个大镇，比前站落窝镇还热闹，因为此处是过赤水河进川南的第一大站，上次铁龙媒、吴少峰经过此地时，只打了个午尖，贪着赶路，奔了前站落窝镇，没有在摩泥站息下来。这时大队人马落了店，镖师蹚子手把原装车辆，一齐盘在兴隆店头道门内影壁后一片堆货的空场上。十几名蹚子手，照例分班守夜。

镖师们看定了前面一排客房，图他靠近空场，可以照顾镖车，便在右面检定几间客房，作为息夜之所。裕昌二老板和伙计占了一间，二镖头和四位镖师匀了两间。留下两间，备作蹚子手们替班休息的地方，一共占了五间，正把右首一排客房占满了。

大家在店内吃过了酒饭，轮班守夜的蹚子手，各执其事，四位镖师也照样替换戒备，这种戒备时间，注重的是二更到四更，这是江湖上不成文的习惯法，一过四更，离天亮不远，也就可以马虎一点了，一路行来，按部就班，秩序井然有条。

一夜无事，第二天清早大家起来，用过早点，铁龙媒便吩咐套车上路。管镖旗的蹚子手一跃上车，伸手先把镖旗杆上油布套去掉，不料他一去掉旗套，两眼立时瞪得鸡卵一般，发疯般一声惊喊："啊哟！这……"张着大嘴，愣在那儿，"这……"这不下去了。

原来他每天经管的这张蓝缎红穗绣双龙的镖旗，此刻突然变了样，旗杆照旧，镖旗却变成了一张白布旗，布套一去，晓风习习，把旗身展开，白布旗上画着五只奔腾咆哮的黄老虎。

这当口，鸳鸯拐乔刚也在这辆车边，指挥套车，一眼瞧见镖旗出了事，大吃一惊，索性机警，立时跃上车去，一声不哼，劈手夺过蹚子手手上的油布套，仍然向旗身上套了下去，连旗杆拔下，挟在胁下，一跃下来，急匆匆从人堆里奔向二镖头铁龙媒住的客房内，把门一关，对铁龙媒一说。

铁龙媒在乔刚手上拿过镖旗，褪出油布套一瞧，两眼直勾勾的，瞪着旗上五只黄老虎，又惊又怒，怔柯柯的半晌说不出话来。

空场上蹚子手们，这时已得到镖头通知，暂停套车，个个疑神疑鬼的，围着管理镖旗的蹚子手，喊喊喳喳地问情由。四位镖师一齐挤在二镖头铁龙媒房内，商量应付这档事的计划，暂时还得避开裕昌二老板的耳目。

大家都明白，这是严家五虎旗和镖局双龙旗斗上了。五虎旗特地露这一手神通，是针对着上次落窝镇真人庙严四虎的那番交代来的。不用说，这一手是硬逼飞龙镖局买他们的账，硬伸手要插进一腿，要买路钱。这是第一步敲山震虎，量一量镖局有出手没有，当然下面还有文章，这是明摆着的事。

但是镖旗已丢定了，枉有这多人，轮班守夜，竟会人不知、鬼不觉，被人家把镖局唯一无二牌匾——双龙旗，悄悄偷走，还换上了严家的五虎旗。这一手，已够瞧的，等于把飞龙镖局上上下下，打了一记大嘴巴。也是镖局上上下下，从来没有过的奇耻大辱，如果接不下来，镖旗没法追回的话，非但眼前这批四万两镖银，没法再往前走，从此飞龙镖局这块牌匾撩在地下，只有关门歇业，大家忍气吞声，回老家抱胳膊一忍得了。

第一个志气高傲的二镖头铁龙媒，岂肯忍这口气？几位镖师也摩掌擦拳要与五虎旗一决雌雄，照铁龙媒主意，马上要带着这张五虎旗，前往巴巴坳拜山，想从巴巴坳多臂熊身上找根，追回双龙旗，不管五虎旗摆下什么门道，也得凭个人本领，把五虎旗气焰压伏下去。这期间，鸳鸯拐乔刚、神枪萧士贵比较深沉，多点心计，慌用话把铁龙媒稳住，劝大家少安毋躁，这不是全凭斗力的事，还得斗智。

鸳鸯拐乔刚说："二镖头，这事一毫鲁莽不得，我们现在客途，担着四万两现银的干系，失了镖旗，摘了我们镖局牌匾，当然得想法原物追回，五虎旗这样换旗叫阵，当然得给他们一个厉害瞧瞧，可是一面我们还得加意保护这批镖银，如果我们一个办理不善，万一银两再出事，可不好办了！”

神枪萧士贵拍着手说：“对！乔大哥说得很有道理，我还疑心这客店内，埋伏着五虎旗的奸细，昨夜从起更到四更以后，守夜的人，谁也没有偷懒疏忽，贼人施这诡计，定在五更敲过到天亮的那会儿工夫，在这一段工夫内，贼人不在店内预先埋伏人，是办不利落的，如果被我料着，我们的举动，和这批镖银的数目，以及走镖的途程，定然被贼党们摸清楚了。我们在明处，贼党在暗处，以后我们一举一动，都得万分小心，这是一。再说，贼党偷旗换旗，表面上好像敲山震虎，为的是二镖头和严四虎会面那番交代，想叫我们用钱铺路，屈服于五虎旗之下，但是五虎旗一知道这批镖是四万两现银，哪有不红眼之理？所以我疑心他们偷旗换旗，另藏诡计，想用声东击西之计，淆惑我们耳目，乘我们手忙脚乱之时，再在前途，纠合党羽，硬摘硬拿，劫这批镖银。如果我们顾此失彼，贸贸然往前一走，定然要出事，二镖头，我们怎样应付？真得仔细想一想，才能下手。”

铁龙媒和左臂金刀王振明、通臂猴赵旭东听了两人这番话，觉得话很有理，大家沉住气，悄悄地商议了一阵，决定稳健进行，镖车暂在兴隆栈内盘几天。摩泥站是大站，商贾来往的孔道，官面上也有汛营驻守要口，五虎旗想劫取这批镖银的话，总得在前途僻险处所布阵，不出摩泥站是没法下手的，这样，便可以腾出人手工夫来，和五虎旗见个起落。

当下，铁龙媒先暗暗派了两个精干蹚子手，骑着快马，悄悄地离开了摩泥站，一个是近路，赶往泸州，通知吴少峰，请他连夜赶来臂助；一个是远路，不分昼夜往回赶，赶回昆明，请留守镖局的几个武师，一齐到此，增厚实力。总镖头如已回家更好，如尚没回家，回来时也可早得消息。一面又悄悄向隔壁客房内裕昌二老板略微透点风声，不提镖旗出事，只说探得前途发现大批匪徒，想劫这批银两，只好暂缓登程，和匪首见过高下以后，才能上道，免得顾此失彼。裕昌二老板一听这话，便麻了脉，只求银两无损，多停几天自无话说，只希望不要过了期限，而且想去求官汛帮忙，靠着这批银两，是昆明抚台解运四川总督的，官兵定然出力。

二老板这主意，却被铁龙媒婉言推卸了，镖行如果依仗官家势力，江湖上便抬不起头来，等于自己摘牌匾，这是行不通的。

此外又分出两三位镖师，几个手上明白、心思灵活的蹚子手，分头到落窝镇左右一带，暗探贼人动静，留在栈内的，一面看守银鞘，一面侦察栈内来往客旅，有无形迹可疑的人，铁龙媒自己坐守栈内，等候贼人消息。

往回走到来路一带侦察的，是镖师鸳鸯拐乔刚。往前站走到虎口坪落窝镇一路去的，是镖师通臂猴赵旭东。这两人骑着快马，一早分头出发。然后左臂金刀王振明、神枪萧士贵暗探摩泥站近处，有无贼人暗舵。各人身后暗暗跟着几个蹚子手，却不是做一路走。

神枪萧士贵，年纪已四十开外，长得白面黑髯，颇有几分斯文气象，这时长衫一罩体，骑着一匹小川马，向摩泥站北面镇口走去。一出镇口，一块空地上，围着一大圈人。萧士贵想瞧一瞧圈内是什么再走，微一勒缰，在马鞍上居高临下，瞧出场心内有两个江湖汉子，动生意口，卖大力丸，一边地上放着白木小箱子、衣服、破刀、破枪之类。

刚听得一个汉子说着：“咱们哥儿俩，初到宝贵地……”忽见一人从马屁股后转到前面，从身边擦过，轻轻说了句：“萧爷！这两个点子可疑。”人已走了过去，萧士贵认出是派出来的蹚子手，立时把马一带，向左面人圈子转了过去。这一面圈子外，也有几个骑牲口的过客，据鞍而睹。萧士贵也凑在一起，假作瞧热闹，留神场心两个江湖汉的举动。

那到圈外骑牲口的几个人面上，特别向萧士贵多盯了几眼，嘴上喊着：“诸位，尽说不练是嘴把式，仅练不说是傻把式，咱们是又说又练，而且说练就练。”说到这儿，扑的一个飞脚，旋过身去，从地上捡起了一根破花枪。

那个汉子，也过去拿起单刀片子，使枪的扑噜一抖枪杆子，指着使刀的喊道：“喂！兄弟，咱们功夫虽然撂在地下，摩泥站可不是小地方，藏龙卧虎，人外有人，内行瞧门道，哩巴瞧热闹，咱们得卖点力气，先来一套单刀进花枪，诸位老乡，替咱们哥儿俩捧捧场，瞧得咱哥俩儿这几手庄稼笨把式入眼时，掏腰助点盘缠，咱哥俩谢谢诸位财神爷赏饭，没带钱，不要紧，站着，叫声好，助助精神，可不要溜腿。”说罢，把花枪向土地上一插，抱拳四面打躬。

一圈子瞧的闲汉，以为这一次，真个要练单刀破花枪了。不料使单刀的，倒提着单刀，向四面作了个罗圈揖，抬头向萧士贵这一面，瞧了瞧，又油腔滑调地动了嘴皮子，指着使枪的，向看客们大声说道：“诸位，不要瞧他手上这杆破花枪，有点不起眼，他在枪上可享过大名，虽然说好汉不提当年勇，可是话不说不明，锣鼓不敲不响，我们这一位，当年走过镖，当过达官，提起神枪的名头，足唬一气，我说这话，诸位一定要问：‘这一位，既然当年当过达官，有神枪之号，怎的会弄到现在这地步呢？看情形连一碗饭都混不上，惨啦！’诸位，你不问，我也得说，可不是替他泄底，一肚皮苦水，闷在肚子里，也不是事——诸位！天在上，地在下，在下一点不说谎，我们这一位，当年确是有名有姓的达官爷，可有一节，横财不发命穷人，他正赶上了镖局走倒霉运，我们这一位，也吃了挂落儿，诸位大约还没听见过，他跟着大名鼎鼎的镖头，一路耀武扬威地走镖趟子，走到半途，忽然把自己镖旗丢了，还不知这镖旗怎么丢的，诸位请想，吃镖行饭的，到了这一步，还混什么劲儿，诸位不要见笑，这可不算丢人，这是天外有天，人外有人，完全是主持镖局的镖头，照子不亮，得罪了高人，害得我们这位神枪吃了挂落儿，诸位大约又想问：‘他是从高处跌下来的，你呢?’诸位，你果真这样问我，你猜怎么着？我准要哭一鼻子，不瞒诸位说，我们哥儿俩，不是同胞手足，扯不上祖上风水不好，可是从娘肚里便灌足苦水，大约是一样的，他当年走镖有神枪之号，我也不弱呀！在下当年也是一位响当当的保镖达官，也有一个左臂金刀的小小名头，我这一说，诸位大约有点明白，我们这一对活宝，当年一块儿干事，一块儿倒霉，现在又是一块儿苦上加苦，神枪和金刀都撂在地上了，提起当年事，不由人泪洒胸怀——哩！我要唱！不，我得哭！在场儿位都是慈悲心肠，瞧着我们哥儿俩，这份苦情，不用瞧我们哥儿俩单刀破花枪，便……”

使枪的立时接口道：“便大把钱钞赏下来了!”

使刀的哈哈一笑道：“你倒想得好，我说的是，便掉头溜走了。”

使枪的又说：“不赏钱钞没关系，何至于掉头溜走呢!”

使刀的笑道：“你真浑，财神爷怕沾着咱们俩倒霉运呀！你瞧！那一位便站不住了!”

他指的地方，正是萧士贵这方面，一圈子闲瞧的人，不明白这两个江湖汉子话里藏话，只听着说得有趣，一齐轰然大笑起来。

人圈子站着的闲汉们，当作插科打诨的笑话，人圈外面坐在马鞍上的神枪萧士贵听在耳内，却如快刀刺心。场内两个江湖汉子，明明在那儿指桑骂槐，骂的正是自己，连带把左臂金刀王振明也挖苦上了。这两个江湖汉和自己陌不相识，为什么故意这样挖苦，当面骂大街？不用说，这两人和丢失镖旗有关，是五虎旗的党羽了。可惊的这两个贼党竟认得自己面貌，如果不认识自己，怎会这样凑巧，偏把自己神枪的名头，指出来挖苦呢。这样一看，我们这班人一路行来，早被五虎旗贼党暗暗缀着，摸得清清楚楚了。

他受了一肚皮肮脏气，咬着牙，竟能忍住这口气，一声不哼，仔细打量场心两人的长相，瞧清了使刀的汉子，不过二十出头，倒吊眉，三角眼，一脸横肉。使枪的一个，大约三十开外，一脸红糟疙瘩。两人虽都长得雄壮，步下却显出漂浮，看出没有多大武功。他看清了两人长相，正在肚内打主意，忽见人圈子里，挤进一个人去，大踏步已向两人走去。

这人一身庄稼汉的装束，神枪萧士贵一看便认出是左臂金刀王振明，不觉吃了一惊："嗯！怪不得这两个小子，提出了'左臂金刀'的名号，原来老王也在人圈子内，老王真沉不住气，'小不忍则乱大谋'，和这两个无名小卒斗什么劲儿。"他正在肚内思索，左臂金刀王振明已挤入场心，和两人对了面。

王振明赤手空拳，改装着灰扑扑的庄稼汉样子，那柄厚背金刀，也没带着，一到场心，一声冷笑，指着两人说道："两位自己报名号，一位是神枪，一位是左臂金刀，佩服之至，在下虽然是个庄稼汉，也曾走南闯北，从小也曾练过几手庄稼笨把式，却还没瞧见过神枪是怎么使的，左臂刀是怎么样的刀招，在下斗胆，要向两位请教几手高招儿，尤其是这位左臂金刀，我先请教几手。"

王振明说时，眉立目瞪，已经怒形于色，那使枪、使刀的两人，一齐向后一退，似乎面现惊慌，四面狼顾，围着圈子的人们，也交头接耳，齐向王振明身上注目。

这当口，忽听得人圈子内有人高声喝道："岂有此理，人家外乡人，到这儿凭功夫敛点盘缠，你想在这儿拔闯，可不成!”喝声未绝，唰地从人堆里纵出一人，身形矫捷，一点足，已立在两人的面前，指着王振明喝道，“朋友，你省点事吧，请你转告姓铁的，缩着脖子办不了事，咱们在这三天内见真章。”

王振明一瞧这人，也是赤手空拳，长得瘦小枯干，形若猿猴，一对满布红丝的怪眼，凶光灼灼，骨碌碌乱转，而且一张嘴，竟开门见山，说到正文上去，不禁冷笑道：“足下是谁？我先请教个万儿。”

这人笑道：“我是谁，你是谁，到时自会明白，我也犯不着告诉你，如果你不服气，想在这儿找没趣，我定奉陪。”

王振明大怒，霍地一退步，便要放对，忽又听得人圈子外一声猛喝：“且慢!”王振明和那人一齐转脸向喝声所在瞧去，只见一条身影，飞鸟一般，掠过簇拥的人头，落入场心，一停身，王振明才瞧出是神枪萧士贵。

他一进场，立向王振明一使眼色，转身向那人抱拳笑道：“足下，大约是严四爷的贵友，请你转告严四爷，姓铁的没缩着脖子，特地在这儿，恭候姓严的大驾，因为严朋友在这条线上还没安窑，没有准住处，没法找他，但是好朋友总得朝晚会面，才能说到一块儿去，足下既然说过三天内见真章，姓铁的便在此恭候三天，就请你费神，转告一声，此刻双方正主儿都没在这儿，天大的事，也白费唾沫，相见有日，我们暂先告退。”说罢，一拉左臂金刀王振明，挤出人圈子回兴隆栈去了。

神枪萧士贵、左臂金刀王振明，借题收场，挤出人圈子，一个蹚子手牵着萧士贵骑的马踅过来，萧士贵一摆手，和王振明匆匆回转兴隆栈，和铁龙媒一说镇上卖艺是五虎旗贼党情形。

铁龙媒说：“看情形，这镇上埋着不少暗桩，萧兄真行，向贼党交代这几句话，有底有面，最好没有，我想着贼党们定在巴巴坳安身，我想渡过赤水河，到巴巴坳去探他一下，如果严老四在那儿，我马上和他见个真章。”

萧士贵摇着头说：“依我想，此时严老四不会在巴巴坳的，大约连多臂熊都不会待在窝里，你想，巴巴坳这地方，离这儿不近，隔着赤水河，我们已经平平安安地过来，既然已经过来，可见贼党们定然在我们前途想主意，人手也必调在我们前途，绝不会在我们后路有所图谋。他们全神贯注的，定然在这批银两身上，我相信前站虎口坪落窝镇一带，是贼党想下手的所在，刚才我故意针对着那个瘦猴子的贼党所说三天见真章的恐吓话，说出三天内恭候姓严大驾，贼党明白这三天内，他们只能干瞪着眼，没法动我们镖趟子。贼党既然说出三天见真章，严老四不能不在这三天内和我们对面，否则，他们便栽了，我们却可借此以逸待劳，姓严的一露面，先商量他们有什么扎手人物，敢这样目中无人，说是三天，也许今晚便见分晓，所以二镖头千万不要轻出，到巴巴坳更不必去。”

萧士贵说得很有道理，铁龙媒听得不住点头，准定依言办理。

这当口，一个蹚子手进屋来说：“镇口卖艺的几块料，在萧师傅用话交代以后，偃旗息鼓地走了。我们暗暗缀着瞧他们上哪儿去，敢情北面离镇二里多远，拐过一重山弯子，钻入一片森林，便瞧不见他们身影了，我们爬上高处向林后望去，才看到林后山脚有座孤零零的庙宇，大约贼党们藏在庙内了。我们退出来，向路人打听，才知那地名，叫作‘关王庙’。”铁龙媒便说：“贼党们偷去的镖旗，也许藏在这庙内，我们……”

一语未毕，又有一个蹚子手趸进来，指着隔壁，悄悄地说：“此刻裕昌二老板带来的伙计，在前面和柜上闲谈，一个住在我们这一排左尽头，靠墙一间屋内的单身客人，满身江湖气，步下也很矫捷，踅到柜上，故意有一搭没一搭地和那伙计攀谈，我看这人路道不对，我们得留神。”

萧士贵说：“好，待我瞧瞧去。”说罢，走出屋来，蹚子手跟在身后。

萧士贵出屋走得没几步，对面前门影壁后转出两个人来。身后蹚子手悄悄地说：“那面进来穿灰布长衫的汉子便是。”

萧士贵举目一瞧，灰布长衫的客人，和一个身背长形包袱，一身短打扮的壮汉，并肩而走，匆匆穿过空地，斜着往左尽头客房内进去了。空地面积不小，相隔尚远，一时没看清面貌，只觉两人行动之间，一望而知是练家子，便回身进屋，和铁龙媒密计今夜防备五虎旗党徒的事。

傍晚时分，鸳鸯拐乔刚、通臂猴赵旭东，以及几个蹚子手，都先后回栈来，没有多大收获，零零碎碎地凑集起来一点消息，可以证明在这摩泥站一带，定藏着不少贼党，监视着镖趟子的动静。

这天晚上，当然戒备森严，预防贼党再生花样，可是直到天亮，毫无动静，红日高升，镖师们这颗心才安定下来。大白天不会出事，大家可以补一觉。和铁龙媒同屋的是神枪萧士贵，铁龙媒有事在心，也只眯睡了一会儿，便下了床，一看侧首床上的萧士贵打着呼鼾，不去惊醒他，走出屋门，站在空地上，瞧着场上盘着的镖银车辆，默默出神，心想今天已是第二天了，再过一天，不论前途五虎旗布着天罗地网，也要起镖往前闯。五虎旗在这条道上，并没扎住根，只有巴巴坳是他们同党，过巴巴坳这段路时，他们不敢伸手劫镖，可见力量不足，在这儿露一手偷旗换旗，是狗盗鼠窥的举动，算不了什么，正唯这样，可以看出五虎旗无非虚声吓人，想把我们吓下去，其实他们实力不充，虚张声势，根本不敢在前途劫镖的，我们萧大哥谨慎过夜，依着我，镖趟子这时已到前站落窝镇了。

他正想着，忽见裕昌二老板带来的伙计，从前面柜上进来，手上拿着一封信，直向铁龙媒奔来，到了跟前，把手上信送与铁龙媒，嘴上说："那面客房内住着的一位客人，此刻在前面柜上，算清账目走了，走的当口，托我把这封信，送与二镖头，不知什么意思？"

铁龙媒一听，便知走的客人，定是五虎旗一党，接过信来，信皮上写着："飞龙镖局铁二镖头亲拆。"先不拆信，向伙计说："大约是朋友转辗托交的。"说罢，拿着信转身进屋，悄悄拆开一瞧，只见信内写着："明晚二更，请驾临镇北山弯关王庙一叙。"两句话，下面并没具名。

铁龙媒把这信封向怀内一揣，预备不让四位镖师知道，决计到时独自前往，和贼党会面，这是他艺高胆大，没有把五虎旗看得十分厉害，一半也想到兴隆栈内镖银，也得有人看守，自己和四位镖师，一股脑儿五个人，干脆自己一人担当，留四人在栈内看守镖银，免得顾前不顾后，倘能凭自己一身本领，把贼党们制服下来，索回双龙旗，从此这条线上，我铁龙媒便闯开了威名，自己不出马，也可以太平走镖了。

五虎旗既然约在明晚会面，这第二天的晚上，当然太平无事，四位镖师和蹚子手们，不知铁二镖头怀里揣着那封信，依然抖擞精神，通夜防备，铁龙媒却抱头大睡，自养精神，预备第三天赴关王庙之约。神枪萧士贵等几位镖师，瞧得铁龙媒忽然托大起来，独自高卧，未免暗暗纳罕，可是这一夜，又风平浪静地过去了。

次日，铁龙媒一起床，大家用过早点，便催促四位镖师上床安睡，说是："今晚是贼党夸口，三天见真章的最后一天了，诸位昨夜熬了一夜，务必在白天多睡一会儿，养足了精神，才能在今晚上严密戒备。过了今夜，贼党们如无动静，伎俩已穷，我们也没法老在这儿停留，决计要起镖登程，失去的镖旗，待镖银到了地头，卸了干系，回头来再想法。”

大家一听，这话也对，贼党们既然有三天见真章那句话，这最后一晚，未必能再平安过去，大家真得养养精神，便让铁龙媒一人在白天照料，都上床安睡了。

铁龙媒等他们上床以后，暗地向跟缀镇口卖艺的两个江湖汉子到关王庙的蹚子手，细问关王庙路径方向，暗暗记在心里，到了吃过晚饭，等到快近二更时分，几位镖师和蹚子手们紧张万分，全神贯注在空场镖车上了，铁龙媒却在屋内，包头裹腿，带着自己得意的兵刃，连环锁骨龙须鞭，挎着镖袋，暗藏那张五虎旗，走出屋来，把神枪萧士贵拉到围墙根背暗处所，向萧士贵说：“你们只顾在栈内留神，我此刻到外面四近暗查一下，且看贼党们从哪一面溜进来，如有动静，马上回来，通知你们。”说罢，便越墙而出。

神枪萧士贵不疑有他，也就没有跟去，不料过了半个更次，还没见铁龙媒回来。萧士贵怕铁龙媒孤身遇敌，双拳难敌四手，正想和人商量，鸳鸯拐乔刚急匆匆地走到跟前，便向他说：“此刻裕昌二老板带来的伙计，和我们说闲白儿，说起昨天一个客人临走时，托他转交二镖头一封信，这事你知道么?”

萧士贵一听这话，跺着脚说：“坏了！二镖头心高气傲，得着五虎旗贼党们的诡信，瞒着我们，单身和贼党们决斗，不好！我们快齐人，打接应。”说罢，向空场上一打信号。

左臂金刀王振明、通臂猴赵旭东，以及几个心腹蹚子手，都奔了过来，一听萧士贵说出铁二镖头冒险独行，一齐吃了一惊。

一个蹚子手吃惊似的说：“嗯！我明白了，二镖头定是奔镇北关王庙去的，怪道在白天当口，二镖头向我仔细探问关王庙方向和路径，准定上这条路走的，事不宜迟，我们快接应他去!”话刚出口，忽听大门口一阵蹄声，及门而止，便见前门柜房过道上，影绰绰三个人越过墙壁，踏上空场，步趋如风地向这面走来。人还没看清，守着镖车的蹚子手们，已喊着：“嘿！吴师父，你来得真快呀！那边站着讲话的，便是萧师父们。”

萧士贵等听出来的是吴少峰，大喜之下，一齐迎了过去。只见吴少峰身后，跟着一位威仪出众的伟岸大汉，还有一位却是朱唇素面、婀娜刚健的妇人。三人一色长行急装，背着随身包袱。

双方一对面，吴少峰慌替众人介绍，指着跟来的一男一女说：“这位是前任荆门游击公孙龙将军，这位是公孙夫人，和我们总镖头、二镖头是同门嫡派。”一面又替公孙龙夫妇介绍四位镖师。

这当口，神枪萧士贵已急得要命，慌拦住吴少峰介绍的虚文，赶快把铁龙媒私下单身冒险的事说了出来。吴少峰大惊失色，慌问去了多少时候。

萧士贵说：“大约有半个更次。”

吴少峰还没张嘴，公孙大娘把背后包袱一卸，向吴少峰说：“此刻没有说闲话的工夫，快找人领我们寻铁师哥去。”一面说，一面解开包袱，取出兵刃。公孙龙、吴少峰也照样准备好自己兵刃。

萧士贵把到过关王庙的蹚子手找来同去。乔刚、王振明、赵旭东争着同去，经吴少峰拦住了，留三人在栈内看守镖银。去关王庙的是公孙龙、公孙大娘、吴少峰、萧士贵四人，以及做向导的一名蹚子手。

四人这一去，铁龙媒正在那儿浴血拼斗，已经遍身创伤，危在旦夕，从此也引起了无边的惊涛骇浪，公孙龙夫妇也转入旋涡之中。

第 三 集

前　引

上集写公孙龙夫妇早年不得志于宦途，弃官应本门师兄铁龙藏之邀，进川主持泸州飞龙镖局联号，开拓川滇镖业。夫妇抵泸时，适值铁龙藏之弟，二镖头铁龙媒，已从昆明率领四名镖师，押着四万两白银，抵达川南首镇摩泥站，在兴隆站内，被川中巨盗五虎旗党羽，偷旗换旗，下书挑战。铁龙媒深夜单身赴险，被镖师萧士贵觉察，正在与众密商赴援，吴少峰与公孙龙夫妇得信赶到，立时同往关王庙接应，于是展开本集接写之怒涛海浪，而公孙龙夫妇与五虎旗怨仇固结之由，亦于本集内书其始末。

第一章　龙虎斗

五虎旗党羽约会地点，在摩泥站镇北二里多路，二镖头铁龙媒艺高胆大，单身赴会。于将近二更时分，推说侦察就近贼踪，越墙而出，却喜月色皎洁，可以辨路，便向镇北直奔。这时街道上已无行人，二里多路，眨眼即到。

铁龙媒在快到关王庙相近的山嘴子上，从腰里松下连环锁骨龙须鞭，脚步放缓，四面留神，拐过一重山脚，前面一片松林遮路，来时已向蹚子手问清楚，要穿过这片松林，才到关王庙地头，夜静林黑，预防贼党暗算，正想施展小巧轻身之技，潜踪隐身而进，忽听得对面林口一株松树上，唰啦一响，一条黑影，蹿下树来，在树林中间一条小道口立定身，向这面招呼道："来的是飞龙镖局铁二镖头吗？在下严四虎，特地在此恭迎大驾。"

铁龙媒一瞧，敌人已经亮面招呼，未便再隐起身来，这种场面，更不能示怯，留神对方手上未拿家伙，便把手上连环锁骨龙须鞭，向腰里一缠，一个箭步，纵到严四跟前，抱着拳说："落窝镇真人庙一会，久存拜访之心，此番出来，沿途也曾探访，得知四爷在这条线上，尚未安窑，没法前去拜访，不料承蒙四爷下书相邀，这是求之不得，所以此刻如约赶来求教了。"

严四虎呵呵大笑道："二镖头还没忘记真人庙一会，又有意寻找在下赐教，这就好办了，此地非谈话之所，我来领道，二镖头，请！”说罢，侧身走入林内小道，当先领路。

铁龙媒走在他身后，看他背着一对镔铁方棱竹节鞭，分量大约不轻，腰里围着一圈一巴掌宽的皮套子，大约飞刀之类，铁龙媒坦然不惧，跟着他穿过黑层层的一片松林，穿出松林，月光照处，对面孤零零一座庙宇，庙后贴着岩腹，前面山门左右，圈着短短的一道红墙，庙虽残破，尚存规模，山门内古柏参天，似乎有一大片空地。严四虎把铁龙媒领到山门口，自己往旁边一站，表示让客先进。铁龙媒不再客气，昂头直入。

跨进山门，果然是片空地，中间一条甬道，直达大殿，四面围墙根一株株多年老柏，虬枝四攫，森森如龙蟠凤舞。中间甬道上，月光铺地，浑如凝霜，那面大殿台阶下，高高低低挤着一大簇人，手上都拿着长短家伙，瞧见了严四虎陪着人进门，这群人立时散开，向这面迎上来，一眼望去，竟有七八位之多，大殿内还藏着人没有，一时还瞧不出来。

铁龙媒故意转身向严四虎笑道：“嘿！今晚约会，想不到惊动了这许多贵友。”

严四虎当然听得出这是卖味，话里含骨，意思是说你们想人多为胜，便是摆着刀山油锅，我铁龙媒单刀赴会，何足惧哉！

严四虎却不拾这茬儿，脚下赶紧几步，越过铁龙媒，向那班人一招手，大声说：“铁二镖头赏光下降，诸位请过来，我替你们引见引见。”

两面一凑近，铁龙媒在这班人里面，只依稀认得其中一个高个儿，是真人庙会面过的多臂熊，其余一个都不认得。

严四虎立在中间，指着多臂熊说：“这位巴巴坳大当家，二镖头会过面的。这一位便是巴巴坳二当家坐山雕。”

铁龙媒朝他指着的人一瞧，是个瘦小枯干，活似猴儿的一个凶汉。

严四虎引见了多臂熊、坐山雕二人，又向人丛中一点手，喊着："五弟！你过来会会飞龙镖局铁二镖头。"

铁龙媒一听是他兄弟严老五，举目细瞧，只见严老五是个二十左右模样的少年，长相和严四虎差不多，一脸霸悍凶骄之气，溢于眉宇，背上一柄长剑，腰下一具鹿皮囊，大踏步走了出来，只向铁龙媒点点头，立时直眉瞪眼地一声冷笑，却向他哥哥说："四哥，你也不必挨个儿报名报姓了，没的白耽误工夫。一句话抄总，此刻在这儿向飞龙镖局要真章，讨回话的，都是这条线上响当当的好朋友，飞龙镖局想在这条线上发大财，扯旗号，只要在这条线上，几位好朋友面上有交代，我们一定捧场。此刻我们在此恭候，便是要听姓铁的一句话了。"

严老五年轻火性大，立时当面叫破，简直把铁龙媒没有看在眼里。

铁龙媒还未答话，严老四接着说了句："老五说得也对，巧言不如直道，我想镖局这一行，吃的也是面子饭，双龙镖旗想在这条道上顺水顺风地过去，没有捧场的朋友是行不开的。二镖头！我严四血性交朋友，也只顶到这儿了。"

铁龙媒微微一笑，双拳一抱，朗声说道："严四爷和诸位一番意思，我姓铁的感谢不尽。不错，干镖行的，全仗着好朋友帮衬，哪一条道上都有好朋友，朋友不怕多，走到哪儿交到哪儿，此番在下第一次跑这条道儿，巴不得交几个肝胆相共的好朋友。不过人有脸，树有皮，诸位既然存心交友，不该先来一手'偷天换日'的把戏，这不是存心交友，明明是先下手摘人家的牌匾，我替诸位可惜！这一手，却把诸位血性交友的好意埋没了。"说罢，伸手从怀里掏出那面五虎旗，迎风一展，高声说道，“严四爷，我也百言抄一总，不论哪一位，此刻跟我到兴隆栈内，把我们双龙镖旗，怎样换去的，照样换回来，叫姓铁的有脸说话，才能有脸交朋友。诸位能够这样赏脸的话，姓铁的定有一番心意，报答诸位，在下言尽于此，静听诸位一句话。”

铁龙媒说得斩钉截铁，而且目光四射，神威凛然。铁龙媒说出这番话时，严四虎微一沉思，尚未答话，他背后突然有两人越众而出，一个满脸长着紫云斑，五短身材的叫作没影儿刁冲；一个黑漆脸，高个儿，短髯如戟的叫作黑煞神郝炳，这两人是川贵边界木樨铺山内的苗匪首领，也是五虎旗严老四结识的朋友，在兴隆栈内，扮作客人，暗探镖局动静，临走托裕昌钱庄伙计转交那封信的，便是黑煞神郝炳。

当下两人越众而前，没影儿刁冲左肘隐着一柄翘尖轧把单刀，右手指着铁龙媒喝道：“姓铁的，你太目中无人，你们镖蹚子一路从毕节过来，经过我们木樨铺地界，耀武扬威地喊着镖蹚子，这是故意折辱我没影儿刁冲和我们这位黑煞神郝大哥的名头。我们两人不服这口气，才一路跟来，凑巧巴巴坳两位当家和严四爷弟兄俩也驾临此地，我郝大哥在兴隆栈内存身，把你们看得一清二楚，我姓刁的略显神通，便把你们双龙镖旗取到手内，换上五虎旗，这是先送一个信，叫你姓铁的以后不要目中无人……明人不做暗事，五虎旗换双龙旗，是我姓刁的干的，你要取回双龙旗，这很容易，刚才严四爷、严五爷两位，话已点明，只要你懂得交朋友，办得漂亮，马上把那面双龙旗当面交还，现在你倒想得好，八字不见一撇，先叫我姓刁的栽个大的，把那双龙旗原手奉还，天下哪有这样容易事？你姓铁的有多大本领，敢这样卖狂？空口说白话，当不了事，我姓刁的得请教请教终南派门下的高招儿。”说罢，霍地一退身，刀交右手，左手指着铁龙媒喝道，“来，来，咱们手上分高低。”

严四虎慌向中间一插手，大声喊道：“且慢，刁当家且莫性急，我想铁二镖头四海交友，一点就透的外场朋友，我严四虎也是血性交友的人，一碗水往平处端，今晚请铁二镖头到此，无非邀集这条线上有头有脸的几位朋友，大家见见面，一遭生，两遭熟，彼此说开了，此后飞龙镖局在这条线上走镖，彼此都有照应，极不愿吹胡瞪眼，彼此伤了和气……我想铁二镖头不至辜负我严四虎这片好意，这事还请二镖头再思再想。如果想凭功夫硬打出天下来，不是我严四嘴冷，一根铁能捏多少钉？天外有天，人外有人，刀枪无眼，何必拿性命当儿戏呢？”

严四虎狡谲过人，听着他这几句两面锋的话，好像和事佬一般，骨子里却威吓着铁龙媒，点醒他双拳难敌四手，还不如分财消灾，用钱买路。

偏碰着宁折不弯的铁龙媒，一阵冷笑，大声说道：“我姓铁的把话早已说明，只一句话，双龙镖旗不替我照样换回，我姓铁的没法交朋友，姓铁的满身都是刀枪眼，如果惧怕你们人多势众，也不会单枪匹马和众位见面了。”

严四虎一听铁龙媒口风决绝，面色一变，厉声喝道：“好！姓铁的，你休后悔。”说罢，向旁边一撤身，没影儿刁冲单刀一晃，喊了一声：“好愣小子，舍命不舍财，你就拿命来吧！”喊声未绝，身子往前一欺，一个“猴猿献果”，刀随身进，雪亮的刀尖，已向铁龙媒胸口点到。

铁龙媒连环锁骨龙须鞭，还缠在腰上，来不及解下，向左微一闪身，刀已落空，人已到了刁冲身旁，铁臂一分，左掌向刁冲右膀虚按，右手骈指如戟，直向他后腰凤尾穴点去。

没影儿刁冲一看铁龙媒身法太快，暗吃一惊，慌不及抽刀旋身，急使一招“顺水行舟”，顺着旋身之势，单刀向自己身侧一掠，想封住门户，不料铁龙媒如影随形，绝非平常功夫，业已跟着他旋身之势，到了他的身后，一腿起去，正踹在刁冲屁股蛋上，把刁冲踹得一个狗吃屎，跌出六七步去，正跌在严四脚下。

黑煞神郝炳一声大吼，从严四身后蹿出，手上一支花枪，扑噜一响，枪尖下血挡一铺，一个“毒蛇寻穴”，枪锋正向铁龙媒左肋下直刺过去。这时铁龙媒已解下连环锁骨龙须鞭，一看枪到，左脚向外一滑，身形一转，右手龙须鞭向枪杆上一搭，看着是条软鞭，分量可不轻，黑煞神郝炳立时觉得臂上一震，正想抽枪换招，哪知铁龙媒这条连环龙须鞭，有特殊的招数，郝炳一抽枪，铁龙媒一上步，略使手法，一个“乌龙盘柱”，连环龙须鞭好像活的长虫一般，已把枪杆绕住，随着抽枪之势，一送一掣，猛喝一声：“撒手！”黑煞神郝炳虎口业已震裂，鲜血直流，一支枪已被龙须鞭掣出手去，直甩落一丈开外，斜插在墙根柏树下了。

没影儿刁冲、黑煞神郝炳都没几个照面，便惨败于铁龙媒之手，第一个严五虎煞气满面，怒火上升，反臂拔下背上长剑，巴巴坳二当家坐山雕拔出腰上两柄短把紫铜瓜形锤，都要争先下场。

这时铁龙媒一展连环锁骨龙须鞭，一阵狂笑，指着两人喝道：“不必争先夺后，有一个算一个，今晚我姓铁的要较量较量这条线上的好汉。”话刚出口，忽听得右面围墙上，阴恻恻的一声冷笑，一条黑影扑下墙来，一落地，倏又腾身而起，像怪鸟一般，直蹿到铁龙媒身前五六步开外，先不理会铁龙媒，却向严四一抱拳，说道：“四爷！你送信去时，我没在家，来迟一步，恕罪，恕罪！”

严四慌答道：“蒋大哥！到得不晚。”说罢，又向铁龙媒一指说，“这位便是飞龙镖局铁二镖头，好言劝不醒钝根人，一定要见见真章，真是没法。”一转脸，又向铁龙媒说，“铁二镖头，你夸下海口，存心要较量较量这条线上的好汉，不瞒你说，这条线上，藏龙卧虎，有的是高人，就怕你要弄到灰头土脸，别的不说，我们这位蒋大哥，便是这一带鼎鼎大名的真武山蒋飞狐。”

蒋飞狐现身时，铁龙媒早已瞧出这人长得怪相，好像飞贼一流人物，看年纪大约已在四十左右，长得五短身材，瘦得见棱见骨，一对鼠目，灼灼放光，两撇黄鼠狼的怪须，配着一张削骨脸，满脸露着凶狡之相，一身对襟密扣的暗蓝夜行衣，肩背后斜系着一个薄薄的包袱，大约是白天遮体的长衫，腰下又挂着一个鼓鼓的皮囊。

严四虎一替他提名报号，铁龙媒正要答话，蒋飞狐一对鼠目向铁龙媒盯了几下，抱着拳说：“久仰飞龙镖局铁氏双雄，幸会幸会！刚才我在墙头，听到铁二镖头，夸下海口，有一个，算一个，存心要较量较量线上朋友，我蒋飞狐在这条线上是无名小卒，既然会上高人，也得算一个。好！我不自量力，也要请教请教铁二镖头的鞭法了。”说罢，一哈腰，从两腿鱼鳞绑腿布里面，抽出一对尺许长的精铁判官笔来，两手拿着判官笔，一前一后一分，左笔掩胸，右笔藏背，身形一矮，便欺前身来，嘴上喝着“铁二镖头请赐招”，其实他自己的招数已经出手，一个“玉女穿梭”，左手判官笔一晃，右手判官笔已到铁龙媒左肩下，取的是侧势，点胁穿腰，疾如电闪。

蒋飞狐一出手，铁龙媒便知这人功夫不弱，能够用判官笔，十九懂得点穴，一看敌人招到，不敢怠慢，喝声“来得好”，微一退步，右肩一抖，连环锁骨龙须鞭“回风舞雪”，呼呼有声，向蒋飞狐臂上连砸带缠，蒋飞狐霍地一转身，双笔向鞭身一驳一压，乘势进步化招，变成“猛鸡夺粟”，上点双睛，下撩胸胁，双笔翻飞，虚实互用，一连好几下，招疾势猛，尽是进手招数，换一个功夫差一点的，真还招架不住。铁龙媒却见招破招，应付有余，手上一条连环锁骨龙须鞭，展开得心应手的招数，软硬兼全，真像活龙一般。

转瞬之间，两人对拆了二十余招。蒋飞狐才明白铁氏双雄名不虚传，铁龙媒手上这条龙须鞭，招数精奇，泼水难进，自己用尽绝招，也半点得不到便宜，时候一久，自己难免落败，一面招架，一面便想毒计，凑巧铁龙媒手上龙须鞭，正从一招“乌龙摆尾”，化为“枯树蟠根”，龙须鞭宛如串地蛇一般，向蒋飞狐脚跟扫去，蒋飞狐一顿足，哧地飞身而起，铁龙媒早料定他要飞身躲鞭，一上步，右腕一抖劲“潜龙升天”，龙须鞭跟着蒋飞狐两腿绕去，蒋飞狐喊声“不好”，两腿一拳，两臂向上一抖，一个“细胸巧翻云”，身子翻落一丈开外。虽然被他躲过这招险招，可是腿肚上已被龙须鞭头上的两根龙须刮了一下，已经皮破血流，落下地来，一个趔趄，几乎跌倒，闹得面红气促，心头乱跳，一咬牙，伸手向胯后鹿皮囊一探，正想施展他独门厉害暗器，硫黄飞焰弹，还没出手，严老五一声大喝：“瞧我的!”长剑一挥，一个箭步，已拦住铁龙媒，劈面直刺，唰唰几剑，宛如疾风暴雨，恨不得一下子把铁龙媒刺个透心窟窿，无奈铁龙媒一条龙须鞭力沉招稳，轻易露不出破绽来，剑来鞭去，立时展开一场恶斗。

铁龙媒连战四人，连喘气工夫都没有，这时又碰上了心黑手辣的严五虎，年纪虽轻，手上一柄长剑，展开峨嵋派青萍剑法，以轻灵迅捷见长，颇见功夫，但铁龙媒已得终南派真传，手上龙须鞭鞭招巧妙，而且秉性刚强，奋起神威，誓欲力战群寇，夺回双龙镖旗，绝不作退缩之想，这一来，已成拼死决斗之局。

既凶且狡的严老四，在一旁看清这局势，已难善休善罢。铁龙媒功夫真纯，想凭单打独斗，一时不易制住他，便是自己下场，也未必稳操胜算，时候一长，难免有救兵到来，一不做，二不休，说不得暗箭伤人，先把他毁了再说。

严四虎恶胆陡生，并不知会别人，两手叉腰，暗扶腰间一圈皮套子内一排锋利无比的柳叶飞刀，假作观战，向交手所在欺近前去。这时铁龙媒和严老五血战多时，严老五形如恶煞，被铁龙媒一条龙须鞭裹住，拼斗了片刻，已有点手忙脚乱，铁龙媒也是怒冲牛斗，恨不得一鞭把严老五撂在地上，一面拼斗，一面却也时时留神贼党举动，未免分点心神，偶然一眼扫到严四虎举动有异，见他步步欺近前来，便留上了神。

这时严五正被他一招“怪莽翻身”，顺势变为“玉带围腰”，把严五逼得连退几步。铁龙媒又一进步，单臂一抡，倏变为“太公钓鱼”，鞭带风声，呼地向严五顶上便砸，招劲势足，严五不敢用剑硬搪，一个“老子坐洞”，又向后一撤身，铁龙媒鞭随身进，向前一逼，严五门户已有点封不住。旁边的严四虎一声不哼，突然两手一扬，两柄柳叶飞刀，左右交飞，业已脱手，变成两缕白光，疾逾流星，从侧面分向铁龙媒上下盘袭来。

这时铁龙媒虽然形同疯虎，精神依然处处贯彻，眼神到处，倏地一个“霸王卸甲”，随势掣鞭一扫，咔叮两声，竟把两柄柳叶飞刀扫落，一长身，指着严四喝道：“无耻小辈，竟敢暗箭伤人。”一语未毕，对面严五早已剑交左手，右臂连抬，竟用凤凰三点头的手法，发出三支丧门钉，同时严四又是两柄飞刀出手，两兄弟不顾一切，立下毒手，而且五件暗器，手法都非寻常，从正面、侧面按上中下三盘一齐袭到。铁龙媒久战之下，未免稍差，使尽身法，只闪开了上中两盘，哧的一支丧门钉，已穿在左脚小腿肚上。

铁龙媒只一声冷笑，龙须鞭一交左手，自己腿上的伤，看都不看，右掌一扬，两枚金钱镖，分向严四、严五击去，不料自己金钱镖刚发出，背后风声飒然，暗器又到，疾向斜刺里一塌身，“回头望月”闪过一支甩手箭，才看出是坐山雕从身后暗袭。而且在一霎时之间，贼党们已四面散开，把自己围在中心，猛然警觉，自己腿已受伤，双拳难敌四手，贼党不顾羞耻，依仗人多为胜，竟想用暗青子攒击，这可防不胜防。心里一转，预备奋勇杀出重围，刚一提气，向黑煞神郝炳面前一蹿，抡鞭当头一砸，这是虚势，原想乘黑煞神闪身当口，纵到墙根，越墙而出，不料贼党人多计狠，受伤的蒋飞狐暗藏墙根树后，倏地一现身，左右开弓，两手齐发，两颗硫黄子母飞焰弹，迎风发火，已向铁龙媒当面袭到。

这是铁龙媒所没预防到的，这人竟会使用这种歹毒暗器，腿上已穿着一支丧门钉，毕竟受制，一个躲闪不及，一颗火弹已中胸口，立时火星飞爆，灼肤烧衣，慌不及肩头着地，向地上一滚，压灭火星，一个鲤鱼打挺跳了起来。人还没有立稳，哧哧哧，四面暗器交飞，霎时背上又中了一飞刀。

铁龙媒真是铁打汉子，兀是不倒，一声狂吼，不管不顾，挥鞭护体，向蒋飞狐跟前直冲过去，这时铁龙媒形如恶煞，存心拼命，抱着杀一个够本，杀两个是赚的主意，蒋飞狐被铁龙媒目光所慑，有点气馁，慌不及一闪身，铁龙媒已蹿到围墙跟前，提着最后一口气，尽命往墙上一蹿，脚已落到墙头，不料下面又是两件暗器上身，后腰和后腿弯上又中了两柄飞刀，再也支持不住，身形一晃两晃，栽下墙来，一倒地，竟又一跃而起，背贴着墙根，屹然站住，两手把连环锁骨龙须鞭，当胸一横，通红的两眼，突得鸡卵一般，注定了渐渐逼拢来的一群贼党，牙根咬得咯咯山响。嘴角上却挂下几缕鲜血来，胸前被子母飞焰弹烧伤了一大块，腰上、背上、腿上插着三柄飞刀，一支丧门钉，全身已和血人一般，形状可怕已极，兀是神态威猛，卓立如山，向他一步步逼拢来的贼党们，从来也没瞧见过这样铁汉，竟有点骇然却步，趑趄不前。铁龙媒哈哈一阵狂笑，音惨而厉，连狡凶的严四、严五两兄弟，听得也有点毛骨森然。

这时，年轻气粗的严五突然大声喊道：“擒虎容易放虎难，还不下手，等待什么!”剑光一闪，一个箭步蹿了过来，站在铁龙媒面前，也只三四步距离，严五却先不下手，左手一指铁龙媒喝道，“姓铁的，我四哥几次用话点你，你偏刚愎自雄，口出狂言，竟想依仗本领，独霸川滇镖路，这是你舍命不舍财，自己找死，怨不得我们心狠手辣，现在我严五爷来成全你，送你上鬼门关，你就认命吧!”

这时铁龙媒已经力尽神危，身子不倒，全仗着后背贴着围墙根，早失抵抗之力。严五几句话一完，凶睛一暴，大喝一声：“看严五爷取你心肝!”右臂一抬，分心便刺。

不料在严五剑锋一平，还没递到铁龙媒胸前当口，突然铁龙媒头顶的墙头上，一声怒叱：“叫你先死!”

便在这一声怒叱中，严五忽地一声狂吼：“哎哟!”左手一捂自己面孔，右臂一横，用剑护面，还来不及身子往后倒退，墙头上一条黑影，带着一条剑锋的冷光，活似怪鸟一般，向严五身上扑了下去。严五两眼已受重伤，已和瞎子一般，来人身法太快，疾逾飘风，恨他凶狠，存心致他死命，严五连躲闪工夫都没有，又是一声惨吼，一道冷冷的寒光，直贯胸膛，已把他钉死在地上了。

这样兔起鹘落，原是眨眼之间的事，而且出于严四、蒋飞狐等一班贼党以外的事，待得贼党们看出事出非常，铁龙媒来了救星，严五已先遭殃，死在铁龙媒面前。

原来赶到救应的，正是从兴隆栈出发的公孙龙夫妇和吴少峰、萧士贵四人。四人赶到关王庙，已晚了一步，铁龙媒已遍体重创，仅存一息，还算不幸中之幸，他们一到关王庙门口，便听得庙内情形不对，疾向两面墙根一分，各自越墙而进。

公孙大娘纵上的墙头，巧不过，正是铁龙媒在墙内靠墙站立之处。公孙大娘一上墙头，正瞧见严五挺剑行凶，铁龙媒挺立受死，公孙大娘吃了一惊，这时救命要紧，急不如快，向镖袋一探，一撒手，梅叟秘传独门梅花针，已把严五双眼封住，一声娇叱，剑随人下，一个“白虹贯日”，势如电闪，一剑便把严五刺死。

离她不远，跳进墙来的是吴少峰，立时瞧出铁龙媒满身浴血，人已不支，慌不及跃近铁龙媒身边，掣下背上一对黄澄澄的熟铜鎏金锏，两臂一分，先护住了铁龙媒，嘴上却向那面墙根大喊着：“我们二镖头已被他们毁了，不要放走了这班贼党。”

原来公孙龙和神枪萧士贵是从那边围墙越进庙内，一听这话，唰唰唰，几个飞跃，向严四等一班贼党身后奔来。

这面公孙大娘柳眉倒竖，杏眼圆睁，娇喊着：“铁师哥，你瞧着！小妹替你报仇，今晚不杀尽这班贼党，誓不歇手。”

公孙大娘杀气冲天地一喊，命在呼吸的铁龙媒，居然还提着一口气，两眼还认得人，似乎已认出自己救应到来，而且看出来的竟是终南派下，矫矫不群的公孙龙夫妇，精神一振，居然还能挣出最后一点气劲，直着嗓子，大喊：“姬师妹！公孙师弟！来得好！教五虎旗贼党们认识认识我终南派的厉害……”

可怜他尽命喊出了这几句话以后，一口狂血，从嘴内直飙出来，把吴少峰后背的衣服上，喷了一身，手上连环锁骨龙须鞭立时撒手，铁塔似的身躯，立时直挫下去，像一堆土似的委在墙根下了。

吴少峰慌转身放下双锏，把铁龙媒身子从地上挟了起来，这才瞧清了他前后背上、腰上、腿上中了许多暗器，最厉害是腰上致命处一柄飞刀。吴少峰一看伤在致命，不能在此处耽延时候，得赶紧把他扛回店去救治，转眼一瞧公孙龙夫妇同神枪萧士贵，生龙活虎一般，已和群贼杀得昏天黑地，而且在这转瞬之间，贼党里面已倒下了几个，尤其公孙龙夫妇手上两柄长剑，剑招神奇，宛如苍龙戏海，把群贼打得波分浪裂。

吴少峰放了心，先把铁龙媒身子靠在墙上，解下自己腰巾，捡起地上铁龙媒撒手的连环锁骨龙须鞭，缠在自己腰上，一蹲身，把铁龙媒身子，背在肩上，再用腰巾十字绊络住，又捡起自己熟铜鎏金双锏，转身往后倒退几步，努力往墙头一蹿，竟被他翻出墙去，一路双锏护体，没命地奔回了兴隆栈。

在吴少峰扛着垂危的铁龙媒，越墙离开关王庙当口，庙内一场恶斗，更是惊人。原来公孙大娘一剑刺死严五以后，贼党们一齐红了眼，严四手足关情，更是急疯了心，拔了背上一对镔铁方棱竹节鞭，一声怒吼，便奔了公孙大娘，群贼也各舞起兵刃，围了上去。公孙大娘全然不惧，反而挺剑迎了上去。

这当口，公孙龙、萧士贵已从那面围墙进身，向贼党背后杀来，贼党里面，黑煞神郝炳抢先捡起了自己撒手的那支花枪，和使一对判官笔的蒋飞狐，一齐翻身迎敌，郝炳奔了萧士贵，蒋飞狐奔了公孙龙，这时神枪萧士贵没带着自己传名的那支点钢鸭舌枪，因为赶路便利一点，只带了一柄阔锋鬼头刀，和公孙龙跳墙一进庙内，听得那面吴少峰大喊二镖头毁于群贼之手，悲愤填膺，两眼立红，一瞧奔向自己来的贼党，使着一条花枪，一言不发，一个箭步蹿上前去，举刀搂头便砍。

黑煞神郝炳一闪身，嘴上喊着“来人通名”，手上却没闲着，一颤花枪，迎头便扎。神枪萧士贵用刀一封，哪有好气还通名道姓，立时展开进步刀招，贴着枪杆进身，一个“顺水推舟”，刀随身进，向黑煞神腕上推去，黑煞神慌不及一抽枪，枪杆一立，藏枪锋，现枪钻，向萧士贵裆下挑来。他不知萧士贵是使枪的大行家，真应了“班门弄斧”的那句话。

萧士贵一声怒喝：“咻!”一个“张飞骗马”，手上鬼头刀偏着刀锋向下一撩，忽地又向上一展，刀风飒然，反臂向黑煞神腕上剁去。长家伙最怕敌人欺近身来，黑煞神枪招使老了，一时门户封不住，急忙闪身避刀，他却忘记了手上花枪，已被刀锋逼住，不容他缓过手来，萧士贵连环进步，唰唰唰一连几刀，便逼得黑煞神手忙脚乱，顾上不顾下，门户立时封不住了。萧士贵一得手，哪还容他逃出手去？一个诱招，容得黑煞神枪招一落空，上面着力一刀背，正砸在黑煞神枪杆上，震得他两臂一麻，枪已撒手，下面腾的一腿，又实坯坯踹在黑煞神腰胯上，把他踹出五六步去，一个倒坐，蹾在地上了。

黑煞神正想挣扎着站起身来，萧士贵凶神附体一般，一个箭步赶到跟前，刀锋一递，黑煞神胸口喷血，五官一挤，立时了账。萧士贵回头一瞧，和公孙龙对敌的瘦贼，不知什么缘故，满身着火，竟在地上乱滚。公孙龙却已越过中间甬道，杀入重围，和他夫人并力混战了。萧士贵慌不及把手上鬼头刀还入背上鞘内，顺手捡起黑煞神撒手的那条花枪，在手上掂了掂，虽然嫌着轻一点，有点不称手，长家伙混战却有用，把枪一顺，哧哧哧，几个箭步，也赶了过去，加入战团之中。

蒋飞狐狡猾如狐，怎会自焚其身？原来他自告奋勇，翻身迎敌公孙龙时，一见来人威风凛凛，步法、身法与众不同，便知这人不易对付，依仗自己毒辣的硫黄飞焰弹，想来个先下手为强，把手上判官笔，向腰里一拽，左右掌心暗藏硫黄飞焰弹，越过甬道，和公孙龙相距还有丈把路，右臂一抬，劈面一颗飞焰弹掷了过去。

这种硫黄弹，只要一出手，半路上便迎风发火，如果碰着身上，火星乱爆，更易燃烧，歹毒确是歹毒，却碰着克星公孙龙。公孙龙一瞧对面来人，未到跟前，便施展这种毒辣暗器，大喝一声：“贼徒，叫你识得公孙龙的厉害。”故意不闪不避，窥准飞焰弹到了跟前，暗运内劲，偏着剑身，往外一蹦，这一蹦的弹力很大，竟把带着一溜火花的飞焰弹，蹦了回去，飞焰弹经这一蹦，火星乱爆，而且劲足势急，直射到蒋飞狐身上。

蒋飞狐万料不到自己飞焰弹会还敬过来，来不及发左手的一颗飞焰弹，急慌先耸身跳避，左臂一抬，才把另一颗飞焰弹也出手发出，但是这颗飞焰弹却落在空处了，而且飞焰弹刚发出，敌人剑光霍霍，已到面前。

原来在他闪避自己飞焰弹当口，公孙龙一点足，展开终南秘传无极剑法，一个“飞马横空”，身影如飞燕掠波，剑光如流星移座，人随剑进，唰的一剑，已到胸前。

蒋飞狐大吃一惊，慌一闪身，掣出腰上双笔，急图招架，不料公孙龙剑法虚实莫测，而且胸有成竹，剑光一晃，一个“玉带围腰”，滴溜溜圈着蒋飞狐身子一转，只听得咔嚓一响，蒋飞狐腰后挂着的一具豹皮囊，被剑锋划破了一个大口子，余锋所及，公孙龙存心要破他这歹毒暗器，略使腕力，剑锋一搅，豹皮囊内已有几颗飞焰弹，漏囊而出，一落地，迎风着火，便在蒋飞狐脚下燃烧起来，豹皮囊底没有漏出来的，从破口处进风一灌，囊内也火星立时乱爆，连豹皮囊也烧了起来。偏偏这具豹皮囊的两根皮条，紧紧地系在腰巾上，一时真还不易卸下来，闹得蒋飞狐手足无措，身法大乱。

就在他一阵惊慌失神当口，公孙龙一柄剑，并没离开他身上，哧的一剑，已贯胁而入。蒋飞狐吭的一声，身子便倒，身上的豹皮囊兀是越烧越旺，脚下跌落的几颗飞焰弹，也把地上枯草烧了起来，蒋飞狐身已重伤，又受火攻，忍着痛在地上乱滚，想把身上火烧之处，赶快压灭。这时他不是飞狐，将要变成火狐了。

蒋飞狐这次遭了现世报，在地上挣命乱滚当口，公孙龙一抬头，瞧见自己夫人，被五个贼党，围着厮杀，同时瞧见自己夫人身后那面墙根，吴少峰扛着铁龙媒，已经越墙而出，慌不及剑诀一领，一提气，双足顿处，一个“伏龙腾空”，往前蹿出一丈六七，从群贼身后，杀入重围。

围着公孙大娘厮杀的贼党，是严四虎、坐山雕、多臂熊、没影儿刁冲，还有两个各使一柄单刀，未报姓名的贼党，走马灯一般，围着公孙大娘杀得团团乱转。公孙大娘手上一柄长剑，展开内家无极剑的绝招儿，龙蟠凤舞，进退群贼之中，只听得一片叮当咔嚓之声，迎上来的家伙，都被她充沛的气劲，巧妙的剑法，洗、蹦、弹、扫、封了出去。在这乱刀交错之中，她还要避实蹈虚，声东击西，刺、扎、挑、剁，得隙即进。六个贼人，大呼小叫地围住了她，却得不到半点便宜。

群贼里面，严四虎一对镔铁方棱竹节鞭，颇为霸道，功夫也高出众贼之上，如果没有严四虎拼命厮杀，想为弟报仇的话，一班贼党早被公孙大娘赶尽杀绝了。严四虎一看六个人还战不下一个女的，偶一转身，又瞧见那面蒋飞狐和黑煞神已遭毒手，不免心惊胆寒，屡次想用飞刀取胜，无奈这样混战，反而碍手碍脚，暗器出手，容易误伤自己人，谁也没法放出身边暗器。在他吃惊当口，公孙龙和神枪萧士贵已接踵杀入重围。

这一来，公孙大娘立时缓过手来，一声娇叱，唰唰几剑，便把多臂熊和一个未识姓名的贼党刺伤。严四一看情形不对，公孙龙一柄剑向他一递招，严四手上两条竹节鞭一接招，立时觉察这人功夫不在女的之下，还有一个，夺着黑煞神的花枪，唰唰几枪，便把坐山雕逼得连连倒退，也是个定头货。看情形，今晚要难逃公道，心思急转，一声口哨，向众人递个暗号，自己挥动双鞭，护着身体，步步向墙根退去，猛地虚掩一鞭，一转身，飞身而起，跳上墙头，双鞭向左胁下一夹，右臂连抬，三柄飞刀，哧哧哧带着几缕尖风，分向公孙大娘、公孙龙、萧士贵三人袭去。三人各展身法，一阵闪避，飞刀虽都落空，却因此替交手的几个贼人，缓过一口气来。

这当口，严四虎立在墙头，并没逃走，高声喊道："双龙旗门下停手，今晚我们甘拜下风，但是冤有头，债有主，今晚的事，我五虎旗挑起来的，当然由我五虎旗一力担当。这篇血淋淋的账，错过今晚，我五虎旗还得和双龙旗见个真章，我严四虎明人不做暗事，双龙旗便是从此不走这条线上，我严四虎也誓不罢休，你们有胆量，只管找我五虎旗严四爷算账，我严四爷誓不皱眉，这几位是我邀出来的，赶尽杀绝，不算英雄。"

神枪萧士贵立时接口道："严老四！今晚你才明白双龙旗的人物吧！严老四！我还告诉你，这条道上，我们走镖是走定了，你有多大力量，只管使出来，我萧士贵一定把你这点志气，转告我们大镖头，就怕你神通有限，今晚便是榜样。"

墙头上严四虎冷笑着说："哦！你就是号称神枪的萧爷，好！我不和你动嘴皮子，借你的嘴，你就通知铁龙藏去！"说罢，又向公孙大娘、公孙龙一指，向萧士贵说道，"萧爷！这两位好本领，我得请教请教万儿。"

萧士贵略微一沉，公孙龙立时厉声喝道："告诉你又有何妨！我们是铁镖头同门，陕南公孙龙，这位是我夫人公孙大娘，今晚的事，你们自取其辱，你既然认输，我也不为已甚，有种的，也不必跳墙逃走，地下躺着的几位朋友，你难道自己一走了事吗？"说罢，向萧士贵说道，"萧兄，你看怎样？"

萧士贵微一点头，转脸向墙上高声喝道："严老四，你下来，要我们罢手也可以，你们偷去的双龙旗，快拿出来，我们马上就走。"

墙上严老四还没答话，没影儿刁冲伸手向怀里一掏，掏出折叠好的那面双龙镖旗，一声不响，走过来，把镖旗向萧士贵一掷，萧士贵一伸手，接住镖旗，哈哈一笑，把手上花枪向地上一插，朝公孙龙夫妇一招手，说声："两位，得饶人处且饶人，我们走吧！"

一夜狠斗惨杀，总算夺回了双龙镖旗，公孙龙夫妇和神枪萧士贵回到兴隆栈，天已微明，留守栈内的几位镖师和蹚子手们，却正在忙得掐了头的苍蝇一般，而且个个长吁短叹，神色惨沮。倒并不是四万两镖银又出了事，是因吴少峰把遍身重伤的二镖头背回栈内，大家把铁龙媒抬到屋内床上时，一看铁二镖头业已气绝身死，没法救活了，细看身上剑伤，明白单身独斗，久战力绝，加上受伤多处，出血过多，再在腰上致命处，深深地又中了一飞刀，哪还活得了？也是他素性气傲胆粗，不计利害的毛病，人已死去，有什么想法，可是空地上盘着四万两镖银，还没交到地头，半路上出了这样大漏子，第一个随镖押车的裕昌二老板急得要上吊。

这期间，还是吴少峰经历多，有担当，邀齐众镖师和公孙龙夫妇，仔细商议之下，才决定一面盛殓铁龙媒，由神枪萧士贵、鸳鸯拐乔刚护送灵柩回昆明，等候大镖头铁龙藏回来，一面由公孙龙夫妇为首，率领镖师吴少峰、王振明、赵旭东以及原班蹚子手，仍然起镖上道，向泸州进发。

一夜凶杀，铁二镖头虽遭群贼毒手，五虎旗贼党死伤得更多，并没得着半点便宜，双龙镖旗已经夺回，一路有公孙龙夫妇镇镖护送，谅贼党们新遭惨败，业已胆落，不致出事。这是吴少峰见识澈透之处。这四万两镖银，果然一路平安，交到了地头。

四万两镖银的重担，刚刚交卸，大家在泸州休息了一天，昆明飞龙镖局，已派人快马趱程，赶来通信，说是："总镖头铁龙藏已赶回昆明，飞请公孙龙夫妇和吴少峰，急速到昆明相会，商议要事。"于是公孙龙夫妇和吴少峰带着镖师蹚子手们，由川入滇，同赴昆明飞龙镖局。

第二章 杀虎绳

昆明飞龙镖局总镖头铁龙藏，从两湖赶回昆明，瞧见自己兄弟铁龙媒一棺附身，竟难再见一面，自然悲痛异常，万不料为了开辟川滇这条镖路，先断送了自己同胞手足。幸而自己师弟公孙龙、师妹公孙大娘当场赶到，剑下杀死严五虎，夺回已失的双龙镖旗，非但替自己兄弟当场报仇，也挽回了双龙镖局的颜面，四万两镖银也依然如期交到地头，这算是不幸中的大幸。可是从此铁氏双龙，变成了自己一条独龙，镖旗上绣着的双龙旗号，也有点名不符实，心里越想越难过，把五虎旗严氏五虎，恨如切骨，虽然已杀死了严老五，似乎还解不了心头之恨，自己手足既然命丧在川滇这条镖路上，别条镖路不走没关系，这条镖路是走定了，而且一面走镖，一面在这条镖路上，随时要留意五虎旗严氏弟兄和他们党羽，绝不使他们在这条道上有立足之地，这梁子算结上了，有五虎旗，便没有双龙旗，好在有了公孙龙夫妇两位好帮手，论功夫足镇得住严氏兄弟，不怕五虎旗上天去。巧不过公孙龙的名字，也有一个龙字，又是自己嫡派同门，双龙镖旗上缺了一条龙，让自己师弟公孙龙补上，不是依然两条活龙？

铁龙藏暗地盘算停当，待四万两镖银到了泸州，便派人请公孙龙夫妇和镖师们齐到昆明飞龙镖局，当众声明，请自己师弟公孙龙夫妇为副总镖头，主持泸州飞龙镖局联号，一面借镖师们到齐当口，替自己兄弟铁龙媒设灵公祭，择日安葬。

从此泸州飞龙镖局联号，在公孙龙夫妇主持之下，业已成立起来，川滇镖路一开始，买卖还非常兴旺，公孙龙夫妇初次做这行买卖，诸事难免生疏，好在有一位经验宏富、尽心辅佐的吴少峰，一切琐碎的事情不用公孙龙夫妇操心，吴少峰和几位镖师们便办得妥妥帖帖了。

每逢起镖赶路，公孙龙夫妇双双押镖，一路处处留神五虎旗作梗报仇。但是几个月下来，非但五虎旗严氏弟兄绝无动静，连这条道上出没的严氏死党，也个个销声匿迹，避道而行，不敢轻捋虎须了。几个月过程中，每次起程的镖趟子，都平安无事，连小小的一点风吹草动都没有。

这一来，双龙镖旗，便算在这条道上一路顺风地行开了。飞龙镖局的名头，也一天比一天地大了起来。名头越大，买卖越多，往往第一拨镖趟子刚出发，便有第二拨买卖到门，弄得门庭如市，应接不暇。

吴少峰一看镖师蹚子手们，都不够分配，昆明总镖局反而比泸州联号轻闲得多，急忙派人知会昆明总镖头铁龙藏，添派几名精干镖师和蹚子手赶到泸州帮忙。公孙龙夫妇也没法，夫妇联骑押运。公孙龙押运了第一拨，便留下公孙大娘押运第二拨，有时人手不够，两夫妇分不开身来，总镖头铁龙藏也赶来主持，买卖做得非常兴头，这条道上，越走越熟，似乎闭着眼都可以走镖趟子了。

在这样情形之下，泸州联号上上下下，兴高采烈，觉得川滇道上，唯我独尊，便把以往关王庙一夜惨杀、二镖头铁龙媒送命的景象，越来越淡，谁也没把严家五虎旗放在心上了。

哪知道五虎旗严氏弟兄正在处心积虑，想报严五虎剑下伤命之仇，同时或死或伤的几个同党，也是在暗中帮着严氏布置，已非一日，静待机会到来，便要再决雌雄，不过惧怕公孙龙夫妇本领非常，梅花针太已厉害，没有机会，不敢轻举妄动，暂时忍着这口气，让双龙镖旗在这条道上耀武扬威。

有一次，公孙龙带着两个镖师几名蹚子手，押着大批镖银出发，已经走了好几天，泸州镖局内，还接下了一批红货的轻镖，这批红货，尽是珠宝古玩，虽然用不着大批骡驮和车辆，价值却也不轻，预备在最近几天内，便要起程，由公孙大娘率领镖师鸳鸯拐乔刚、通臂猴赵旭东护送。

在起程的头一天，辅佐公孙龙夫妇的大臂膀——吴少峰，从街上一家钱庄，接洽来往银两的账目回来，瞧见一个雄壮的披发头陀，扛着一柄异样的方便铲，站在自己镖局门口，和一个蹚子手在那儿说话，似乎是募化的模样。等得吴少峰走近镖局门口时，那披发头陀已扛着方便铲，大步向那面走了，始终只瞧见了一个侧影和背影。

吴少峰进镖局时，便向那蹚子手问道：“我们镖局，向来没有江湖僧道上门，刚才过去的头陀，面目很生，大约是外来云游，募化十方的?”

这名蹚子手也是老江湖，年纪快近五十，先不答话，跟着吴少峰进了账房间，才说道：“吴师傅！你大约也瞧出那头陀有点怪道来了，依我看，那头陀有点路道不对，他既不是募化，也不是访友，只随口道辛苦，乱兜搭，两只贼眼，却一个劲儿向院内东张西望，他肩上扛着那支方便铲，铲头特大，很是锋利，黑黝黝的铲杆，大约是铁的。我们在这一带进进出出，从没瞧见过这个头陀，似乎有点刺眼，我本想缀他一下，因为瞧见吴师父你回来了，我们又一向平平安安的，便也放过一边了。”

吴少峰点点头，微一沉思，才说：“你跟着铁总镖头不少年了，在你老经验眼内，瞧得那头陀有点异样，自然诸事当心一点的好，不瞒你说，我们在川滇道上走开了镖，绝没风吹草动的事，未免太顺利了，别人也许把关王庙那档事忘了，我却一直没有放下。我想出名难惹的五虎旗，未必真个低了头，多半我们公孙大哥公母俩功夫太硬，把五虎旗贼党们镇住了，但是不来则已，一来便够瞧的，刚才的头陀，不管他什么来路，你们明天起镖，一路上总是留神点好。”

两人刚说着这档事，公孙大娘从后院自己住房，来到账房，吴少峰便把疑心头陀的事向她说了，公孙大娘冷笑道：“你们知道那个野头陀来探什么的?”

吴少峰说：“我们现在还不能断定他们探什么，这种眼生的人，没有什么好路道，总是当心一点的好。”

公孙大娘冷笑道：“我却知道他是来探什么的。他是来探一探我们有没有觉察昨夜几个贼子暗摸进来的事罢了。”

公孙大娘骤然说出这话，吴少峰大吃一惊，账房内还有镖师鸳鸯拐乔刚，也坐在一边，惊得跳了起来，喊道：“罢了！我们都睡得死人一般，太大意了。大嫂，你是女中豪杰，你怎知道有人摸上我们呢？昨夜大嫂定然有了觉察，来的便是那个贼头陀吗？大约大嫂不动声色，暗地里把来人赶跑了，所以贼子们也疑疑惑惑，摸不准我们虚实，那贼头陀才又到门口来侦探了。”

公孙大娘说：“你们知道我住的屋子，是后院楼上偏左的一间，后窗外面是几株大槐树，树干一直伸到后窗口，只要一开后窗，伸手便可攀着槐树的枝叶，平时我便注意这处地方，爱看绿油油的树叶子，可以挡住灼热的阳光，没有叫人砍掉它。昨夜三更时分，我一觉醒转，偶然睁开眼来，瞧见月光映在后窗上，树叶子的影子，在后窗上一阵摇动，倏又停住不动了，昨夜原没起风，我便觉察有异，悄悄蹑足下床，贴着后窗细听，立时听出布衣带风的声音，有人从槐树上跳上我住的楼屋顶上了。我把身上略一结束，带上宝剑暗器，转到前窗，暗地从糊窗纸的破窟窿里，向外张望，月光之下，瞧出两个贼人，身手很是不弱，从我楼顶翻下来，已经到了前院屋脊上，其中一个头戴日月金箍，便是披发头陀，都是赤手空拳，身上大约没带什么家伙，行动也非常谨慎，只在屋面上来回窥探，有时伏身而听，并没纵下屋来，脚下也绝没露出一点声响。我存心要瞧个究竟，也没惊动他们，两贼在各层屋面鼓捣了半天，忽然聚在一起，略一交头接耳，便从侧面邻家屋上退走了。两贼一走，我便悄悄开窗，一跃而出，蔽着自己身形，瞄着前面两个贼人影子，倏而下地，倏而上屋，暗地跟随下去，一直缀出一里多路，看清两贼在江岸下了船，离开了岸，没法再跟踪下去，才回来了。我料到这两贼到此暗探，定有原因，多半和五虎旗有关，明天是起镖上路的日子，不论来的两贼什么路道，要出花样，定然在川滇道上等着我们，这儿是闹市，也没有什么花样可出，横竖这么一回事。我们路上有点预防便得，万一贼人们知难而退，也不必大惊小怪，教大家空担一份心，便没有向诸位说明昨夜的事，想不到那贼头陀没死心，又到门口来窥探了，我明白贼头陀窥探的是，昨夜我们有没有觉察，和我们有没有起镖罢了！”

大家一听，敢情夜里出了这档事，大家谁也没觉察，未免脸上都有点讪讪的。

吴少峰皱着眉头说：“这几个月买卖做得太顺手，大家未免大意一点，幸而大嫂有了觉察，我担心的是五虎旗死灰复燃，卷土重来，来者不善，善者不来，迟早还有一场是非。明天又是这批红货起镖日子，公孙大哥和带去的几位师父还没回来，大嫂明天带走的，也只乔师傅、赵师傅两位，没有第三位可派，有了这档事，便觉太单薄了，要不，我也凑个数，跟大嫂走一趟。”

公孙大娘笑道：“这样一来，这儿真个变了空城计，不用再做买卖了。吴师傅请且宽心，我虽然是女流，还没把五虎旗放在心上，我昨夜便想好了主意，不必三心二意，明天照样起镖，我此刻出来，是向吴师父要一样东西，明天出门时，替我预备三指粗一丈五长的一根水浸的麻绳索，类似北方口外套马的索子。”

别人不知道她要这绳索的用意，吴少峰却有点明白，慌说：“有、有，准保大嫂合用。当年铁二哥也爱练这玩意儿，他常对我说：‘贵派除梅花针、绵掌两手绝顶功夫以外，还有一样难练的绝艺——名叫‘杀虎绳’。’他用的那条杀虎绳，是用软皮、人发、琴弦，三种东西绞成的，两头都有一个拳头大的皮疙瘩，皮疙瘩内还有一颗核桃大的铜胆，这件东西凑巧藏在我这儿，铁二哥在世时，说过，这件东西，没有精纯的内功，总难练到得心应手，他吃亏的便是内功没到火候，所以也没随身常带。”说罢，进了内屋，便把一盘丈五长的杀虎绳拿了出来，送到公孙大娘手上。

她接过来一瞧，点点头，叹口气说：“这是用清油浸透过的，物在人亡，人生一梦，但愿铁二师哥有灵，也许我用这件东西，再替他杀几只恶虎。”公孙大娘说时柳眉直竖，脸色铁青，一屋子的人都有点凛凛然，不由得肃然起敬。

第二天，公孙大娘为首，带着鸳鸯拐乔刚、通臂猴赵旭东两位镖师，几名蹚子手，押着一队骡驮出发，还有货主两个珠宝古玩商，也跟着镖趟子一块儿走。这批镖趟子，连赶骡驮的夫子算上，一股脑儿，还不满二十个人，镖师蹚子手和随行古玩商，一律骑着长行川马代步，唯独公孙大娘坐着镖局自备的一顶滑竿（即山轿子），由两个脚健腿快的壮汉抬着走。

公孙大娘穿着一身毫不起眼的粗布衣衫，头上也包着一块蓝粗布，坐在滑竿内，一路上手中还做着针线活儿，骤然一看，是个乡下的村妇，谁也瞧不透押运这批镖趟子的镖头便是她，因为她把一柄剑暗藏在滑竿内，一条杀虎绳围在衣内腰上，江湖丧胆的一袋梅花针，也暗藏在身边，外面有一件粗布衣衫遮着，内藏暗器，当然露不出一点痕迹。

这条川滇镖路，在这几个月内，公孙大娘和她丈夫公孙龙分头押镖，常来常往，已走了不少趟，到哪儿打尖，走哪一站息宿，已经熟而又熟，都有一定处所，不必再费心机，路上哪儿好走，哪儿难行，也都明明白白，不用说人，连胯下的牲口，也走熟了。一路走去，闭着眼在鞍子上睡一觉都没关系。但是这一次可不同了，除出赶骡驮的夫子和同行的两个古玩商蒙在鼓里以外，两位镖师和几名蹚子手，经吴少峰预先谆谆切嘱："诸事留神，谨防五虎旗卷土重来，尤其要注意那个披发头陀。"鸳鸯拐乔刚、通臂猴赵旭东和几名蹚子手，心里有了这个底，一路精神抖擞，到处留神，便不敢大意了，冷眼向滑竿上公孙大娘瞧时，她却若无其事，不是手上做活，便是闭目养神，依然和往常一样。

两位镖师和蹚子手，一路戒备谨严地过去，经过永宁、落窝镇、摩泥站，渡过赤水河，出四川境界，踏入贵州边境，一路却平安无事，绝没有风吹草动的情形，也没有碰着碍眼可疑的人物。两位镖师，先把提着的一颗心，放下一半来了。

这天过了灌木林、木樨铺，到达进贵州省第一个县城——毕节，天色已晚，照例在城内一家老交易的客栈投宿。一宿无话，第二天清早出城，向前途威宁州进发。

从毕节到威宁有二百多里路，而且尽是崎岖难行的山路，一过七星关，路上更是人烟稀少，穷山恶水，崄巇难行。川滇道上，以这段路最难走，最辛苦。往常镖蹚子一过七星关，不论时候早晚，先得投奔近处一家熟悉的苗寨休息过夜，因为再往前走，山路难走，更没有息宿的地方，牲口和蹚子，照例要在七星关休息一下的，这一次过了七星关，投奔那家苗寨时，以前认识的这家老小四口，一个都不见了。门外竹竿上，迎风招展的一块破布招子，兀是竖在那儿，这是苗寨欢迎过路客商，做点客栈生意的招牌，没有这样招子的苗寨，不能进去求宿。

从这家出来的是个生面的壮汉，说得一口流利的汉话，是苗人还是汉人，一时瞧不出来。贵州改土归流的汉化苗人，原和汉人一般无二，也不足疑。除出这家，四近又无住宿之处，而且面生的壮汉，招待得非常殷勤。

镖师们问他："以前住这儿的一家上哪儿去了？"

他说："金沙塘现在又发现金沙了，他们一家想发大财，老老小小都赶往那儿，搭个露棚，成天成夜地在那儿淘金沙了，却叫我在这儿，替他们看守这份破家，诸位幸而今天到此，明天也许我也到金沙塘去了。"

镖师蹚子手们听他说得很在理，以前投宿时，原听过那家苗人说起，金沙塘离此三十多里路，是那家祖上淘过金沙，发过一点财的，后来沙源枯竭，便没人注意，想不到又发现金沙了。话说得对题，前后只有他一人看家，也不疑有他，便照从前般，把镖驮子赶进了苗寨，预备在此休息一夜再说。好在每人身上都带着干粮，自己烧点水，借宿几间屋子，并没费苗寨什么事，明天起身时，照常送他一点盐巴，一点碎银，便要千恩万谢了。

这家苗寨大约祖上从金沙上发点财，也有四五家大小房子，却是汉人格局，和其他苗寨的建筑有点不同。房子周围圈着一道乱石墙，墙口拦着一道坚固的木栅，一进栅门，是块儿亩大的草地，走过草地，便是住人的屋子，前层矮矮的三间门窄窗小的房子，只有中间一间的门户，通着前面草地，后面还有几间像马棚似的小屋，屋后紧贴着一道溪流，溪对面是一层层的陡峭山坡，从一层层山坡上去，可以攀上最高的一座峰头，看家的壮汉便把前层三间矮屋，让镖趟子息宿。

公孙大娘和两位镖师在这三间屋内都看了一遍，屋内一切家用物件，还是以前投宿的老样子，可见这家苗人并没搬家，一家老小发财心盛，去淘金沙是真的。于是公孙大娘一人占了靠左的一间里屋，另外两间由镖师、蹚子手们和两个珠宝古玩商占了，骡驮上卸下来的红货箱子，也搁在古玩商眼皮底下，还有赶骡驮的夫子和轿夫，便在后面棚屋里安身，布置妥帖，天已渐渐黑下来了。

公孙大娘一人在屋内点了支烛火，吃了点随身干粮，听得屋外起了风，乱石墙外的树木，呼呼怪叫，远山上的饿狼，一声声地悲嚎，显得那么凄厉动人，从窗窟窿灌进来的山风，把桌上的一支烛火，吹得摇摇欲灭。她把桌上木烛台拿到左面墙角上，免得吹灭了烛火，便把烛台放在墙角的土地上，不料烛台一近墙角，突然一股尖峭的劲风吹上脸来，几乎把烛火吹灭。

她想得奇怪，厚厚的山石墙怎会透风？仔细搜寻空穴来风的所在，才瞧出墙角里的地皮上，嵌着一个小竹筒，竹筒的口，和地皮一样的平，不留神便没法瞧出来。苗人住的屋子，窗小户窄，少透阳光，连白天也瞧不出墙角里有个通风的竹筒。

公孙大娘瞧见这件东西，便想得奇怪，如果为通风用的，应该嵌在墙上，不应该插在地皮上，既然竹筒插在地皮上，居然也能通风，定然这竹筒通到屋外的墙角了。

她微一思索，疑心陡起，一声不响，走出屋外，在草地上闲溜，假作闲看四面山景，辨辨风色，绕到了自己住的左屋墙角上，暗地一留神，只见墙角上立着几束枯草，被风吹得簌簌地响，四面一瞧，草地上只有自己带来的伕子们，牵着牲口，来回遛缰，那个看家壮汉没在跟前。天上的云被风刮得像奔马一般，初出来的一钩新月忽隐忽现，也像在阵云里面穿来穿去一般，似乎要下雨的光景。

她一哈腰，把墙角上一束枯草拨开一瞧，看出墙角下挖了一个一尺多深的窟窿，也埋着一个长竹筒，直插进墙内去，墙外土窟窿的竹筒口，比房内露出地上的筒口大一点，定然用了两截一大一小、一直一横的竹筒装就的。

她仍然把外面枯草照旧掩蔽好了，离开了墙角，暗地寻思这穿着墙根的竹筒干什么用的，猛地醒悟，顿时吃了一惊，慌向右面两间矮屋的墙根走去，从前面绕到后面，细细地踏勘了一下，便已了然，回到屋内，悄悄地把一个精细的蹚子手叫进屋来，吩咐他："去寻那个看家壮汉，打听这家苗人，去淘金沙，走了有几天了，同时留神那壮汉的举动，却不要露出什么痕迹，问的时候，也要装作有意无意，随口问的。"

蹚子手领命而去，片时回来，说是："那看家壮汉在后面和轿夫、伕子们聊天，却一个劲儿探问镖局的情形，问他时，他说这家苗人走了还不到十天光景。"

公孙大娘没说什么，只说："你出去悄悄请乔、赵两位来一趟，我有话说。"

蹚子手出屋，她暗地一琢磨，壮汉所说这家苗人，离家不久的话，也许是真的，一算自己丈夫押运第一批镖趟子的路程日期，定在这家离开这儿之前，在这儿借宿时，墙角上定然还没有装上竹筒，心里略放，暗地筹划夜里应办的事。

鸳鸯拐乔刚、通臂猴赵旭东两镖师走进房来，公孙大娘悄悄地向他们说："两位！今晚我们大约没法睡安稳觉了，我虽然还不敢十分断定，大约此地已非善地，也许以前住在这儿的一家苗人，并不是真个去淘金沙，据我猜想，这家老小也许已遭毒手，便是不遭毒手，也被贼人们硬藏起来了，这家苗人无端受害，还是为了我们常常在此借宿，才受了池鱼之殃的，那个假称替苗人看家的壮汉，定然不是好路道。”

乔刚、赵旭东两人听得吃惊不小，慌问：“公孙大嫂！你瞧见什么可疑的了？”

公孙大娘轻喝道：“莫响！快沉住气！事情还没十分确定，你们先来瞧瞧这个。”说罢，拿了烛火，指点墙角上埋在地里的竹筒口，让他们过目，又把自己在屋外暗地踏勘的情形说了，又说，“这件东西，不特我这间屋内有，我从外面已查看过，你们两间屋内都有，不过并不一定装在墙角下，你们两间是从屋后墙基下穿进去的，你们回头到屋内去查看一下，便可明白。”

通臂猴赵旭东嘴上“哦”了一声，点点头说：“我明白了！险啦！万幸大嫂心细，瞧出破绽来了，否则我们一齐遭了毒手，还不知怎样死的呢？”

赵旭东这样一说，鸳鸯拐乔刚还有点茫然，急问：“怎么一回事？”

公孙大娘压着声说：“乔师傅没有到过北五省，赵师傅是黄河北岸的老家，才明白贼人的诡计。当年北道上常有谋财害命的黑店，是在酒食里下蒙汗药，把客人蒙过去了，才下毒手，后来蒙汗药行不开了，老出门的客人，都懂得一点门道，不易下手，又改了‘烧地香’，因为北道上客店都是砖炕，冬天在炕内可以生火取暖，炕下中空，靠墙一头，外面有个生火的炕洞，黑店的火炕，上面炕沿上，暗地留着透气的几处细缝，要下毒手时，听得房内客人睡熟时，便在屋外炕洞，用烧着的熏香，丢进炕洞内，让毒香从炕沿缝内透散出来，把炕上睡熟的客人，不知不觉地熏闷过去，一毫反抗的力量都没有了，便让黑店的贼人们为所欲为了，万料不到这儿的贼人，异想天开，用‘烧地香’的老法门，改用了竹筒，从墙角挖地窟窿插了进来，我细辨内外土色，这门道是新装上的，大约没过三天，在这儿装着这样鬼门道，心机可费得不小，两位请想——贼人们必须先打听明白，我们镖趟子来往必在这家借宿，然后又得打听我们最近镖趟子的出发日期，又得先把这家老小或杀或藏，然后布下机关，等候我们自投死路，贼人们费了这样大手脚为什么？两位一想便明白，劫镖事小，复仇事大，不是五虎旗贼党还有谁呢？而且五虎旗贼党费了这样大事，其计奇毒，存心是想一网打尽我们的，先把我们这一批死鬼都料理了，然后又等候我丈夫一批空镖从昆明回头，到了七星关，定然又在此地落脚，贼人们如法炮制，岂不一网都打尽吗？计策虽毒，无奈天网恢恢，偏被我瞧出漏洞来了。”

乔、赵两位镖师一经公孙大娘细细解释，又惊又怒，便要去捉看家的壮汉，拷问情由，因为这人当然是贼党，公孙大娘却把两人阻住了，暗暗吩咐晚上怎样戒备，怎样应付下手的贼党。两人依计行事，暗自去知会蹚子手们，分头埋伏，但也手里捏把汗，不知五虎旗贼党来了什么人物？人多人少？公孙大娘本领虽高，连蹚子手算上，一股脑儿也只有眼前这几个人，在这荒凉的乱山窝里，绝没指望有人来救应，也只有提起全副精神，死中求活，和贼人们一拼，譬如没发现贼人埋伏下的机关，不是乖乖地让贼人们摆布了吗？

起更时分，苗寨内灯火尽灭，人声寂静，借宿的一班镖局人物似乎都已安睡，每间屋内都起了鼾声。这当口，一条黑影从屋后墙根闪了出来，绕到了前面，挨屋细听了半晌，才蹑手蹑脚越过中间草地，轻轻推开前面栅门，一闪而出。

这人满以为鬼神不觉，其时屋内前窗下，早已有人埋伏着，看清出去的人影，便是假称替人看家的那个壮汉，大约去通报贼人，到了下手时候了。

隔了许久工夫，二更快尽，四山风声树声似已停止，黄昏时似乎要下雨光景，却没有下，天上已净无织云，一颗颗霎眼似的明星，和钩镰似的一钩新月，清清楚楚地挂在天空了，这时栅门口突现出两条黑影，一先一后，挨身而进，同时左边围墙头，赫然现出一个披发头陀，手上一支方便铲向肩上一扛，唰地跳下墙来，随手把方便铲放在墙根下，向栅门口两条黑影一打手势，一伏身，便奔左屋墙角。

这头陀跳下墙时，右面围墙头也纵进一人，这人背插单刀，身形瘦小，身法却快如疾风，身形一晃，便闪向右屋墙后，似乎步骤井然，都是预先安排好的，从栅门口进来的两条黑影，大约不会高来高去，伏着身从左边围墙根掩了过来。

这时先奔到左屋墙角的披发头陀，贴着墙根，侧耳一听屋内动静，大约听清了屋内人已睡熟，立时把墙角上几束枯草拿开，一蹲身，从腰后皮袋里掏出酒壶似的一样东西，又从身边掏出火折子，迎风一扇，火头立起，向壶内一点，壶嘴上立时咕嘟嘟冒了烟。披发头陀慌不及一蹲身，把冒烟的壶嘴，向墙根土窟窿一埋，把长长的壶嘴，伸入竹筒内。

头陀满心满意以为手到成功，不消一盏茶时，屋内的厉害女镖头便有天大本领，也被这闷香熏过去了。他主意打得满好，不料壶嘴上越冒越浓的毒香烟，不往墙内灌，反向外面倒冒，如若自己鼻孔上不塞纸卷儿，几乎把他自己也熏闭过去，一阵毒烟扑上面来，熏得他眼泪直流，而且非常惊疑，以为竹筒堵塞住了，慌不及站起身来，刚伸手一擦眼泪，猛地头顶上呼的一声，长虫般一条东西，已缠上了脖子。

他刚喊出一声："不好！"还来不及解救，突然喉头一紧，气一闭，一个魁梧的身躯竟是腾空而起，被人家在屋面上顺势抡了一圈，一使手法，扣紧脖子的绳头一松劲，一个身子像断线风筝一般，直向左面围墙外摔了出去，这一下，头陀空有一身本领，一毫施展不得，不死也得摔个腿折骨断。

原来头陀在墙角下使熏香时，公孙大娘早在屋面上埋伏好了，头陀顾下不顾上，两眼又被倒冒出来的毒烟熏了一下，连敌人身形都没有瞧见，便被屋角上撒下来的杀虎绳缠住了脖子，这种杀虎绳手法非常厉害，只要一缠上脖子，绳头上的皮疙瘩，随着一缠的猛劲儿，风车似的向绳上一绕，比系了活扣还凶，而且不容施展手脚，随势一抡，喉头扣紧，呼吸立闭，身子也被提上半空，公孙大娘手上只一抖，扣紧脖子的扣儿一松，人便远远地摔出去了。

这种杀虎绳和口外用的套马索，另是一个门道，据说终南派传下这门功夫，当年原是捉虎豹一类猛兽用的，所以称为“杀虎绳”。

公孙大娘起初贴身平卧在屋上背暗处，早已看清贼人的人数，一下子把披发头陀摔出石墙以后，没工夫到墙外看一看头陀死活，把杀虎绳一盘，套在肩膀上，翻身从屋上奔向右面屋顶，向下一瞧，鸳鸯拐乔刚、通臂猴赵旭东两镖师，一前一后，在右面墙脚下，已把使单刀的瘦贼截住，正杀得难解难分，几名蹚子手和自己两名轿夫，一齐动手，也和两个贼人在后院拼斗，大呼小叫的，震动了荒山静夜。

她在屋面上一声娇叱：“两位快去捉住后面两个贼人，这人交与我好了。”叱声未绝，人已蹿下屋去。

乔、赵两镖师一听公孙大娘到来，知道那面得手，齐声应道：“好！大嫂不要放走这贼。”两人一撤身，奔向屋后。

使单刀的瘦贼，便是木樨铺苗匪首领没影儿刁冲，兴隆栈偷旗换旗便是他，关王庙他也在场，原识得公孙大娘的厉害，知道严老五便伤在她手上，公孙大娘一到便知事情不妙，满以为这次撒下天罗地网，可以不费吹灰之力，便可杀尽这伙镖友，不料反着了人家道儿，再不溜走，难逃公道。公孙大娘从屋上一跳下，两镖师一撤身，他单刀一收，仗着轻功，一纵身，飞身而起，向围墙头蹿去，两脚刚沾上墙头，身后呼的一声，两腿已被杀虎绳绕住。

他吃惊之下，心里想着抡刀下斩，割断绳束，他不知这条特制的杀虎绳，没有斩金截铁的利刃，是不容易砍断的，而且公孙大娘手法如风，哪容得他缓手破解？刀锋未下，人已站立不稳，栽下墙来。

公孙大娘真够厉害，大约恨极了贼人们计太歹毒，手上已绝不容情，竟没让他跌落平地，随势一悠一抡，再一抖杀虎绳，没影儿刁冲一个身子，好像箭头儿似的，忽地向石墙根直标了过去，去势又劲又急。只听得壳托一声响，没影儿刁冲的脑袋，整个儿撞在确礤不平的乱石墙上，立时脑浆迸裂，死于非命。她看也不看，杀虎绳一收，从侧面屋角奔向后面，一瞧两位镖师和趟子手们，已把其余两贼制住，一贼已被乔刚一拐打在致命处所，业已死掉，活捉的一名，不是别人，正是冒充替人看家的壮汉。

屋内两个珠宝客商，生平没有碰到过这样凶杀的事，根本也不知事情怎样发生，两人躲在屋内，早已吓瘫，尿了一裤，总以为来了劫镖强盗，非但这批红货保不住，性命也许垫在里面，只听得屋外趟子手们一阵大呼小叫，脚步奔腾的声音，一忽儿又人静音寂，半晌，没见强盗进屋，也没见镖局几位进门，摸不清怎样一回事，只在屋内发三阴疟疾似的，瑟瑟直抖，谁也不敢到屋外探看一下。

其实这当口，公孙大娘和两位镖师正在屋后僻静处所，拷问捉住的那个贼党，这名贼党，原是一名小喽啰，武功果然稀松，骨头也非常软弱，经不起略吃苦头，便什么都说出来了。

据这个冒充替人看家的贼党招供出来：“今晚的事，都是那个披发头陀出的主意。这头陀绰号铁臂金刚，也是川贵交界的一股盗首，和没影儿刁冲，以及死在公孙龙手上的蒋飞狐，都是死党，他没有赶上关王庙一场是非，事后听没影儿刁冲说起蒋飞狐重伤身死，铁臂金刚屡次要替蒋飞狐报仇，都被严氏弟兄阻住，劝他暂忍这口毒气，遇着机会再下手，只暗地在这条道上，窥探飞龙镖局来往走镖的动静，这样过来几个月，已探实镖趟子来往经过七星关时，必在这家苗寨住宿，每次都是如此，铁臂金刚从这家苗寨，想出了歹毒主意，因为蒋飞狐是专用闷香的老手，没影儿刁冲和铁臂金刚两人都从蒋飞狐那里学会了这手法门，铁臂金刚早年在北方鬼混过，便从北方‘烧地香’的诡计，想出挖地洞，插竹筒的法子。法子刚想出来，打听得第一批镖趟子已经过去，来不及下手，却打听得第二批镖趟子快要到来，便下手先把这苗寨一家老幼都做掉了，却推说上金沙塘淘金沙去了，派了一名喽啰，在寨内卧底，冒充替人看家，招待借宿镖友进门，不过这家苗人，原探出是两老两小，下手时却只两老夫妇和一女孩子，还有一个十五六岁的小孩子，始终没有找着，在这荒山僻境，以为无意之间，溜掉一个小孩子，大约命不该死，一个小孩子也不怕什么。在铁臂金刚和没影儿安排这条毒计时，早已通知五虎旗严氏弟兄，在夔州一带出没的严老二也专程赶来，预备帮同他兄弟严老四纠合党羽，布置复仇之策，指望铁臂金刚这条毒计，一举成功，然后在这条道上，重整威风，刚才这名喽啰去到贼巢报告，严老二、严老四本打算和铁臂金刚没影儿刁冲一同前来，不料在这天上午，有人从威宁下来通报消息，瞧见第一批从这儿过去的镖趟子，到了昆明并不停留，马上翻身往回赶，每人都骑着快马，一路趱程疾走，情形可疑，好像有点知道这儿要出事一般，而且已从威宁起程赶来，严二、严四一得知这样消息，嘱咐铁臂金刚、没影儿刁冲两人，在此等候泸州镖趟子一进苗寨，马上下手，严氏兄弟俩带着几个得力党羽，向威宁这条路上迎了上去，预备想法截住从昆明返回来的一批镖友，免得破坏了这儿安排好的毒计。”

从冒充看家的贼党口中，拷问出内中详情以后，公孙大娘知道自己丈夫已从昆明回程，已过了威宁，也许马上就到，不过五虎旗严二、严四已率贼党拦截，很是可虑，慌向捉住的贼党喝问：“严二、严四从什么时候走的，带去的贼党是哪几个？”

那人说：“严氏弟兄是在今天午饭后走的，带去的也只两个人，一个是巴巴坳二当家坐山雕，一个叫作钻天鹞子，这人是跟着严二一道来的，不是这条线上的朋友。”

公孙大娘得知贼党安排毒计的内情，同通臂猴赵旭东商量：“此刻快近四更，不如马上起镖，连夜向威宁进发，接应第一批回镖，这时离天亮不远，又是走熟的道，向前走出一二十里，便要天亮了，待在这儿也没法再睡觉，不如马上就走，免得又生枝节。”

乔、赵两镖师均以为然，便指挥蹚子手起镖，两个珠宝客商虽然害怕，希望天亮再走，也没法儿不依从镖友们安排。大家离开苗寨时，捉住的贼党，却从轻发落，以为这人无非是贼党的腿子，没有要他性命，却也没有轻放，四马攒蹄地捆在苗寨内，让他在空寨内听天由命。

公孙大娘督率镖趟子深夜赶路，出苗寨时打发两名蹚子手到左面石墙外探看摔出去的那名披发头陀，毕竟是死是活，蹚子手回来报说：“披发头陀踪影不见，墙外草地上却留着一摊血迹，大约虽没摔死，受伤不轻，挣扎着逃走了。”

铁臂金刚既已受伤逃走，公孙大娘也没工夫再去搜寻，押着镖趟子往威宁这条道上前进，她这时却没坐自备的滑竿，也骑了一匹善走山路的川马，一行人马，盘过几重山头，走出二十多里山道，东方一带山峰背面，已透出鱼肚白的晓色，再走七八里路，到了一处地名叫作豹子坡的地方，天色大亮，听得蹄声隐隐从前面一条岭后传了过来。

一忽儿，前面长长的一条岭脊上，现出一队人马，岭脊势如建瓴，十几匹快马，从高驰下，一阵风似的卷下岭来，这队人马一到岭脚，这面镖趟子并没停步，一来一往，霎时两面都看出了是谁，两面马上的人都欢呼起来。

原来从岭脊上疾驰下来的十几个骑马人，不是别人，正是公孙龙率领第一批出发的镖趟子，在昆明交镖以后，照例应在昆明接运一批镖驮，顺路带回泸州，这次因为得着特殊警报，来不及等候保运的买卖，马上率领空镖趟子，急急往回走，连总镖头铁龙藏也跟着赶来了，而且另一匹马上，还有一个苗族孩子，大家在岭下觌面相逢，公孙龙夫妇相见，各自放了心，大家下马停车，在路旁林内，彼此互相探问，才明白双方经过的情形。

原来公孙龙押着第一批镖趟子刚刚到达昆明，忽有一个满面风尘的苗族孩子，哭着进了镖局的门，蹚子手们都认识这孩子，是来往七星关借宿的苗寨孩子，一问情形，才知这孩子在自己寨后高峰上扒枯柴，突然瞧见一个披发头陀，率领盗党，竟青天白日地闯进了寨门，不问青红皂白，把他年老的父母和他一个妹子拖出来，便在屋前草地上一刀一个杀死，还四面搜查有没有藏着人。

这孩子在峰上看得清楚，吓得灵魂出窍，年纪虽只十五六岁，人却有点聪明，从小爬惯山路，识得近处出入小道，慌不及从山上奔逃，心里想着每次借宿的镖友，非常正直，都有本领，和他父母认识已久，而且头一天，刚有一批镖友借宿了一夜，走没多远，如能追上这批镖友，也许能够看在每次借宿的情分上，替他杀盗报仇。

小孩子想到就做，真亏他，竟被他沿途追踪，一程一程地追赶到昆明，沿途苦头虽然吃得不小，逢到有人地方，沿途讨点残羹冷饭，竟被他追踪到镖局。蹚子手们听得很是惊异，又可怜这孩子人小志坚，拉着他到公孙龙、铁龙藏面前说明就里。

公孙龙和铁龙藏一听，便知里面有了文章。虽不知杀死他一家老幼的披发头陀，是哪一批山贼，但这家苗寨，在七星关居住有年，孤村独寨，从来没和人结过仇，何以突然会有人下此毒手？最可虑的，往常经过七星关，并没听到有匪人出没，那个杀人凶手披发头陀，更没听说过，再说泸州公孙大娘率领第二拨镖趟子，大约便要动身，到七星关时，势必投宿那家苗寨，如果误投匪人占据的苗寨，便有一场风波。

铁龙藏见多识广，猜想那个披发头陀，无端率领党徒，杀害这家苗人，定有说处，说不定是五虎旗一党。

铁龙藏一想到五虎旗，和公孙龙一说，公孙龙也感觉到事情透着凶险，尤其担心自己太太押运的第二批镖趟子，和铁龙藏一商量，决计提先回泸州，铁龙藏亲自出马，和公孙龙同行，带着这个苗族孩子，领着空镖趟子，便急急出发，兼程赶回来了。

大家悬着一份心，又是空镖趟子，昼夜赶路，走得非常急速，到了威宁城内，宿了一夜，第二天清早便上路，走了一天，已赶了七八十里路程，离七星关还有百把里路，天色已黑，起了大风，大家也有点疲乏了，可是这地方连一个苗寨都没有。小地名叫作马姑箐，前后都是崇山高岭，原不是往常打尖之所，赶路赶得急，不按驿站走，才在这小地方停留下来，却喜在岭脚不远处，找到一处猎户住过的石屋子，虽然是一所空屋，偶然借用一下，比在露天总好一点，大家原没预备在石屋内过夜，休息一下，吃点随身干粮，预备赶路。

这当口，总镖头铁龙藏和公孙龙正在石屋外面，指点天上一阵阵的黑云，被风推得快如奔马，岭脚下黑沉沉的一带深林，被风刮得像海啸一般，蹚子手们圈着牲口，照料着牲口背上的行李，同回的一位镖师左臂金刀王振明，偶然到石屋背后小便，忽然听到呼呼的风声中，隐隐吹来几声马匹嘶风的长鸣，似乎在岭脚那一面峰影下的树林内，再细听时，便又寂然，解完了手，正要回到前面，和铁龙藏一说听到马嘶的所在，突又一眼瞥见风沙影中，从侧面树林内，飞奔出一只野兽，没命似的跑了过来，刚看出是只不十分大的花豹。

左臂金刀王振明慌一探镖袋，想招手发镖，不料那只花豹突在前面几丈开外，一跤跌倒，一阵翻滚，竟是不声不响地寂然不动了。左臂金刀王振明看得奇怪，过去细瞧，才知花豹竟是无缘无故地死了。天黑月暗，风又刮得紧，瞧不出这花豹是怎样死的，心想这倒是飞来凤，豹虽不大，这张花豹皮，却值几两银子，剥下来拿回去送人，也很合适。他便把屋后死的花豹子拖了回来，到了石屋前面。

大家一看左臂金刀王振明，竟悄不声地打死了一只花豹，这一手却值得钦佩，一问情形，敢情花豹自己死在他面前的。铁龙藏心细，觉得这只花豹不会无缘无故死掉，又听得左臂金刀说起那面峰脚下有马嘶的声音，总镖头铁龙藏心里一动，把花豹子提到石屋内，打开火折子遍身一照，才看出花豹胸口插着一柄毒药飞刀，屁股后面大腿缝里，也深深地被人刺了一刀，腿缝里一片短毛，已被血水浸透。大家一瞧见花豹身上淬毒飞刀，立时认出这飞刀，和从前二镖头铁龙媒致命的飞刀，一模一样，不用说，这淬毒飞刀是五虎旗严老四的东西了，再从左臂金刀王振明听到马嘶声一证印，便明白五虎旗严老四也到了此地了。

严老四在这荒山黑夜，偏会到了此地，是否他只一人，或者带着多少党羽？不去管他，居然会在此时此地碰上。据左臂金刀听出马嘶的声音，便在屋后对山，相隔不远，镖友们在这儿石屋停留，并没藏藏躲躲，人多马多，五虎旗严老四在那面，当然也能听到的。大家仔细一研究，便可推测严老四绝不会无故在此逗留，其中有了事。

总镖头铁龙藏想起自己兄弟之仇，一按背上长剑，便要寻仇搜敌，公孙龙却说："贼党们定然又有了诡计，也许特地来找我们的，我们先沉住气，来个以逸待劳，假装没有觉察，装作在这儿度夜，暗地分头埋伏，等严老四摸上来，看清贼党们来了多少人，我们再把他们圈住，给他们一个厉害。"

铁龙藏一听，也是办法，便指挥镖师、蹚子手们依计行事，来个"张网待兔"，静候严老四入网。

五虎旗严氏弟兄并非易与之辈。这次从夔州赶来的严老二，年近五十，武功比严老四还纯，水上功夫，尤为出奇，随身一袋莲子镖，一对点穴橛，江湖上早已驰名，在七星关得到手下飞报，知道公孙龙这批回头镖趟子来得迅速，怕破坏了铁臂金刚、没影儿刁冲两人在苗寨安排的机关，特地迎上前来，想法堵截。

严老二还存心斗斗主持泸州联号的公孙龙，要替自己兄弟严老五报一剑之仇，挽回关王庙一场惨败的脸面，无奈严氏弟兄自关王庙失风以来，好像命运不佳，处处落了下风，七星关苗寨的机关，出乎意外地被公孙大娘无意中窥破，在这马姑箐黑夜之间，还未动手，无端地又被一只花豹泄了秘密，而且这批回头镖趟子，不止公孙龙一个对头，凑巧总镖头铁龙藏也一同前来，这是五虎旗严氏弟兄所料不到的。

二更过后，飞龙镖局藏身的石屋后面，从黑沉沉的森林内，先后蹿出四条黑影，便是严二虎、严四虎、钻天鹞子、坐山雕四人，这四人里面，只有坐山雕的武功比较弱一点，其余三个，都是铁铮铮的好手。

这四人早知镖友在这石屋内存身过夜，注意的是镖头公孙龙一人，其余几个镖师，简直不放在心上，预备摸到眼前，攻他一个措手不及，由严二虎、严四虎弟兄对付公孙龙一人，其余由钻天鹞子、坐山雕二人截杀，只要严二、严四一得手，做掉了公孙龙，马上撤身退回七星关。主意打得满好，不料严二、严四当先从屋后绕到屋前，扑到石屋门口近处时，镖友们毫无动静，石屋门口本无门户遮蔽，贴壁侧耳，也听不到石屋内有人睡着打呼噜。

严四最机灵，可是月深夜黑，四面风声刮耳，也摸不准虚实。严四把他二哥严二虎一拉，自己贴地一伏身，蛇行到石屋门口，抬头向屋内仔细打量，似乎依然是所空屋，一个人影都没得，严四吃了一惊，嘴上刚低喊出一声：“速退!”

猛听得身后不远，坐山雕突然一声大叫：“啊哟！有埋伏，我栽了!”吧嗒一声响，似乎坐山雕业已受伤跌倒，同时石屋前面扇面形的半圈树林内，哈哈几声狂笑：“五虎旗狗党，还不死心，叫你们尝尝俺铁龙藏的厉害。”

靠近石屋左侧的一株高松上，也有人喝着：“狗党们通名，公孙龙在此!”人随声下，剑光一闪，和蹿出深林的铁龙藏，一左一右，冲了过来。

严四听得铁龙藏本人也在一起，便知不妙，公孙龙一人已难对付，再加上一个铁龙藏，今晚极难得利。他又滑又贼，立时大喊一声：“风紧，速退!”

可是他哥哥严二虎心高气傲，在他兄弟喊“风紧”时，他把手上点穴双镢一分，竟已挺身而出，高声大喊：“铁龙藏、公孙龙两贼，叫你识得严二太爷的本领!”

他这一喊，严四急得跺脚，还有同来的钻天鹞子，又是一个自命不凡的角色，初到这条道上，没有和铁龙旗派下交过手，还以为严四不够人物，一见人家有了防备，便想逃跑，把自己背上一柄宽锋砍山刀拔下来，一声厉喝："长江钻天鹞子在此，不怕死的镖友们过来，吃吾一刀！"

他喝声未绝，左臂金刀王振明，早已从黑影中蹿了出来，更不答话，举刀便剁，立时两人在黑地里杀得难解难分。

公孙龙、铁龙藏各人手上一柄长剑，和严二虎、严四虎也交上了手。这当口，星月无光，四围林木被风刮得鬼哭神号，石屋面前一块黑魆魆的地方，简直分辨不出人的面目来。六个人杀了三对，全凭眼神足、功夫纯，听风辨影，才能见招破招，功夫差一点，便难认出敌人身手。

这样在黑地里狠杀狠拼，毕竟和青天白日不同，使出来的招数，也和往常大异。只要一递招，便往致命处招呼，谁也想先下手为强的主意。

和钻天鹞子对敌的左臂金刀王振明，左手上一柄金背九环阔刃刀，招数上真有功夫，又是左手刀，要讲功夫，钻天鹞子实非敌手。那个钻天鹞子身轻如燕，纵跃进退，捷如猿猱，他一上手，便觉自己刀招搪不住，立时施展小巧之能，利用月黑风高，难辨身影，倏进倏退，来去如飞，绝不和左臂金刀真砍真杀，这一来，左臂金刀相形见绌，只好心静制动，只守不攻，时时要防钻天鹞子从暗地里蹿过来，突然地乘虚袭击，捉迷藏般，八面留神，未免老大吃亏。冷不防唰的一镖，从侧面袭来，幸而钻天鹞子在黑地里也难取准，如果风向不顺，打出镖来，更难生效，饶是这样，左臂金刀也防不胜防，大腿上已经吃了一镖，幸而风大镖弱，只被镖锋在浮皮上划了一下，这点皮伤，他还支持得住。

在左臂金刀吃亏当口，铁龙藏、公孙龙已经得手。严四虎已护着重伤的严二虎，拼命杀出重围，隐入屋后丛林。钻天鹞子打了一镖以后，也没现身，大约跟着严氏弟兄一块儿逃走了，却把坐山雕的尸首留在敌人手里了，原来坐山雕是给铁龙藏从他身后林内飞身而出时，顺手一剑刺死的。

铁龙藏一现身，便奔了严四虎。严四虎瞧见他二哥和钻天鹞子都现身交手，自己没法独退，只好拔出一对镔铁方棱竹节鞭，哑声儿和铁龙藏厮杀起来，公孙龙从树上下来，也和严二虎手上一对点穴镢交上了手。

严二虎武功虽高，在这黑地里交手，手上一对短家伙和公孙龙一柄长剑对上，未免减色。公孙龙终南派的剑术，又是与众不同，招数施展开，剑光如练，变化莫测，两人倏迎倏分，刹那之间，已对拆了十几招，严二虎性如烈火，把一对点穴镢，展开纯熟的绝招，公孙龙一时也难取胜，忽然一阵风卷起地上一片沙土，公孙龙趁势向后一退，严二虎以为敌人怯敌后退，点穴镢一扬，一上步“蜉蝣戏水”“蛱蝶穿花”，展开绝招儿，向前一攻，哪知道公孙龙并非真退，一扬手，梅花针业已出手。

这种暗器在大白天都难躲闪，何况这样月黑风大的时候，严二虎又没防备，哪有不中之理？而且中了好几针，都在要害之处。

严二虎真挺得住，嘴上一声厉吼，向后一跃而退，受伤不忘杀敌，十几颗莲子镖，连珠般向公孙龙袭来，公孙龙一阵闪避，却给严二虎逃出手去。

这当口，严四虎也敌不住铁龙藏，又听出严二虎吼声有异，人已退走，慌不及抽身后退，施展毒药飞刀，分向铁龙藏、公孙龙二人身上袭去。这种飞刀，在风地里，比其他暗器更难取准，但是铁龙藏、公孙龙二人，识得飞刀厉害，万难上身，也向后远退，躲闪歹毒的飞刀。

这样，严四、严二才能隐入深林，和钻天鹞子一块儿逃走，但是中了梅花针的严老二，当时逃命要紧，一阵奔驰，还不觉得怎样，一到窝藏之所，脱衣验看伤处，才惊得灵魂出窍，极微极细的梅花针，虽非毒器，一经中在要害，又是一阵奔驰，随着气血行开，已经深入五脏，极难解救，能够奔回夔州老巢，不致死在路上，便是大幸。严老二既已无药可救，从此严氏五虎，严三在黄牛峡害了一只眼，严五、严二伤了两条命，都是公孙龙夫妇一手成全，自然仇深如海，更是固结莫解了。

马姑箐石屋前一场夜战，是公孙龙夫妇在路上相逢，彼此探问出来的。幸喜五虎旗一场毒计，俱成画饼，还饶上了严二虎、坐山雕两条性命。当时人人得意非常，大家在路上一商量，铁龙藏带着第二批镖趟子回转昆明，让公孙龙夫妇回返泸州。

经过这场风波，双龙镖旗又获全胜，从此川滇这条道上，公孙夫妇的英名，真个震慑一时，五虎旗再也不敢兴风作浪。一直过了七八年，直到公孙龙两夫妇厌倦风尘，回转故乡公孙庄，总算在吃镖行饭当中，能够这样顺顺当当告老还乡，实在也不易多得的了。

哪知道事隔多年，五虎旗的仇人，还大举寻仇，直找到隐居的公孙庄上来，才弄得两败俱伤，不堪回首。

第三章　在天比翼在地连理

上面公孙龙夫妇弃官职、当镖头，在川滇道上和五虎旗严氏弟兄怨仇固结的经过，原是从公孙龙夫妇门下大师兄纪大纲嘴上说出来的（与第二集第二章章尾接笋）。当时师兄弟们守义、守廉、张宏、魏杰、叶晓芙等听得当年老武师结怨种祸的前因，都有点感慨万分。

当年事由一面双龙镖旗所起，骨子里并非想在川滇道上争雄夺利，结果弄得血海深仇，两败俱伤。假使当年二镖头铁龙媒和严四虎，双方都退后一步，把意气之争压一压，心平气和地想个平和办法，使双方都过得去，何致闹成这样怨仇固结的局面？所以纪大纲说出“练功夫壮实身体则可，凭功夫在江湖上混饭吃，这条路走不得……”的话，实在是有得之言。因为纪大纲拜列老武师门墙，正值五虎旗两次落了下风以后，双龙镖旗在川滇道上赫赫称雄当口，见闻较详，才明白这事的因果。

纪大纲本来要动身回京，老武师家中突然出了这样逆事，才多留了几天，等到老武师大儿子守仁葬事告竣，老武师黑虎钉创伤已日见复原，五虎旗贼党确已远走高飞，才安心辞别师傅、师母和师兄弟们，动身先回凤城南门外八里铺家中，再起程返京。

老武师公孙龙经过这番祸事以后，精神上似乎受了极大打击，虽然创伤日见平复，行动已无大碍，兴致却非常颓唐，终日沉默寡言，一个人在静室内，往往一炉佛香，枯坐如僧，好像悔不当初，暗自忏悔一般，弟子们日常武课，一股脑儿都由公孙大娘督教，很少到把式场中指点弟子们的功夫。

可是公孙大娘的举动，和她丈夫大不相同，精神奕奕地督教子弟们功夫，格外加紧，丝毫没有放松，恨不得把自己一身本领，都教给他们。但是武功一道，不是填鸭子般填得进去的，师母把压底本领都抖搂出来，弟子们资质不同，未必个个都心领神悟，突飞猛进。

这几位门弟子里边，要推叶晓芙、魏杰两人成绩最好，叶晓芙专心一志于绵掌、梅花针两手绝顶功夫，已有相当的造诣，魏杰却把公孙大娘当年逞雄川滇道上那手“杀虎绳”的绝技，得到手中，其余守义、守廉、张宏三位师兄，虽然功夫日见长进，比起叶晓芙、魏杰来便差得多，倒是小凤姑娘志气很坚，常常想起那晚五虎旗贼党钻天鹞子把自己赶罗得走投无路，深知自己武功太薄弱了，每天跟着几位师兄下了苦功。公孙大娘只有这个爱女，平常最为爱惜，看她每天苦练苦学，反而劝她不要这样傻练，文、武两道都得按着各人禀赋，循序而进，贪多嚼不碎，反而于身体有碍。

光阴飞快，转瞬又过了两个年头。皇天不负苦心人，小凤姑娘在这两年内下的二五更功夫，真得亏她，一点没有白下苦功，而且后来居上，她哥哥守义、族兄守廉还有五师哥张宏，都觉有点不如她了。

小凤姑娘最得意的，瞒着众人，偷偷地向叶晓芙讨教独门燕尾追魂针的手法，这一筒厉害暗器，原是和“赛棠夷”“赛鱼肠”“寒辉剑”三件宝物做一箱子藏着，又是叶晓芙托她代收藏的，她瞧得叶晓芙在这两年内，已把自己母亲传授他的梅花针练得到了火候，自己母亲常常夸赞他："终南派绵掌、梅花针两手顶门功夫，上一辈的传人是自己，铁氏双雄和你父亲都没有练到家，下一辈大约只有你七师哥了。"小凤姑娘听得暗暗高兴，虽然家传梅花针，自己和哥哥都练不到功候，反被外人得去，心里却没有失望。

她芳心里早把叶晓芙不当外人，这两年内，和叶晓芙的感情，愈来愈亲密，在人面前叫着"七师哥"，没有第三人在面前时，只叫一声："哥!"或者喊声："你!"有时连"哥"和"你"都用不着，彼此心心相印，小凤姑娘柳眉一展，樱唇一动，叶晓芙便知她要什么。反过来说，叶晓芙一举一动，别人不清楚，小凤姑娘便莫逆于心，彻底了解。

小凤姑娘背着人和叶晓芙说："哥！梅花针这手功夫，没法子，只好让你逞能，我练不到家，已死了这条心，你得教我那筒独门燕尾追魂针。"

叶晓芙慌说："只要你爱练，我非但把一切手法都教给你，从此连那筒独门燕尾追魂针，一起奉送，从此那筒暗器是你的了。"

小凤姑娘欢喜得合不拢嘴，嘴上却一个"谢"字都不说，却说："我有了这筒暗器，我娘面前暂时不要说，等我练到家时再提，你教我时，也不要在人面前教，咱们到庄外悄悄地练去。"

叶晓芙对于小凤姑娘百依百顺，果真依着她，偷偷地传给她燕尾追魂针的手法。小凤姑娘本来天生的一对夜能视物的秋波，从小弹弓百发百中，这两年武功大进，加上叶晓芙暗中尽心指导，没有多久，便把这件燕尾追魂针，练得如愿以偿，得心应手了。

她和他这样背着人偷偷地练习暗器，以及平常问寒嘘暖的亲密举动，当局者迷，以为别人没觉察，其实师兄弟们早已瞧得一清二楚，关心儿女的公孙大娘，岂有不明白之理？只有老武师公孙龙自从受伤病愈以后，一切心灰意懒，百事不问，全凭公孙大娘主持，自己整天不是静坐念佛，便是到莲花峪伏虎寺，和慧明和尚盘桓在一起，连儿女的功夫，和将来男婚女嫁的事，都像一毫不在心上了。

有一天晚上，老武师独个儿在静室打坐参禅，守廉、张宏早已各自返家，守义、魏杰两人，在白天被公孙大娘派到她娘家凤翔姬家寨办事去了，要过两天才能回来，公孙庄上师兄弟们，只有叶晓芙和小凤姑娘两人了。这时小凤姑娘已把追魂针练得烂熟，原不必拉着叶晓芙到庄外偷偷学习了，可是不学习暗器，在这清静的黄昏，两人也不肯放过机会，借着月下练习晚课做幌子，也得悄悄地密谈一阵。

两人在把式场中，离开了正面老武师静室，从外面一块地方，绕过墙角，东面靠后院的圆洞门外，也是把式场，一块狭长形的余地，两面砌着花墙，较为静僻，两人便在这地方喁喁私语。一听到圆洞门内脚步声时，两人不约而同地会伸拳抬腿，亮出练习武功的架势来，人家一看，好像师兄妹一心一意在月地下研究武功，其实他们两人心不在焉，两对耳朵，一听刚才的脚步声，并没到把式场来，立时又不约而同地扑哧一笑，彼此心照不宣，把伸出的拳、抬起的腿自然而然地放下来，继续他们一辈子讲不尽、谈不完的心曲了。

“晓芙！小凤！你们到我房里来！”这一声呼唤，从月洞门内传了出来，是公孙大娘的口音，而且带着一点脚步声，回到后院去了。两人正悄悄地谈得情致缠绵当口，突然被这一声呼唤惊醒，彼此立时心头乱跳。

叶晓芙忙应了一声：“师母！我们就来！”

小凤姑娘把晓芙袖口一拉，悄悄地说：“听脚步声，娘在月洞门内站了半天了。娘是爱我们两人的，我们也没有对不起上人的事，咱们大方一点，走！上我娘屋里去，近来我父亲常一人睡在前院静室内，娘定有体己话对我们说。瞧你这畏畏缩缩的，我还不害臊呢。”

两人进了后院公孙大娘的卧室，瞧见公孙大娘盘膝坐在炕沿上，手上拿着紫竹细长旱烟袋，静静地吸着自熏兰花细烟丝，偷瞧她鼻管里两条烟龙，没有喷得笔直，叶晓芙便放了心。公孙大娘瞧见他们两人进屋，脸上不断地露出笑容，瞧瞧小凤，又瞧了瞧叶晓芙，满脸春风地不住点头。

叶晓芙被她瞧得有点发毛，小凤却娇喊一声：“娘！刚才请七师哥指点我绵掌的精奥处，我真笨，梅花针练不到家，绵掌和七师哥比起来，还差得远，吃亏的还是内五行根基没筑实……”嘴上说着，一歪身，撒娇似的靠着她母亲坐在炕沿上了，情不自禁地指着炕边一张椅子上，低低喊了一声，“哥！坐！”

公孙大娘微微一笑，用手上烟管一指身边椅子说：“晓芙！今晚清静，咱们娘儿三个谈谈家常事。”

叶晓芙面孔一红，侧身坐下，公孙大娘转脸笑道：“小凤！这一阵你偷偷地练习燕尾追魂针，练得怎么样了？”

小凤一声惊喊：“咦！娘知道了！娘！我不是瞒着你，我怕你责备我，贪多嚼不碎，乱学一气，又怕学不完全，被人耻笑，可是到底被我学会了，而且他把这件宝贝东西送了女儿，从此我家梅花针以外，又多了这件厉害暗器了。”

小凤姑娘这么一说，公孙大娘却面色一沉，说道：“你这孩子，年纪也不小了，不知轻重地只逼着你七师哥教这样、教那样，你哪知道这件暗器的来历。照说叶晓芙不能把这件暗器的手法，随便传授，何况连师传独门暗器都送给人……晓芙！你自己想一想，这一桩事，是不是有点违背你先师的遗训呢？”

叶晓芙听得吃了一惊，刚要张嘴，小凤姑娘撒娇道：“娘！女儿和他是师兄妹，我又不是歹人，人家好心好意教给我，送给我，娘还责备他不应该教我、送我，娘也未免……”

公孙大娘笑骂道：“痴丫头！你懂得什么？他送你的那件宝贝暗器呢？你拿出来，让我瞧瞧，我再说与你们听。”

小凤姑娘从炕沿上跳下地来，背过身去，把左膀衫袖捋上去，解下那件暗器来。她常常把这件暗器绑在左臂上，并不是天天仗着这件东西防身，一半是爱得紧，视同性命一般，不肯去身；一半是因物及人，她小心眼儿另有一种想头，她此刻在她母亲面前解下来，想到因物及人的一种作用上，有点难以为情，偷眼向她母亲和叶晓芙都看了一眼，面孔不由得红了起来，其实她这种痴想头，她母亲未必注意得到的。

小凤姑娘从左臂上解下来的燕尾追魂针箭筒，和普通圆形袖箭筒不同，做得非常精巧玲珑，是用风磨铜打就一个微带瓦栊形的东西，因为它是瓦栊形的，绑在臂上最合适，头上有三排梯形极细小的匾形针眼，每一排十二个针孔，一共有三十六个针孔，里面可以喂上三十六枚燕尾追魂针，针只二寸半长，针尾有一个扁扁的小叉，形似燕尾，这个扁叉形针尾，原是风舵，一经入肉，也无异倒钩，极难拔出来，而且这种纯钢锋利的短针，一经筒内做就的弹簧放射，可以透骨，目力难辨，每发五枚，可发七次，还留着最后一枚保命毒针。这种奇形的暗器，厉害之处全在头上放射出去的针孔，是三层瓦栊式带梯形排列的，里面又做就精巧的机关，针一发出，到了敌人身前，五枚燕尾针变成扇面形，如果发出时，一使手法，臂上略有转侧高低，射出的部位，便又起了无穷变化，敌人更难防护周密，所以这种暗器，江湖上闻名丧胆。江湖上晚几辈的人物，不用说瞧见这东西，连燕尾追魂针的名头，都难得听到，因为这件东西是叶晓芙先师独创的暗器，连本人也只用过一二次，江湖上不是见多识广的老前辈，自然不易知道了。

公孙大娘拿着燕尾追魂针的发射机筒，仔细瞧了瞧，叹口气说：“这件东西，从前只听我老师讲起过它的来历，谁也没有瞧见过这件东西，两年前晓芙用这件东西，杀伤严氏弟兄，救了你师父一命，后来我明知晓芙把这件东西，和那几件宝物，交小凤收藏着，我也不愿叫小凤拿出来赏鉴一下，因为一瞧这东西，便要想起那年我公孙庄一件糟心的事，被老头子瞧见，更惹得他难过半天，直到现在，我在暗中知道小凤学会了这件暗器，晓芙又把师传遗物，很随便地送了小凤，我心里有许多话，想和你们说，没法子不叫你们拿出这件东西来了，好在今晚此地只有我们娘儿三个人，什么话都可以说……晓芙！你是个聪明知礼、懂得尺寸的人，极不肯把先师遗传和遗物，轻易传授别人、送给别人的，你很慷慨地送给小凤，绝不是因为小凤是你师妹，不好意思不送，假使换了别个师兄弟，大约你未必这样慷慨。晓芙！咱们不是普通师生关系，这两年内，我看待你也和别人不同，我重视你比我亲生儿子还强几分，大约你也看得出来，小凤更应该明白，你们有话，趁这时候清静，只管对我说……”

公孙大娘平时对于叶晓芙、小凤两人亲热的情形，假作痴聋，也可以说是故意放任，聪明的小凤姑娘，平时也未必不明白，正唯她明白母亲的心意，自己有了把握，才和叶晓芙不避嫌疑，嘘寒问暖。但也不料今晚自己母亲突然借着燕尾追魂针一档事，说出这样露骨的话来，臊得她低着头，站在一边，没法出声，本想一溜烟地逃出房去，心眼内却觉得机会到了，想听一听叶晓芙怎样对答自己母亲的话。

但是叶晓芙也窘得一张脸像大红布一般，心头一个劲儿乱跳，嗓子眼里像贴上封皮一般，不知说什么才好！当面锣，对面鼓，这话怎么出得了口呢？从什么地方说起来最得体呢？心乱如麻，反而变成哑子一般。

公孙大娘大马金刀地坐在炕上，瞧着一边一个像木头人似的一男一女，心里暗暗好笑，却又不忍再窘他们，面色一整，故意把这僵局打开一下，改变了话头，悠悠地叹了口气，说道：“这个燕尾追魂针，狠毒霸道，比我们凭内功打出去的梅花针还厉害得多。这种暗器，任凭一等一的武功，事先没有觉察，猝不及防地碰着这种霸道暗器，也极难躲闪，如果你没用这件毒辣暗器，救过你师父、救过你师妹和我们全家，我一定不许你用，也一定不准小凤练习。如果你把这东西送给小凤，我还要恨你，也要骂她，现在可教我说什么呢？这好比一件毒药，用来毒人，就是罪恶；用来毒死吃人的虎豹，便是佛心了。现在小凤已经学会这件东西，她又把这件东西，当作性命似的带在身上，五虎旗对我家仇恨越结越深，不知哪一天，也许还要寻上门来，我没法禁止小凤不用，只能常常告诫她，不能乱用，到了万不得已时才许用它，我们终南派祖师有一句名言传下来：‘学得镖法，能不伤一人，便是镖佛；学得剑法，能够剑不染点血，便是剑仙。’你们两人，千万记住我这几句话，我们两老和五虎旗怨仇固结，一世难解，便是你们前车之鉴。”

叶晓芙慌站起来说：“弟子终身谨记师训。”

小凤也说：“娘！女儿没有七师哥救我，早落贼党之手，女儿天天备防着五虎旗再来寻仇，才背着娘学这件暗器。娘和爹一年比一年老，两老跟前最得力的徒弟，只有七师哥，次之是六师哥，两位师哥学成了本领，总有一天要离开我家的。七师哥送我这件东西，他嘴上不说，女儿知道他存着深意，为的是女儿有了这件东西，非但防身，还可保家，人家一番好心，娘还一个劲儿追问他，教人家能说什么呢？”

聪明的小凤姑娘，灵机一动，忽然抓住机会，移花接木，巧为叶晓芙解脱刚才一番窘境，不料公孙大娘笑道：“痴丫头！你自己呢？你一年大似一年，也有一天要离开你娘的呀！”

小凤姑娘万不防她母亲说出这话来，只一转，又归到切身的本题上去了，这又使她低下头，没法再搭腔了。

公孙大娘不去睬她，转脸向叶晓芙说：“晓芙！我刚才问你的话，关系非轻，我平日冷眼瞧清楚了，才敢当面问你，你却年轻面嫩，答不出话来，其实我们这种人，讲究一个干脆爽利，不必拘泥世俗的虚伪排场，也不必转弯抹角，扭扭捏捏，出你之口，入我之耳，只要听你一句话，我就有了安排的主意了。”

叶晓芙一听这话，心头一激灵，突然哧溜地向公孙大娘双膝一屈，飞红着脸，嗫嚅了半天，才说道：“师母！可怜弟子父母双亡，肩上肩下，并无兄弟姊妹，连一个靠近的亲友都没有，当年弟子相依为命之人，便是去世的那位恩师，现在终身感戴，视同慈母的，便是师母您。可怜四海虽大，弟子已无家可归，不过我虽孑然一身，却掌握着无穷的金珠财宝……”

“哦！你这批金珠财宝，定然另有秘藏之处，以我猜想，大约也是你去世恩师的遗留吧？”公孙大娘抢着急问财宝的来历，小凤姑娘也悚然惊异，心想他这人真怪，年纪轻轻，有了这许多财宝，还肯寻师学本领，苦求深造，实在是不易的。

却听叶晓芙说道：“师母圣明不过，大约师母看到先师留给我几件随身宝物，师母早已明白那位先师是何许人物了。弟子有了大批财宝，如果想成家立业，坐享其成，可以说不费吹灰之力，但是弟子有两大心愿：第一件，誓报父母不共戴天之仇；第二件，欲继先师未竟之志，想把这批财宝，救济穷苦无告的人民。当年先师从一班贪官污吏囊中搜刮来的财宝，替他散给穷人们，也是合乎天理人情的事，至于……”

他“至于”了半天，似乎下文难以出口，忽地剑眉一轩，终于挣出几句话来：“至于弟子和师妹，日亲日近，性情相投，难逃您老人家眼下，但是自问发乎情，止乎礼，只把师妹当作平生知己，情逾骨肉，弟子把燕尾追魂针传给师妹，除去刚才师妹所说借此防身保家以外，弟子心里存着非分妄想，只要弟子第一件心愿事了，便想偕同师妹，处理我先师秘藏的大批财宝，完我第二件心愿。师妹既然是道同志合，帮我继续先师未竟之志，把先师遗留的燕尾追魂针，传给师妹，似乎对于先师在天之灵，可告无罪……”

公孙大娘不等他再说下去，一伸手，把地上跪着的叶晓芙拉了起来，却向小凤问道：“他此刻说出来的主意，平时对你说过没有？”

小凤姑娘红着脸说：“说过的，但是我问他害你父母的仇人是谁，你去世的恩师，究竟是哪一位前辈英雄，娘！你猜怎么着？他这人真有主意，无论怎样问他，他咬定牙根，不吐一句口风，他此刻在娘面前又说女儿是他知己，女儿却有点信不及，现在娘在这儿，我倒要问问他，既然把我当作知己，一问到他身世来历，为什么不肯告诉我呢？这不是信不及女儿么？女儿为了此事，常常暗中流泪……”

小凤说到这儿，眼圈红红的，竟有掉泪的光景。

公孙大娘笑道：“你还是孩子气，你懂得什么？他不是信不及你，定然因为关系重大，机会未到，不能随便出口。你只要想一想，他对于我这老婆子，平时何等信服我，尊敬我，这些年他也绝口不提此事，我明知他有难言之隐，也绝口不去问他，免得他心里难过，你这孩子，不知轻重，只想自己这一面，只怨他不肯对你说，却没想一想他说出以后，你能帮他了这第一件心愿么？”

小凤姑娘急道：“怎么不能！只就我们师兄妹情分来说，这样大事，他不叫我跟着，我也得一块儿去。”

公孙大娘笑道：“这又是孩子话，你有多大本领，敢说帮他报仇？如果他仇人庸碌之辈，不必人帮他，早已自己了此心愿了，何必直到现在？你功夫比他差得多，报仇机会未到，对你不是白说么，何必叫你也添一重心事呢？他不对你说，正是他有主张、有见识的地方……这些话且不提他，现在我听晓芙话里话外，已经表明了心意，要等报了父母之仇，才能谈到别的，晓芙！是不是这意思？”

叶晓芙应声：“是！”

公孙大娘说：“好！有志气！但是我女儿终身大事，也不能含糊，咱们也不必男媒女媒，一个是我爱女，一个是我爱徒，巧言不如直道，晓芙！丈夫一言，我听你们一句话，我一定要成全你志愿的。”

小凤姑娘一听自己母亲突然开门见山，单刀直入，顿时心头乱跳，站又不是，坐又不是，躲出去又不甘心，羞得背转了身，全仗着一对耳朵，急于想听叶晓芙对答出什么来。

只听他清清楚楚地说道：“师母！弟子斗胆，只求师母替弟子做主，只要弟子报了不共戴天之仇，愿和师妹在天比翼，在地连理，此心不二，神灵共鉴！”

小凤姑娘一听这几句话，心神大定，一张樱桃小嘴，使劲地想闭得严严的，却不听她做主，两片朱唇不由得合不拢来，好在她背着身，面着墙，谁也瞧不见她脸上的表情。

叶晓芙说出心意以后，公孙大娘立时接口道：“好！一言为定，现在你既然心愿未了，这事暂且搁在一边，你师傅面前，我暂时不提。现在你是我爱徒兼爱婿，照说我得问问你身世来历和你的仇人，但是我有点明白，你绝非普通人家的子弟，你的仇人也绝非江湖上普通的仇人，你不便说时，我们也不便硬逼着你说，你自己酌量着，到了应该使我们母女俩知道的时候，再说出来也未始不可。不过你要明白，现在我们和你是休戚相关的人，你的仇人便是小凤的仇人，独木不成林，一旦报仇机会到来时候，我老婆子还能替你担当一下，你可不能瞒着我母女俩，犯了糊涂，去冒不测之险。”

叶晓芙慌不及应道：“谨遵师母吩咐!”

公孙大娘又说道：“还有一节，你父母之仇，暂时我们不便打听，但是你去世的恩师的来历，从你那只箱内几件法宝，和这个燕尾追魂针身上，我却有点知道，此人便是当年平西王吴三桂手下第一勇士保柱，平西王反清失败，身死军中，部下星散，这位勇士名望大一点，清廷出了重重的赏格，下了海捕公文，到处搜捕，变成了重要的钦犯。可是此人武功超群，隐迹江湖，成了一个神鬼不测的侠盗，江湖上传说的燕尾生，便是此人隐迹以后的别号。官府虽然聘了许多名手，各处踩缉搜索，依然劳而无功，此人的本领和独来独往的奇怪举动，早年江湖上可算一绝，万想不到你和他有这样深厚的渊源，此人谁也没有当面见过，谁也得佩服敬畏，别的我不便打听，你怎样会和他在一起，而且还得到他全部遗留的东西，你和此公定有异乎寻常的关系。此刻出你之口，入我母女俩之耳，便是其中有点关碍，大约此事和你父母之仇，毕竟差一点，大约不至于拒绝不谈吧?”

公孙大娘说这话时，小凤姑娘乘机转过身来，向叶晓芙瞧了瞧，衬着她母亲的话风，说道：“娘这样问你，你还守口如瓶么?”

叶晓芙慌不及说：“师妹！你莫急，听我慢慢地说呀！唉！说起我先师的事，整天整夜讲不完，以前的事，师母大约知道，且不说他，只说我和他在一起以后的事。”

于是叶晓芙把他先师燕尾生奇怪的故事，一五一十地说了出来。

第四章　燕尾生

“召峣太华俯咸京，天外三峰削不成。”这是古人形容华山高峻的诗句。中国五岳，峭拔幽奇，要推华山，不过太华、少华，群峰罗立，屼立云表，却不止三峰，最出名的，如仙掌峰、狮子峰、崒律峰、明星峰、玉女峰、斗北峰、白云峰之类，难以尽述，诸峰之中，幽险秘奥，出人意表之境，自玉泉院上莎萝宫，路渐陡峭，再登青柯坪、廖阳桥而上，奇险更甚，如苍龙脊、千尺幢、百尺峡、老君犁沟、猢狲岭、仙人砭、上天梯之类，无不嵯峨千寻，攀缘都穹，终年又云屯雾锁，鸡犬不闻，其中如苍龙脊，是高达千寻的一条大石梁，长约三里，宽只尺许，胆小足软的，绝不敢在这条石脊上走去，一失足，连尸骨都没处找寻，因为下面是望不到底的深涧陡壑。这地方虽险，石脊上还算有路可走，再上去，走到了千尺幢、百尺峡，高接云霄，飞鸟难渡，人上去要攀着陡峭石壁上的铁链，像蚂蚁般游壁而上，这种铁链又是凿空虚悬，全凭嵌在石壁上一橛橛的木桩，和一段段的铁索连接起来，年久月深，难免木朽锁断，只要一个支持不住，或者中途力竭，一失手，跌下去准保尸骨粉碎，这还不算稀奇，在千尺幢、百尺峡左近险僻之所，还有无人知道的奇境。

从千尺幢，登百尺峡，已经奇险极幽，非常人能到之地，再由百尺峡深入几里，仙人砭、上天梯一带，有一处两崖夹峙，壁立参天，中通一线，上下尺许，侧身而入，风如利箭，毛骨森然，走完这条夹崖一线天，对山松涛盈耳，白云朵朵，飞舞其间，却相隔几十丈，难以飞渡，因为走完这条夹崖，已到尽头，再举步，便要跌入千丈深渊，只听到下面急流奔腾轰訇，像雷鸣一般，却瞧不出下面什么景象，因为悬崖峭壁十几丈以下，只见蓬蓬勃勃，像开锅一般的云雾，直往上面冒出来，无论武功如何高超，到了这样绝境，当然只好止步。哪知道天造地设的奇境，便在此时，竟有人仗着一身绝顶轻功，冒着不测之险，利用陡绝峭立的崖壁间许多嵌壁奇松，在崖壁龙蟠凤舞的古松之间，当作蹑壁凌虚的天梯，游身而上，投入终古云封的奇境。

原来此处悬崖四五丈以下，崖壁中空，形若蜂房，尽玲珑剔透之胜，小的壁穴，类如鸟巢；大的洞穴，却可容人，从洞穴进去，窈然深远，钟乳倒垂，与地相接，晶莹如雪，照映生光，再从钟乳林中，穿身而进，洞中套洞，大如堂屋，小如亭台，千奇百怪，无异重房复室，而且与外壁无数大小洞穴，曲折相通，透光通气，有明有暗，绝不幽闭闷塞。最有趣的，壁外山风席卷，风向不定之时，白云缕缕，若练若丝，从大小孔穴穿了进来，穿房入户，自在游行，蔚成奇观，在这上接云霄、凿虚嵌空的洞府内，似应高处不胜寒，可是洞房曲折，复道回旋，竟是藏风聚气，冬暖夏凉，正是人间的第一妙境。

在这妙境内，便是华山侠盗燕尾生藏身之处，也就是叶晓芙当年跟着燕尾生拜师学艺之地。叶晓芙自幼家遭大难，燕尾生与叶晓芙父亲有特殊渊源，仗着他一身出奇本领，锐身急难，志在存孤，把叶晓芙救了出来，一同藏身于此。那时叶晓芙也只十几龄的童子，经燕尾生以父执兼恩师，文武两道，循循善诱，几年下来，已具根底，他们师生二人，并不终年伏处洞室，有时也遍游华山胜境，燕尾生且常常远游几百里以外，最后几年，风波陡起，叶晓芙也随师远出，经历了不少石破天惊的险境。

燕尾生这时年逾四十，天生地长得瘦小枯干，形若猿猴，却一身铜筋铁骨，禀赋异常，武功兼内外两派之长，有超群绝众的特殊本领。他是见过大场面，经过大风险，宁为侠盗、不屈清廷的硬汉。平西王吴三桂失败以后，清廷知他是吴三桂帐下第一勇士，曾经想法收服他，许他高官厚爵，他却置之不理，鸿飞冥冥，易名变姓，独来独往，隐迹深山大泽之间。清廷下旨各处悬赏兜拿，依然奈何他不得，谁也不知道他隐身于华山层峰绝壁之间的秘窟。

但是他生平有两桩爱好的癖性。第一，他喜爱搜罗奇珍异宝，眼光既高，鉴别又精，历年仗着一身出奇本领，来去无踪，从达官富宦家中，偷来的宝物，不可胜数。他绝壁秘室内，各洞穴陈列的奇珍异宝，真是光怪陆离，美不胜收，连带他高足叶晓芙，也开了眼，得了许多鉴别珍宝的学问，后来他又发了宏愿，凡是宦囊充足的贪官污吏，尤其是权势赫赫的满族官吏，非但有宝即偷，便是次一点的财物，只要价值巨万的东西，他也顺手牵羊，席卷而走。

他并不是喜爱聚财，他认为贪官污吏的财物，全是从百姓身上搜刮来的民脂民膏，他的宏愿，便要把这些已经藏入贪官污吏之手的民脂民膏，经他之手，仍然把它取来还之于穷苦百姓。他存了这样宏愿，便变成了无事忙，一面偷，一面还要救济穷民，不论什么地方，只要被他听到、看到哪处受灾，哪处遭祸，哪一家好人受穷受苦，往往像天外飞来的得到他的周济。

他周济穷民的财物上，必有“燕尾生敬赠”几个字的条子。这一来，侠盗燕尾生的名头，便传开了，被他偷苦了的达官贵宦，当然疑心到是侠盗燕尾生做的手脚，当然要严紧缉捕，可是枉费心机，用尽方法，还摸不到他的来踪去迹，而且也不知道侠盗燕尾生，便是清廷海捕的钦犯。

第二桩癖性，他却好色。他这好色，并不是仗着本领采花，他是花钱嫖院。只要被他听到哪处妓院有色艺双绝的妓女，他不管路远路近，定要嫖她一下，嫖院时，非但身上装束，时时换样，装出各式各样的人物，而且脸上也时时搽着秘制药物，五官虽改不过来，面色却常常变样，金钱挥霍，非常大方，和富商巨宦，一般无二，乐坊妓院，异常欢迎，请教姓名时，随口捏造，有时也自称姓燕，院子里便称为"燕大老爷"或者是"燕二爷"，这个"二爷"不是排行，是妓院亲热的口头称呼，可是他在这"好色"两字上，却找出麻烦来了。

有一次，燕尾生离开秘窟，过了一个多月，还没回来，叶晓芙深知这位老师的癖性，只要过了十天还没回窟，不是打听得某家有奇珍异宝，便是某处有绝色妓女，才使他流连忘返了。可笑他这位老师，平时师生相对，燕尾生对于自己所好，绝不讳言，而且谈得津津有味，自谓"好色而不淫"，这位高足年纪也只十七八，情窦初开，尚未涉世，虽然爱听，尚难了解什么叫作"好色而不淫"，每逢燕尾生离山远游，好在秘窟内百物具备，不愁冻馁，跟了燕尾生几年，武功已有根底，对于轻功，尤得真传，出入秘窟，借着嵌壁古松，贴壁飞腾，已能随意上下。燕尾生远出之时，他也常常翻上崖顶，游行千尺幢、百尺峡近处胜境，拣着可口的飞禽走兽，或弹或镖，打下来，拿回秘窟去，烤炙而食。

有一天清晨起来，他因燕尾生走了多日还没回家，一个人独处无人之境，有点气闷不过，翻上崖巅，练习了师传几套拳剑，从百尺峡走到千尺幢峻险之处，四面闲眺，偶然低头向下面望去，蓦见浮沉舒卷的云影里面，现出一点黑影，星驰电掣，忽隐忽现，出没于下面冈峦密林之中。

他站立所在，地位太高，距离下面，何止百丈，虽然有点看出那点黑影，已逐渐扩大，脚程真快，活像飞行一般，只见他一耸身，便纵出好几丈，蹿高纵矮，履险如夷，人已到了千尺幢峭壁之下。上面叶晓芙已瞧清这人身上穿着“赛棠夷”，背上系着“寒辉剑”，正是朝夕盼念的燕尾生回来了，欢喜之下，两掌在嘴上一拢，俯身向下面大喊：“师父！今天才回来！”

他这一喊，四面山谷起了回声，只见下面燕尾生举手连摇，似乎阻止他出声，人已从下面铁索上攀缘而上。这种铁索悬度，也只有像燕尾生这样绝顶轻功，才能上下自如，看他一个瘦小的身子，在一段段的铁索上，宛似蜻蜓点水，壁虎游墙，手脚并用，蹑壁直升，疾逾猿猱，片刻之间，业已翻上崖顶，伸手一拉叶晓芙，只喝了一声：“快跟我回家，有事和你说！”把叶晓芙一挟，举步如飞，便回秘窟。

师徒二人回到秘窟，燕尾生把蒙脸帕去掉，便喊：“快拿酒和可吃的东西来，我一日一夜之间，脚不点地地走了几百里路，可真饿了！”

叶晓芙吃了一惊，知道他定然碰上拂逆的事了，不然，不会走得这样匆忙的，慌拿出预藏的美酒珍味，让他吃喝。燕尾生风卷残云般吃喝完了酒食，果了腹，长长地吁了口气，忽然一跳而起，哈哈大笑。叶晓芙莫名其妙，瞧他举止有异，和往常不同，心里未免忐忑不宁，心想他往常出外，只用药物搽脸，改变面色，下手作案时，才用蒙脸帕，现在他回家来的路上，还没去掉蒙脸家伙，可见事出非常，碰着追踪的敌手了。

燕尾生笑道：“晓芙！你不用朝我嘀咕，我燕尾生独往独来，纵横江湖，还没遇上敌手，今晚你躲在一边，瞧我在千尺幢上，逗两个狗熊玩一下子。”

叶晓芙大惊，慌说：“师父！黑夜里能够上千尺幢来的，定非庸手，这是从来没有的事，师父！你这一次可失算了，怎的把敌人引上了家门口，从此我们怕不能在此安身了！”

燕尾生冷笑道：“别人不知道，你难道还不知你师父的为人么？我特地把两个敌人引到这儿，其中自有我的办法。你放心，便是引人上了千尺幢，离这秘窟还远呢，你瞧瞧我这秘窟内历年收藏的奇珍，是你师父的性命，岂肯弃之如遗，拱手送人？和你师父为敌的有几个能逃出我手心去的？不瞒你说，这一次，我确是露点行藏，几乎上了人家圈套，敌人也真肯用心机，你知道追踪来的是谁？一个是从京城下来的，是乾清门侍卫，御前带刀，一等巴图鲁铁瑛，是个满人，据说此人在京城，武功赫赫有名。一个是六扇门里的鹰爪孙，长安总捕头李长泰，往常有个鬼见愁的外号，此人年纪已五十开外，武功颇得真传，平时被我偷苦了的人们，都逼着他捉我归案，他千方百计，也摸不着我踪迹，因此坏了名头，当然恨极了我，这次他拼着老命，要和我一决雌雄，所以今晚请他上来，算个总账，至于那个侍卫铁瑛，奉着皇命来的，得不到我的脑袋，大约难以回去销差，我也要量量他，究竟有多大本领。这次事情发动，我特地引他们到此的主意，说来话长，现在我没工夫和你细说，我算定这两块料千辛万苦地爬了上来，也得在今晚起更以后，也许畏难而退，事尚难定，我一夜奔波，也得高卧一觉，醒来还要在要紧处所布置一下，准叫你偷偷地在一旁看一场好戏。”

时近中秋，层峦叠巘之上，月色皎洁，万里无云，一片普照的清光，笼罩在芙蓉片片、屼出云表的群峰，益显得神山缥缈，如入画中，这是攀登千尺幢必由之路，从莎萝宫到青柯坪十里之间一段陡峻险仄的山路上，有两个一壮一老，全身劲装，佩带武器的勇士，从这条山道上，向千尺幢走来，走得忽快忽慢，四面留神，五官并用，偶然地上风吹草动，树上宿鸟惊飞，便像鬣狗般，耸神狼顾，疑鬼疑神，这样走路，如同受罪。

这两个人，一个是利禄熏心，身负上命，想在这次差使上，奉承得主子欢心，高升三级；一个是四面楚歌，身不由己，被上官巨宦逼得他没法不卖老命。这两人明知对方素常神出鬼没，绝非易与之辈，但是两人自问也是赫赫有名、独步一方的人物，又知对方独来独往，素来孤身一人，并无党羽，以二敌一，似乎稳操胜算，何况自己带来不少助手，留在莎萝宫岳神庙内。

两人踏月深入华山，一半仗着身上功夫出来，一半无非先去探一探真假，对方巢穴，是否真个在千尺幢上，没有把握，因为这时对方竟敢明目张胆，约在千尺幢相会，照说对方的约会地点，绝不会引人到自己巢穴相近，江湖巨盗，多半如此，也许拣着最险最难走的地方，出个难题，好把人家吓退，也许对方故使诡计，捉弄两人出身臭汗，他自己并没在千尺幢上相候，却在别处巢穴内高卧了。

这两人一面留神走路，一面却疑疑惑惑，怕对方言而无信，故意捉弄两人白跑一遭。这两人，便是清宫侍卫铁瑛和长安总捕头李长泰。

“铁老爷！你瞧前面峭拔壁立，高接层霄的那座怪峰，便是千尺幢了，下役在本省待了这些年，真不料这个魔头，办案竟办到这种地方来了。”年逾五十的总捕头李长泰，走在前面，指点着前面千尺幢的峰影，和清宫侍卫铁瑛说话。

铁瑛身躯魁梧，年未四十，一嘴京腔，官气十足，向李长泰说：“老英雄！咱办的是钦案钦犯，你捉的是积案飞贼，和劈死名妓‘小杨妃’的凶犯，你的案情小，我的责任大，咱们合力把点子捉住，解到京城，奇功一件，咱向上一报，只要把你名字列上，保管你顶戴荣身，门庭改换，享一享下半世的快活，不必再在本省受上面官头儿的呼唤了。”

积年巨猾的李长泰，慌不及转身向铁瑛单膝打扦，连说：“谢谢铁老爷栽培！下役不想高官骏马，只想托铁老爷洪福，把点儿捉住，免得徒弟们屁股打烂，妻小受押，便感恩不尽了。”

李长泰在公门多年，轻视虚衔，重在实惠，身为全省总捕头，职份虽微，历年在绅民身上欺诈所得和私纳暗通声气的贼盗例规，着实可观，表面上是个快班头儿，其实他已身家富厚，足够他享受一辈子的了。不料好事多磨，偏在本省，出了个来去无踪的硬对头燕尾生，非但搜刮了富室巨宦的珍藏，还绝不客气，曾经照顾到他自己家里，把他历年昧心之财，也弄去不少，别人可以开失单报案，唯独他哑巴吃黄连，有苦说不响，身为总捕头，实在无脸说出口来，因此，他把燕尾生视为不共戴天之仇，平时孤掌难鸣，趁这机会，调兵遣将，便是断送这条老命，也要和燕尾生一决雌雄了。

铁瑛武功虽强，身在宫廷当差，对于江湖上经验，自然稍差，自恃着见过大世面，来到外省，省中大僚，以为他是御前护驾之臣，此次又是赍着密旨出京，非同小可，不亚一个小小钦差，当然另眼相待，处处恭维，把他抬得高视阔步，不可一世。李长泰跟他来到华山，又处处小心，百般奉承，居然联络得很好，“铁老爷、铁大人”叫得震天响，铁瑛才加以辞色，偶然也喊一声“李老英雄”，官谱一上来，面色一沉，便“李头儿、李大班”了。

这时前面已看出千尺幢的峰影，李长泰一路马屁拍得很合拍，铁瑛大言不惭地说：“咱在京还没碰着敌手，虽说这个钦犯，很有名头，连皇上都知道他，你们又描头添脚，说得活灵活现，好像会飞一般，依我看，大约此人练的是轻身小巧之能，咱用真实功夫和他较量一下，又有你在旁助着，让他三头六臂，大约也逃不出咱们俩手心去，就怕他诡计多端，没有这般大胆，真个在那上面等着我们。”

李长泰说：“铁老爷，事情也难说，也许被他知道，铁老爷奉旨到此，擒拿钦犯，便吓得他不敢露面了，可是……他真是铁老爷奉旨密拿的钦犯吗？真是当年反臣平西王吴三桂的心腹吗？”

铁瑛说：“大约不会错，我没有到过云贵一带，没有见过吴三桂手下的人物，可是你们提督大人靖逆将军张侯爷，从前也是吴三桂旧部，识得此人面貌，海捕公文上载明身形相貌，和那妓院禀报的又一般无二，以前上面故意不说他的来历，只吩咐你们加紧严缉飞贼燕尾生归案，原是有用意的，陕、甘、川、滇等省份早已奉有密旨，捉拿逆臣吴三桂手下一班漏网的钦犯。你们张侯爷身为督臣，又是当年和吴逆相处过，更得效忠皇上，认真兜拿，巨盗燕尾生的名头，一到张侯爷耳内，便留了意，派出不少心腹，和你们快班几位老手，追缉了许久，捉不住他，张侯爷暗地犯愁，怕皇上知道风声，怪罪下来，便派人到京，运动当权近臣，密奏当今，选派得力侍卫，出京协缉。这种钦犯还得解京廷讯，张侯爷这步棋，是巧着儿，原是做官的秘诀，皇上钦派侍卫协缉，多少可以卸点责任，却成全了我，做一次小小钦差，到此见识见识专偷奇珍异宝的燕尾生了。咱运气算不差，刚到这儿，你们便在妓院里摸着他的身影，虽然当场没有捉住，到底照了相，逼得他约期会面，这一来，便不怕他逃出咱们手心里去了。”

李长泰嘴上不断恭维，心里却暗想，你蹲在紫禁城内，不知外省办事的难处，还说得稀松平常，如果平常案子，不用我李老头儿出马，早已拿下来了。

两人步步走近千尺幢，神情便紧张起来，一步一留神，便不敢随便说话了，这位侍卫老爷一等巴图鲁铁瑛，走到千尺幢岩壁下，一看月光之下，面前壁立千仞，抬头落帽，别无路径可走，只在陡壁峭岩，滑不容趾的嵯峨怪石上，钉着木橛，缆着铁链，须得四肢并用，凭着一段段的锁链，悬度而上，铁瑛自恃武功非常，也觉得这种险地，有点触目惊心。

这当口，李长泰把身上整理利落，奋勇当先，嘴上低低说了句："铁老爷！让下役当先领路。"他是一半拍马屁，一半要在铁瑛面前，显一显老本领，不待铁瑛答话，便一顿足，飞身而起，人已悬在一丈多高的一段铁链上了。

铁瑛武功并不弱，大约轻功稍差，吃了身躯魁梧笨重的亏，和李长泰一前一后，手攀铁链，脚点木橛，一段一段地猱升而上，幸喜月色分明，两人武功毕竟不弱，居然悬度直上，李长泰在前，铁瑛在后，两人前后有一丈多距离，越上越陡，只要一口气提不住，手脚上一失劲，跌下去，可以闹个粉身碎骨。

两人用上了全副精神，猱升一段，还得停下来，听听上面有无动静，万一燕尾生在暗地里一使捉狭，用暗器招呼一下，便受不了。在这种全身虚悬，极难躲闪的险地，不能不说这两人胆力不小。前面李长泰好容易猱升到离上面崖头，只差两三丈了，慌不及略一缓气，侧耳听一听崖上动静，却只听得虫声如雨，树声如泻，并无其他可异的声响，向脚下一瞧，铁侍卫也升到了脚下一丈多距离的铁索上。

李长泰暗暗点头，此人有几下子，向上一看，到顶上还有三四段铁索，换了口气，全身一鼓劲，右手抓住头上的铁链，左脚向近身木橛一借力，正在一腾身，预备左手抓住上一段的铁索，右脚换到第二档木橛时，忽地一缕尖风，唰地擦耳而过，立时吧嗒一声响，右脚刚点着的第二档木橛，竟齐根折断。

他心里一惊，右脚点空，铁索一荡，重心一失，身子一沉，几乎失手摔了下去，还算他功夫老练，左手已抓紧上面一段铁链，全身重量，都挂在左臂上，急将右手捞住近身铁链，双腿一起，打了个千金坠，稳定虚荡之势，正想换把上升，再用脚点住上面第三个木橛，万不料又点了个空，又是吧嗒一声响，齐根折断。

这两下正是险到绝处，幸而这时他两手都抓紧铁链，脚虽点空，人未坠下，而且已明白上面有人暗中使坏，离崖顶虽只两三丈路，可是全身虚悬，难以对敌，性命太已危险，下面铁瑛，也已看出中了埋伏，慌不及一手抓住铁链，一脚钩住石壁上枯藤，把身子紧贴石壁，以免暗器中身。

正在这进退为难，危机一发当口，上面李长泰的头顶上，突然唰啦一声响，接着又呼的一声，怪蟒似的一件东西，把李长泰身子缠住，不由吓得出了声，定神一瞧，才看出上面抛下来的，是条极粗的长藤，而且抛下以后，许久并无动静，细听崖顶，也无脚步走动，分出一只手来，向上使劲一拉粗藤，似乎上面系得很结实，而且粗藤上一段段都打着藤结，好像上面有人，知他接脚木橛已断，全身虚悬，气力将绝，不易上去，才抛下藤来，助他一下。

李长泰惊魂初定，想得奇怪，但是冒险到此，有进无退，向下面铁侍卫一打手势，意思是招呼他："你暂缓上，待我冒险翻上崖巅，察看虚实，免得两人齐遭毒手。"他暗地知会以后，一咬牙，一手持索，一手挽藤，两脚点着藤上一段段的粗结，奋勇直升，居然一口气，攀上崖顶，脚踏实地，急将腰上一对点穴镢拔在手中，四面一看，崖上寒风飕飕，怪石林立，远处长林丰草，随风摇摆，也瞧不出是否有人潜伏其间，半里开外，怪岩奇峰，或俯或立，层叠而上，宛如与天上星辰相接，知道千尺幢上去，是百尺峡，还要比千尺幢奇险万分。

他站在崖顶，看不出一条人影，有点虚实难测，一听身后索响，铁侍卫不等招呼，竟也奋勇而上，到了崖巅了。

两人在崖上悄悄一商量，看清了四围地形，李长泰在右，沿着一片草地；铁侍卫在左，靠着一带怪石林，向前面百尺峡方向，一步步搜索过去，忽地嗖的一声，对面飞来一块小石，擦着李长泰头皮过去。他一低头，似乎瞥见前面三四丈开外，靠树林的一片草头，唰唰有声，一阵乱动。

他猛地一坐腰，一镢护心，一镢前指，一个飞燕掠波，一伏一起，从草地上平射过去，身形一落，仔细察看，并无人影，刚一长身，身边树林口一株松树上哗啦一响，一蓬松枝竟无缘无故地又折断下来，掉在他脚边。

他霍地一旋身，猛喝道："朋友！既然有意相会，何必故弄玄虚！"他喝问时，早已把双镢并交左手，右掌暗藏一只梭子镖，一问没有回音，手一抬，镖向这株松顶射去，却听得上面寂无音响，这只梭子镖，打了个空，穿叶而下，掉下地来。

李长泰一点足，蹿到松下，刚拾起自己的镖来，猛听得左面怪石林内，铁侍卫叱骂之声，慌翻身蹿入草地，向左面迎了过去，接连几跃，已到怪石林边，循声而往，刚转过一座屏风似的大岩石，猛地身后金刃劈风，从后背袭来，慌侧身一闪，翻身迎敌，却见刀光一闪，劈了个空，持刀的不是别人，正是同道而来的铁侍卫。

铁瑛也看清了是李长泰，不是敌人，把刀一收，两眼如灯，急得跺脚大骂道："鬼鬼祟祟，不敢当面交手，只凭诡计戏弄，算什么人物！现在我们已到地头，好歹要掏你出来，瞧瞧你这块料什么变的。"

李长泰心里明白，知道他也被人戏弄不轻，还误把自己人当作敌人，面子上下不去，恼羞成怒，跳脚大骂，一半无非借此掩饰鲁莽，几乎把同道误伤，心里暗暗好笑，当面不便道破，悄悄说道：

"铁老爷，莫急！敌暗我明，我们得沉住气应付他，不过左右两面都有戏要的人，怕点儿不止一人吧！"

刚说着，忽见不远一块怪石背后，冒起一簇火光，两人一先一后，向那所在掩了过去，一看人影毫无，只怪石下烧着一堆枯树枝，余火未绝，兀是燃烧着，两人猜不测敌人用意，一抬头，十几丈开外，又有一簇火光冒起，这才明白，定然敌人用火相引，不知把两人引到什么地方，才做了断。

地既险僻，敌人又这样虚实莫测，似乎还有党羽，以火相引，前面不知摆下什么阵势，两人心里未免嘀咕，但是势已骑虎，便是敌人摆下刀山，也不能泄气后退，如果连敌人面目还未见着，就被敌人虚势吓了回去，还算什么人物。

铁瑛一横心，喝道："走！管他什么诡计，今晚非和他见个真章不可！"手上一柄厚背红毛紫鳞刀，刀锋向下，向肘后一藏，一伏腰，向第二堆火光奔去。

李长泰老奸巨猾，心里有数，看情形敌人不致暗中下毒手，否则，两人在千尺幢下悬索而上当口，敌人要下毒手，不费吹灰之力，故意尽情戏弄，然后抛下粗藤，接引而上，这种举动，无非表示存心轻视，高抬自己身份罢了。

两人奔到第二个柴火堆时，业已离开一片草地，怪石嵯峨，色白如乳，层叠嶙峋，如屏如幔，中裂一缝，形若夹弄，弄底红光闪烁，摇晃不定。

两人一先一后，侧身进弄，初进颇狭，渐进渐宽，到了弄底，地势展开，奇境突现，原来石弄尽处，是个极大的山洞，洞口石缝内插着一束火炬，火光映在两面乳白色的石壁上，变为闪烁的红光，洞顶形如穹幕，钟孔累累，晶莹夺目，如垂流苏，下面细沙平铺，地势平衍，足有四五亩地的大小，当中从地上长出几支瘦峭崚嶒的石笋，每一支石笋上，都绑着牛腿粗的火炬，火苗吞吐，把洞内上下，照得光明洞彻，火光之下，石笋之间，地上天然地涌起一块大圆石，宛似石桌，平滑如镜，光可鉴人，却有一二丈开阔。

石桌上背里面外，一个蒙脸背剑的黑人，盘膝而坐，面前横着一条烤炙的大鹿腿，一手撑着一个竹筒，大约盛的是酒，一手拿着一柄尺许长的匕首，割一块鹿肉，吃一口，喝一口酒，似乎吃喝得香甜满口，兴会淋漓，左右两边，也放着两个酒竹筒，好像待客一般。

铁侍卫和李捕头，想不到燕尾生从容不迫地摆下了这么一个阵势，露面的依然是他一人，两人站在洞门口火炬之下，倒有点怔柯柯的，不知怎么样是好了。

“哈哈！两位这一趟太辛苦了！来！来来！客人到了，总得好酒好肉招待一下，表示我一点小意思，这是现烤现炙的新鲜鹿腿，这是从山下带上来的远陈汾酒，两位不要多疑，不要往没出息处想，我先来一口，好让两位安心。”说罢，把手上一柄锋利无比的赛鱼肠，在鹿腿上一插，把自己一筒酒放下，两臂一伸，把左右客位上的两个竹酒筒拿了过来，每个竹筒上喝了一口，依然放回原地方，表示酒内无弊，喝过以后，拔下赛鱼肠，把面前一只烤鹿腿，一阵乱割乱削，切下大块小块一堆小山似的鹿肉。

他自己先用刀尖，随意戳起几块，送进嘴内，狼吞虎咽一阵大嚼，表示鹿肉内也没毛病，他自喝自吃一阵以后，蒙脸帕上两个眼窟窿内，却射出凶焰烁烁的可怕眼光，嘴窟窿内，又喊出铜钟般的嗓音：“两位！现在大约可以放心，不必在洞门口愣神了，天下没有过不去的河，便是要我脑袋，也得等我吃饱喝足了再说。来来来，咱们先客客气气喝一杯，谈一会儿，我这样小心说话，真还是头一遭，两位如果还不肯赏脸，便不必道字号，称外场人物了！”

第一个侍卫铁瑛，便受不住这几句话，他在京城里，自问是响当当的人物，讲究的便是外场谱，如何肯输这口气？立时把手上红毛紫鳞阔刃刀，向刀鞘一插，大踏步闯入洞内，向燕尾生双拳一抱，大声说道：“朋友！有你的，咱们扰你一杯！”

铁瑛这么一开场，鬼见愁李长泰只好跟着上，把双镢向腰巾上一拽，一抱拳，也进了洞，两人左右一分，跳上中间天然的镜面大石桌，在燕尾生两边坐了下来。

燕尾生哈哈大笑道：“难得难得。两位跑了不少路，定然又渴又饿了，请！”嘴上喝出一声“请！”竹筒一举，自己喝得咽咽有声，冷眼看两人时，虽然也拿起了酒竹筒，却只向唇上沾了一点，故意说道，“两位尝尝这酒味儿，真醇真香，确是道地货。”说罢，用刀尖挑起两大块鹿肉，分向两人面前一掷，表示了一点待客之意以后，便不管两人真吃假吃，自顾自挥动小刀，连倾酒筒，旁若无人地大吃起来。

吃喝了一阵，他把手上“寒辉剑”向腰上皮鞘子里一插，向两人瞧了瞧，觉察两人酒没多喝，鹿肉却也吃了几块，乃向李长泰笑道：“李老哥，陕南陕北，提起鬼见愁大名，谁人不知，哪个不晓！我如果真个邀两位路远迢迢地到我燕子窝去，未免显得我故意捉弄人，不懂起落了，这点小事也犯不上引两位到家门口来。这儿虽不是我的家，却是我常常游玩所在，这个遮风挡雨的洞穴，也是我常常寄宿之所，在这儿约会老哥，似乎最合适没有，两位只要爬山，却不必远离本省，这是我体贴两位的一点小意思，也不指望两位承情。”

他故意这样说，说得又非常巧妙，李长泰饶是老奸巨猾，也相信他的话是真的，江湖积案大盗，从来没有把公门中人引到窝里去的，被公门中人自己访查出来，那是没法，只要一瞧这洞内，空空无物，便明白不是他的巢穴。

燕尾生眼神如电，察貌辨色，便知两人深信无疑，略微一沉，不等两人张嘴，又朗声说道：“李老哥！不过有一事，我有点莫名其妙。不错，我在长安儿家积着昧心财的，伸手做了不少案子，替他们消灾积福，李老哥食人之禄，身不由己，不得不撒网捉鱼，这是我要原谅的……”说到这儿，伸手向铁侍卫一指，“这位可是天子座前的侍卫老爷，千里迢迢地跑到这儿来，居然也找上我了，我和这位没有见过面，当然谈不到结梁子，我也没有摸过三宫六院的财宝，也劳动不到这位侍卫老爷，这里面怎么一回事？我倒有点摸不清了。”

他把这一层故意说得假痴假呆，惝恍迷离，好像人家找错了人似的，李长泰本是没十分明白细情，自然无话可说，侍卫铁瑛却从石桌上一跃而起，又跳下平地，拔出红毛紫鳞刀，用刀头指着燕尾生喝道：“咱奉旨会同此地督抚，捉拿忤逆手下钦犯，你胆大如天，竟敢在长安嫖院，早被人家认清面貌，是汉子，不必狡赖，是真是假，你跟我到公堂说去……”

铁瑛语音未绝，燕尾生一声大喝：“住口！你居然敢这样拿稳，跟你到公堂去说，你自己怎的不想一想，来时不易，去时更难呢！”

燕尾生说时，依然盘膝而坐，纹风不动，李长泰一看铁侍卫要动手，身子一起，人已站在平地上。

铁瑛却认为有机可乘，一声大喝：“还不束手就缚，等待何时！”便在一喝声中，一个箭步，蹿到燕尾生身边，呼的一声，刀光电闪，已到燕尾生身侧平扫过去，只听嘿嘿一阵冷笑，笑声却在洞顶上面，石案上已无人影，疾逾电闪的刀锋，竟砍了一个空，竟没有看出燕尾生怎样上去的。

两人抬头细瞧，洞顶离地，也有三丈多高下，上面晶莹的钟乳，千奇万状，映着下面几支火炬上的火光，火影变幻，耀目生辉，竟没瞧出燕尾生藏身之所，却听得上面哈哈大笑道："侍卫老爷！你要和我比画比画，不用忙，咱们讲明了再过手。你们两位，一位是捉拿钦犯，有心要我脑袋来的，不管是真是假，这官司真够瞧的；一位是访拿积案飞贼，说得重一点，是捉拿江洋大盗，横竖这么一回事，罪过都不轻。我也活腻了，和两位好像有缘似的，依我看，省事一点，两位一齐伸手，好在这儿，神不知、鬼不觉，两位办的是公事，不管怎么着，圆上案便得，两位仔细，我要下来了。"

铁瑛和李长泰一听燕尾生下来，不由一齐抬头注目，一面挥动手上武器，亮开架势，这地方还讲什么单打独斗，敌人手段太高，办案要紧，只要点子一下来，立时下绝情，活的捉不住，拿死的也交代了公事。

两人一般主意，眼睛打招呼，各自心领神会，哪知道上面话声刚止，猛听得"咔咔"几声微响，下面铁侍卫一声惨吼，业已宝刀撒手，仰面便倒。李长泰大惊，一挫身，向洞壁一退，双镢护体，留神暗器上身。

这当口，上面唰的一条黑影，轻飘飘地落在石桌上面，燕尾生纵下来时，依然赤手空拳，并没拔下背上长剑，向这面地上一瞧，冷笑道："死得好，我早通知你来时不易，去时更难么。"说罢，一转身，指着这面退到洞壁的李长泰冷笑道，"不是我暗箭伤人，谁教他是清廷走狗，非我族类呢！这种满奴，杀我们汉人太多了，碰到我，立时送他回姥姥家，最省事，至于你……"他说到这儿，语声一沉，接着一声怪笑，说道，"还用比画么？依我说，你把他尸首背回去，比什么都强，我轻易不愿杀人，满奴是另外，念你活了这么大，何必把老命撂在千尺幢上，只要你天良发现，以后少仗公门势力，少欺侮一点小百姓，也许可以落个寿终正寝，我也要少陪了，回我老家燕子窝去享清福，不在你们地面上讨厌了。”

燕尾生杀死铁侍卫的暗器，便是燕尾追魂针，这种厉害暗器绝不轻用，在潼关一带绝没用过。李长泰吃惊之下，还不知什么东西，一下子便把铁瑛弄死，这时又瞧见燕尾生赤手空拳站在石桌上，说得他一钱不值，而且语语挖苦，不禁怒火冲天，舍了这条老命，非得和敌人拼一下不可。

在这万丈高崖，呼救不灵，来时以二敌一的如意算盘已落了空，除出凭自己一身功夫，把敌人制服下了，已无别条路可走，可是敌人真够厉害，暗器更凶，凭自己一对点穴镢，一袋梭子镖，往常名头远大，自信得过，今晚碰着这个魔王，便觉没了把握。没有把握怎么样？挤到这节骨眼儿，也得拼一下。他在燕尾生飞纵下来时，满肚皮打主意，存了先下手为强的计算，在燕尾生赤手空拳站在石桌面上尽情挖苦时，暗地双镢一并，右臂连抬，一声不哼地立下辣手，“凤凰三点头”，“哧，哧，哧”，三只梭子镖品字式袭到燕尾生上盘。

哪知燕尾生眼神四照，早已留神他举动，起先姑作没防备，三镖一发，哈哈一笑，两臂一起，早把两只梭子镖接在两手内，最奇的还有袭向胸口一只梭子镖，也如泥牛入海，原来燕尾生手法如电，右掌同时接住上下两只飞镖。

李长泰大惊，大喝一声：“不是你，便是我。”双镢一扬，一顿足，“玉女穿梭”竟从一丈开外，飞上石桌，人随镢到，一镢奔燕尾生前胸，一镢点向命门，劲足势疾，原是存心拼命，一半先发制人，怕燕尾生暗器出手，长剑出鞘。

燕尾生喝一声：“嘿！真敢拼命！”身形一晃，双镢落空，略退半步，把手上三只梭子镖向地上一掷，笑着说，“算了吧，我看还是整臂整腿地回去吧！”

李长泰已急疯了心，越听越难受，一进步，把一对点穴镢，崩、打、砸、点，上下翻飞，尽向致命处递招，惹得燕尾生怒叱一声："这是你自己找死！"身形一展，铁臂纵横，竟是赤手空拳，和李长泰在桌面上接了十几招。

李长泰功夫并不弱，不料碰上这位怪侠燕尾生，一对铁掌，展开内家绝传，掌风飒飒，无懈可击，不用说双镢难以近身，便是露了破绽，镢锋上身，他一身"赛棠夷"的护身衣，也难损他分毫。李长泰力不从心，额上见汗，一个疏神，左臂肘尖，略被敌人掌风扫着，膀上一麻，左手点穴镢业已出手，掉落桌旁地上。李长泰一闪身，跳落桌下，一眼看到铁侍卫撒手的红毛紫鳞刀正在脚边，一哈腰，不顾自己掉下的点穴镢，抢起红毛紫鳞刀，刀光一闪，翻身索敌，想凭这柄锋利的宝刀，再决雌雄。

"好！再请教几下刀法！"桌上的燕尾生嘴上说着话，人已跳下地来，手上已横着一柄银光乱闪的寒辉剑。

李长泰满面通红，两眼如灯，把右手点穴镢向腰上一插，大吼一声，展开六十四手万胜刀法，劈、剁、砍、斫，猛厉无比，和燕尾生寒辉剑，竟又对拆了好几招。

李长泰虽然不顾生死，用尽拼命绝招，依然得不到便宜，最吃亏的，敌人手上剑光缭绕，剑法神奇，八八六十四手奇门剑，并没尽量施展出来，已赶罗得李长泰气喘汗流，没法支持了。

厉害的燕尾生，只用剑法身法，把他圈住，并不存心致他死命，想把他战乏了，自己认输了事，可是李长泰这时已气促神乱，乱砍乱劈，形如疯狂。

燕尾生瞧他实在支持不住了，双足微点，人又跃上石桌面，用剑一指，厉声喝道："老儿！还挣什么命！燕大太爷有好生之德，饶你一条活命，回去吧！"

下面李长泰霍地向后一退，血红似的一对圆眼，向地上铁侍卫尸身看了一眼，一跺脚，大吼一声："罢了！老子结识你就是！"一声吼罢，右臂一抬，红毛紫鳞刀向脖子上一横一勒，扑地便倒，竟是急怒攻心，抹了脖子。

桌面上燕尾生点点头说："生姜老的辣，这样下场，还不愧一个汉子！"说罢，把剑还鞘，跳下桌来，拾起李长泰抹脖子的红毛紫鳞刀，弹了弹，点点头，随手向地上一插，提起李长泰尸身，又把铁侍卫尸身，也扛在肩上，抬头向洞顶喊道，"瞧戏的！好戏完了，下来吧，这儿有柄好刀，你带着使用吧。"

喊声未绝，洞顶上有人答话道："师父！谢谢你赐口好刀，这两具尸首，弟子来扛吧。"人随声下，叶晓芙居然轻功得到真传，也飘身而下，站在石桌面上了。

燕尾生说："你不成，我要把这两块料，葬身万丈深潭，还得累我一身汗，你在这儿等着我吧！"

注：本集1951年3月上海广艺书局出版。

附录:朱贞木小说年表

朱贞木小说年表

书　名	出版商	单行本出版时间	备　注
武侠小说			
铁板铜琵录	天津大昌书局	1940	后改名《虎啸龙吟》并沿用至今
龙冈豹隐记	天津合作出版社	1942.11—1943.10	
蛮窟风云	京华出版社	1946	又名《边塞风云》
龙冈女侠	上海平津书店	1947	又名《玉龙冈》
罗刹夫人	天津雕龙出版社	1948.05—1949.12	
飞天神龙	上海元昌印书馆	1949.03	
炼魂谷	上海元昌印书馆	1949.03	《飞天神龙》续集
艳魔岛	上海元昌印书馆	1949.03	《炼魂谷》续集
五狮一凤	上海育才书局	1949.12—1950.01	
塔儿冈	上海正华出版社	1950	
七杀碑	上海正气书局	1950.04—1951.03	未完
庶人剑	上海广艺书局	1950.08—1951.03	未完
玉龙冈	上海民生书店	1950.10	即《龙冈女侠》
苗疆风云	上海正华书店	1951.01—1951.03	
罗刹夫人续集	上海正华书店	1951.04	疑雕龙出版社版亦有
铁汉	上海利益书店	1951.06	题“通俗小说”,仍为武侠套路
谁是英雄	不详	不详	仅见于预告,或许从未出版
酒侠鲁颠	不详	不详	仅见于预告,或许从未出版
龙飞豹子	不详	不详	仅见于预告,或许从未出版
历史小说			
闯王外传	上海元昌印书馆	1948.12—1950.06	
翼王传	上海广艺书局	1949	借名之作,朱同意
杨幺传	不详	不详	仅见于预告,或许并未出版

续表

其他小说			
郁金香	上海元昌印书馆	1949.05	社会小说,抗日题材
红与黑	上海元昌印书馆	1950.11—1951.02	社会小说,煤矿题材
附　注			
碧血青林	不详	不详	仅 1944 年《369 画报》中提及,并未出版
千手观音	香港出版	1950—60 年代	《虎啸龙吟》中部分内容
云中双凤	香港出版	1950—60 年代	《虎啸龙吟》中部分内容

图书在版编目(CIP)数据

庶人剑/朱贞木著. －－ 北京：中国文史出版社，2021.2

(民国武侠小说典藏文库. 朱贞木卷)

ISBN 978－7－5205－2146－8

Ⅰ. ①庶… Ⅱ. ①朱… Ⅲ. ①侠义小说－中国－现代 Ⅳ. ①I246.5

中国版本图书馆CIP数据核字(2020)第142512号

整　　理：顾　臻

责任编辑：薛媛媛

出版发行：中国文史出版社

社　　址：北京市海淀区西八里庄路69号院　邮编：100142

电　　话：010－81136606　81136602　81136603（发行部）

传　　真：010－81136655

印　　装：北京新华印刷有限公司

经　　销：全国新华书店

开　　本：720×1020　1/16

印　　张：16.25　　字数：174千字

版　　次：2021年2月第1版

印　　次：2021年2月第1次印刷

定　　价：59.80元